犯人に告ぐ❸(上)

紅の影

雫井脩介

双葉文庫

犯人に告ぐ3（上）

紅の影

1

神奈川県警本部長の曾根要介《そねようすけ》がパーティー会場に入ると、すでに千五百人近いと思われる出席者によってホールは埋まっていた。

地元神奈川2区選出代議士・徳永一雄《とくながかずお》の政治資金パーティーである。

みなとみらいにある〔横浜ベイクラッシィ〕のバンケットホール。会場の内外では神奈川県警による警備態勢が敷かれているが、曾根はその視察でここを訪れたわけではない。警察庁の先輩から招待状が送られてきたためだ。

「おう、曾根くん」

その先輩――警察庁官房長の福間唯司《ふくまただし》が曾根の姿を認めて、手を挙げた。

「ご無沙汰しています」

曾根は彼に近づきながら、挨拶する。

曾根にとって三期上の先輩に当たる福間は、将来の警察庁長官就任も噂されているエリート官僚である。官房長という役職は、長官、次長に次いで、警察庁の組織の中ではナンバー3に位置する。

「相変わらずの仏頂面だな」福間が曾根の顔を見て、小さく苦笑する。髪はほとんど白くなっているが、声には張りがあり、曾根を唐変木《とうへんぼく》扱いする鷹揚《おうよう》さは昔と変わっていない。「パーティーなんだから、もうちょっと愛想のいい顔を見せないと、誰も寄ってこんぞ」

「うちの連中が警備を務めているもので、半分は仕事の頭ですよ」

そんな言い訳を口にしながら、パーティーが始まるのを待つ。

「大臣と面識はあるのか？」福間が訊く。

徳永一雄は現在、国土交通相を務め、次世代リーダーとして首相候補にも名前が挙げられるようになった大物政治家だ。

「あいにく」

「地元の大先生なんだから」機会がなくても、君のほうから会いに行くべきだと、福間は苦い顔をしてみせた。「俺は神奈川に来たとき、三日目には行ってたぞ」

彼は六年前、曾根が刑事部長を退いたのと入れ替わるように神奈川県警の本部長に就き、二年間、平和裏にその任を務め上げている。

「就任するなり［バッドマン］の事件にかかり切りでしたし、その後も特殊詐欺の対応やこの前の誘拐事件みたいなことに時間を削られてなかなか……」

暗に就任期間中、重大事件にぶつからなかった福間を当てこする言い方になったが、意識的にそうしたわけではないというように、曾根は平然とした表情を崩さずにおいた。

福間は福間で、そういうところが可愛げがないのだと言わんばかりに、頰を軽くゆがめている。

「俺のときだって、いろいろあったぞ」福間は下唇を突き出して言う。「詐欺だって、大きな問題になってた。〔ワイズマン〕とかな」

「〔ワイズマン〕？」

「もう、今は聞かんか？　横浜界隈を根城にオレオレで荒稼ぎするグループがいてな。〔ワイズマン〕と呼ばれる金主《きんしゅ》が率いていると噂になってたんだ」そう言ってから、福間は鼻から息を抜いた。「まあ、噂だけで、実体は煙のようなものだ。つかもうにもつかめん」

「今は聞きませんね」曾根は言う。

「あの世界は新陳代謝が激しいからな。稼ぐだけ稼いで、今は遊んで暮らしてるんだろう」

福間は話が脱線したと思ったのか、軽く肩をすくめて、会場の光景に目を移した。

「それはともかくだ」彼は言う。「君は中央の政治なんかとは関係ないところを歩いてきた人間だから、こういうことを億劫《おっくう》に感じるかもしれんが、これからはそうも言ってられないと思ったほうがいい。そういう歳になってきたんだ」

不意に自分の進路めいた話が福間の口から出てきて、曾根はすっと息を呑んだ。

そういう歳になってきたというのはその通りで、曾根自身も、それほど遠くない時期に身の振り方を考えるときがやってくるという認識はあった。

〔ワシ〕の事件でつまずき、官僚としての自身の経歴に小さな瑕疵《かし》を残した曾根だったが、それがあろうとなかろうと、警察庁内での大きな出世は早くから期待していなかった。曾根の同期にも仲川《なかがわ》という、福間のようなトップランナーがいるからだ。

曾根をはじめとする仲川の同期組は、そろそろ肩をたたかれ始める頃合に来ている。

神奈川県警本部長のあとは、大阪府警など大規模警察のトップや本庁の局長職などを一、二年務める道くらいは残されているかもしれないが、その上への道は選ばれた者にしか開かれていない。県警本部長や本庁の局長職も、上を目指してピラミッドを這い上がってきた後進が順番を待っているので、いつまでも居座り続けることはできない。

しかし、この場でセカンドキャリアの話を匂わされたところで、具体的にどういう話なのかまで嗅ぎ取るのは難しい。福間ももったいをつけるように、その先までは話を進めようとしない。

「市長とは会ったことがあるよな？」

会場の前方に集まっている一団の中に、横浜市長の門馬敦也《もんまあつや》がいるのが見えた。

「さすがに」曾根は短く答える。

門馬市長は二期八年にわたって市政を司《つかさど》っている、横浜の顔ともいうべき人物だ。曾根は刑事部長時代から何度か顔を合わせたことがある。

「あの市長はもともと民和《みんわ》党で徳永大臣と同じ釜の飯を食ってた仲だ。大臣の後押しがあって、市長も安定した地位を築くことができているし、選挙となればお互いがお互いを全力で支えに行く」

福間は、そんな話の何が曾根に関係するのか、わざと考えさせるような間を挿《はさ》み、それからまた口を開いた。

「横浜はこの二人がそろうことが重要だ」

やがてパーティーが始まり、徳永一雄が登壇して拍手が沸き起こった。門馬敦也も来賓格で壇上に立っている。

〈私が見るところ、総理はもう、時期を見極めている段階に入ったと思いますな。遅くとも、この夏には大きな決断があっておかしくない。その準備をしておかなきゃいけません。厳しい戦いになりますよ〉

衆議院の解散が夏か秋にはあるだろうという見立てを徳永大臣は示してみせた。

〈ただ、その前にここ横浜で市長選がある。総選挙の前哨戦として、全国が注目する大変大事な一戦になります。おそらく過去二戦と比べても、一番厳しい戦いになるでしょう。しかし、門馬さんには何としても勝ってもらわなきゃならない。我々も全力で応援していこうじゃないですか〉

門馬はもともと選挙に強いタイプではない。三期目も続投の意思を示しているものの、革新系から有力な候補者が出れば、結果はどう転ぶか分からないと見られている。

そんな政局の話をしたあと、徳永は、現政権での自らの仕事の成果を話し始めた。

〈そして、もうすぐ目鼻がつきそうなのが、IR——いわゆるカジノ特区の件です。ここ横浜も手を挙げておられますから、IRがんばるぞという関係者がこの中にもおられるかもしれませんが、これは観光立国日本の起爆剤となる計画でありますし、地元経済への波及効果も大きいものが見込まれますから、ぜひとも形にしていかなくてはいけないものでございます。

このカジノの問題を語ると、必ず、ギャンブル中毒者を増やす気かと言って足を引っ張る向きが出てくるんですが、そういう小さなことを言ってては、何も始まらないんですよ。

今、そのへんのゲームセンターを覗くと、じいさんばあさんが暇を持て余して、小金を持って遊んでるわけです。彼らはいい時代に生きてきましたから、けっこう貯めこんでる人、多いですよ。老後が心配だと金を貯めてきたけど、胃が弱ってるからもうご馳走も食べられないし、病院代も今はまだ安いもんです。こういう小金持ちの財布を開けさせなきゃいけない。そうやって経済を回していく。じいさんばあさんも毎日の楽しみができて喜びますよ。もちろん、それだけじゃなく、世界各国からの観光客も重要なターゲットであるわけで、そういう人たちに気持ちよくお金を落としてもらうには、ＩＲというのは大変効率的な装置なのであります〉

本音の皮算用をあえて隠さず、ずけずけと口にするさまは、痛快に取る向きもあるようで、ところどころで和やかな笑いも起こっている。立ち居振る舞いは傲岸そのもので、立ち回りも決して器用とは言えない男だが、裏表がなさそうなところは買ってもいいかもしれない……曾根の感覚からしても、評価に値しない政治家ではない。

徳永のスピーチが終わると、門馬市長が乾杯の挨拶に立った。

〈ＩＲの誘致は、次の任期において、ぜひとも実現させたい課題でありまして、地元経済界のみなさんのご理解、ご協力を賜りたいと考えております〉

門馬も、市自ら誘致に名乗りを上げているカジノ特区について、意気込みを口にしてみせた。

乾杯のあと、福間官房長が意味ありげな視線を曾根に向けた。

「ここに誘った意味が分かったか？」

「ＩＲですか」

曾根の返答に福間はうなずく。

ＩＲとは、カジノを含めた統合リゾートである。誘致には東京や大阪などと並んで、横浜も手を挙げている。

「徳永大臣は初期からこの構想を引っ張ってて、法案の関係部会にも息のかかった議員を送りこんでる。カジノはマネーロンダリングの話が付いて回るし、警察庁《うち》としても無関係を決めこんでられる話じゃない……というか逆に、一枚も二枚も噛んでいこうという腹を持ってる」

「それで、大臣や市長に少しでも顔を売っておこうと？」

「そうだ。あとで引き合わせてやる」

福間は内閣府に出向していた時期があり、徳永をはじめ政治家とのつながりも持っている。

「これはこれは、曾根本部長に福間元本部長」

ダブルのスーツに身を包んだ恰幅のいい男が、腰を折って近づいてきた。

「ご無沙汰しております。県遊協の柴田《しばた》でございます」

神奈川県のパチンコ・パチスロ業界の代表者だ。

「あなた、元本部長なんて呼び方はないんだけどね」福間がむっとしたように言った。「私は今、官房長をやってるんだ」

「これは大変失礼しました」柴田は卑屈な笑みを強張らせて頭を下げた。「いやあ、徳永先生にはどんどん日本経済を引っ張って、景気をよくしてもらわないとという気持ちで応援に駆けつけた次第ですが、お二方にお会いできるとは思いませんでした」

謝っても福間の表情が変わらないので、柴田の顔からも次第に笑みが消えてしまった。

「あの、もちろん我々、業界の繁栄とともに、不正の撲滅という大きな課題に立ち向かっている最中でありまして、これを何としても成し遂げる覚悟でございます。官房長様と本部長にはこれからもご指導をお願いできればありがたき幸せでございますし、県警と遊協の絆も今後さらに深めて参りたいと考えておりますので、何とぞよろしくお願いします」

柴田はさっさと退散したほうが身のためと思ったか、お辞儀を何度となく重ねて曾根たちの前を退いていった。

「あの業界も、先細りだから必死だな」福間が冷めた口調で呟く。

長らく、パチンコ・パチスロ業界と、その監督官庁である警察は一蓮托生の関係だった。かの業界は、警察ＯＢの有力な再就職先でもある。

しかし、パチスロには不正の問題が付いて回り、また、ギャンブル依存から犯罪を誘発するケースがあとを絶たないなど、負の側面がクローズアップされることが多い。近年は射幸性を抑える規制が強化され、結果、業界には一時期ほどの勢いが見られなくなった。

そうした流れと歩を合わせるようにして、警察庁はＩＲ構想に肩入れを始めている。パチンコ・パチスロ業界側から見れば、我々を見捨てて、カジノを取る気かという思いだろうが、実際、福間の呟きなどを聞けば、警察官僚たちの本音も近いところにあるのだろうと取らざるをえない。

「さっきの話だが」福間が言う。「ＩＲを監督するのは、カジノ管理委員会だ。これは独立行政機関だが、うちも食いこんでいかなきゃならない。描いてる青写真は、委員長のポストを観光庁とこちらのＯＢがたすき掛けで担っていくという形だ」

福間は声をひそめ、よからぬ企てでも口にするように続けた。

「そのための人材――つまりこちら側の委員長候補には、君を考えてる」

悪い話ではないことを保証するように、福間は小さく眉を動かしてみせた。

「ありがとうございます」

そう言っておくべきだろうと思い、曾根は礼を口にした。

「そろそろ行くか」

やがて福間が言い、パーティー会場の前方で徳永を囲んでいる人垣の中に入っていった。

「大臣、ご無沙汰しております」

関係者と談笑している徳永に、タイミングを計るようにして福間が声をかけた。

「おう福間くん、来とったか」

徳永は明るい声を彼に返した。政界への顔の広さを自任する男だけに、徳永の覚えもめでたいようだった。

彼の隣には、盟友の門馬市長もいる。

「さっきもカジノの話をしたが、あれはどこか一つががんばればいいという問題じゃない」

徳永が言う。「警察庁の力ももちろん必要なんだからな。頼りにしてるよ」

「ありがとうございます。そのご期待にお応えするためにも、今日はうちの者を一人連れてきましたので、紹介させてください」福間はそう言って、曾根にちらりと目をやった。「神奈川県警本部長の曾根です」

「ほう」徳永は曾根に視線を移して、反応よく声を上げた。「頼もしそうな顔をしとる」

「地元の大臣になかなかご挨拶できる機会がなく、失礼しておりました」

曾根はそう言って名刺を差し出した。

「彼はなかなかの名物男ですよ」門馬市長が口を挿んできた。「地元の記者の間じゃ、県警の〝暴れん坊将軍〟で通ってますからね」

「おう、あれだろ」徳永は曾根の顔を愉快そうに指差しながら福間を見た。「例の〈バッドマン〉の事件。君ら本庁の人間が苦い顔をする中、テレビ捜査を強行したっていう」

「ええ、あれが彼の仕業でして」

「テレビに出てたあの捜査官も面白いよな。そうかそうか。ああいうのを抜擢して使いこなしてることだけでも、曾根くんの力はうかがい知れるよ」

「まったく型破りなんですが、それで結果を出してしまうんですから、困ったものです」

予想以上に曾根の評価が高いことに気をよくしたのか、福間が軽口を飛ばすように言った。

「ついこの間も誘拐事件で菊名池《きくないけ》公園だったか、ずいぶん派手なことになったな」

「ご心配をおかけしまして」曾根は殊勝に応える。

「あれはまだ、全部捕まえたわけじゃないらしいな。ああいう連中は残らず捕まえて、懲らしめてやらないといかんぞ」

「捜査班が懸命に追っているところですので、今少し、お時間をいただければと」

「がんばってやってくれ」徳永は曾根の返事に満足するように、そんな激励の言葉を口にした。

「そうだ」

門馬が何か思いついたように、徳永に耳打ちした。

「おう、そうだな」徳永は首肯《しゅこう》して、秘書らしきかたわらの男を見た。「網代《あじろ》くんがいただろ。ちょっと呼んできてくれ」

秘書が小走りに輪を出ていく。

「〔AJIRO〕グループは知ってますか？」門馬市長が福間と曾根に問いかける。

「最近よく名前を聞きますね」福間が答える。

「あれ、みなとみらいの会社なんですよ」門馬が言う。「もともとはただのベンチャーキャピタルだったのが、買収に買収を重ねて、あっという間にIT業界のメインプレイヤーの座にのし上がってきたんです」

曾根も新興IT企業の一つというくらいの認識しかなかったが、〔AJIRO〕は現在、コンピュータゲームの制作やネットテレビの運営なども手がけているという。中でも〔モンスタートレイン〕がゲーム機版、スマホゲーム版、ともに大ヒットし、ドル箱になったことで、グループは急成長を遂げたらしい。

「ITだけじゃない」網代がなかなか現れないので、徳永が話を進めた。「網代くんは横浜のカジノ王に名乗りを上げてるんだ。すでに先日、シンガポールのカジノ会社と合弁企業を立ち上げた。従来のカジノだけじゃなく、VRのゲームなんかもそろえて、家族で楽しめるような箱を作りたいと鼻息も荒いよ」

「網代くん自身がギャンブラーみたいなものですからね」門馬が冗談でも口にするように言う。「何せ、ベンチャーキャピタルを始めたとき、その十億だか二十億だかの資金は、海外のカジノとFXのデイトレードで作ったっていうんですから。ベンチャーキャピタルも伸《の》るか反《そ》るかの大博打みたいなもんで、それが今や、資産八百億のIT長者ときた。ギャンブルとは何かっていうことを肌で知ってる男だし、プロデューサー的な仕事を任せても面白いですよ」

網代は相変わらず姿を見せないが、彼の噂だけで徳永と門馬の話は尽きない。話を聞く限り、典型的な成り上がり者のように思えるが、二人はずいぶん、彼を気に入っているようだった。

それだけ、網代が二人に食いこんでいるというべきか。

「どうやら、帰ってしまわれたみたいですね」秘書が戻ってきて、徳永に告げた。

「何だ、もう帰ったのか」

徳永はがっかりしたように言ったが、門馬はそれさえ面白がるように笑っている。

「やることは派手なのに、メディアにはほとんど顔を出さないし、変わった男ですよね」

「まったく」徳永は仕方なさそうに言い、気を取り直したように曾根を見た。「まあ、そういう人間がいるということだけでも憶えといてくれ。いずれそちらに会いに行かせる。私らの話だけじゃ、胡散《うさん》くさい山師に思えるかもしれんが、実際は頭も切れるし、使ってみたくなる男だ。政官民、手を取り合って、計画を盛り上げていこうじゃないか」

どうやら曾根は暗黙のうちに、カジノ管理委員会の委員長か、少なくとも将来の委員長含みの委員候補として認知されたようだった。

それさえ分かれば、網代という男のことなどどうでもいいと言いたげに、福間がうやうやしく頭を下げた。

「いろいろご教示ありがとうございます」

彼の口調には、身内の天下り先に一つ目処がついたという安堵感がこもっている。

「今後もよろしくご指導願います」

気がつけば曾根も、彼らがお膳立てした将来を何となく受け入れる気持ちになっていた。小さく頭を下げながら、自分も歳を取ったのだなとぼんやり思った。

2

「おっと、これは懐かしい」

一緒に捜査本部の指令席となる円卓を囲んでいた刑事特別捜査隊隊長・本田明広《ほんだあきひろ》が興奮気味の声を立てたのに釣られ、神奈川県警特別捜査官の巻島史彦《まきしまふみひこ》は書類から顔を上げた。

円卓の前では、着替えなどを詰めこんでいるのであろう大きなボストンバッグを手に提げた男が顔にくしゃりとした皺を刻ませて笑いかけていた。足柄《あしがら》署の刑事課に所属している巡査部長の津田良仁《つだよしひと》だ。

「ご無沙汰しています。みなさん、お元気そうで」

「津田長、よく来た」

巻島は立ち上がり、握手で彼を迎え入れた。

〔ミナト堂〕の水岡勝俊《みずおかかつとし》社長とその子どもの祐太《ゆうた》少年が〔大日本誘拐団〕なるグループに誘拐され、最終的に菊名池公園での派手な籠城騒ぎにまで発展した事件から、二週間ほどが経っていた。

巻島たち捜査班は、誘拐事件の実行犯であり、現場に立てこもっていた砂山知樹《すなやまともき》、健春《たけはる》の兄弟を逮捕した。巧妙に社長サイドを騙してせしめた身代金の金塊を抱えて逃走する途中での出来事だった。

現在、捜査本部では、建造物侵入の容疑で逮捕した兄弟について、誘拐事件での立件も視野に取り調べを進め、同時に証拠固めや供述の裏付け捜査などを行っている。

この事件では、犯人グループを一網打尽にしたわけではないことがはっきりしている。回収できた身代金の金塊も、奪われた枚数に三枚足りていない。

一人取り逃がしている。

それも、リーダー格と見られる男だ。

水岡社長には大下《おおした》と名乗っていた。

この男は、先に振り込め詐欺事件で摘発された社本豊《しやもとゆたか》のグループの指南役を務めていたアワノという男と同一人物だと見られている。

さらに言えば、社本のグループで一時期詐欺を働いていたと思われる向坂篤志《こうさかあつし》を殺して、遺体の服に「ＲＩＰ」の文字を残し、丹沢《たんざわ》の山中に遺棄した犯人〔リップマン〕も同一人物である疑いが高いと考えられている。

横浜の山手《やまて》署の会議室に立てられた誘拐事件の対策本部は、そのまま事件の後始末及び、取り逃がした男の行方を追うための捜査本部へと移行し、本田が率いる刑事特別捜査隊、秋本貴幸《あきもとたかゆき》が率いる捜査一課特殊犯中隊、山手署の刑事課員や誘拐現場の管轄である港北《こうほく》署の応援課員らが捜査に当たっている。

〔リップマン〕を追っていた足柄署の捜査本部では、手がかりの少なさから捜査も行き詰まりを見せていたようだ。そこへ起こった横浜の事件との強い関連性を考え、合同捜査の名のもと、山手署のほうに向こうの捜査を吸収することとなった。同時に捜査を担当していた足柄署の何人かを呼び寄せることにもなり、その一人として、津田がやってきたというわけだ。もともと巻島が去年の春まで雌伏の時期をすごした足柄署で知り合い、ひょんなことから捜査指揮を預けられた〔バッドマン〕事件でも、巻島は津田の助けを借りた。その後、津田は緑多い足柄に戻り、息子夫婦と同居しながら定年までの残り少ない刑事生活を送っていたのだが、今回またこうして、大きな事件捜査に引っ張り出すことになった。

津田としては老骨に鞭を打たねばならず、なかなか楽ではないだろうが、巻島は嬉しい。津田が捜査班の一員として脇に控えているだけで気持ちが落ち着くのだ。精神安定剤のようなものである。

「もうすぐ孫の顔が見られるっていうときに、悪いな」

そんな巻島のねぎらいに津田は軽く首を振った。

「私がそばで気を揉んだところで、赤ん坊が無事生まれてくるのには何の関係もありませんからな。それより、また巻島さんのもとで仕事ができるとは思わなかった。精いっぱいやらせていただきますよ」

巻島は誘拐事件から派生したこの捜査本部の指揮も任されている。

本来、この手の帳場の実質的な指揮をとるのは、捜査一課長の若宮和生《わかみやかずお》である。巻島は刑事特別捜査隊を統括する特別捜査官として、普段は遊軍的な活動をしているにすぎない。

しかし、いつか秋本が口にしてみせたように、巻島の存在は神奈川県警の捜査部門で、ジョーカー的な位置に据えられているらしい。その札は、調整型指揮官として捜査一課を束ねる若宮の手に負えない事件であると本部長の曾根要介が判断したときに切られる。

今回の誘拐事件も、従来の類似犯罪には見られない仕掛けが複数張り巡らされた、まったく一筋縄ではいかないものだった。巻島たち捜査陣は暗闇の中、手探りで捜査網を敷き、そこに何とか敵の尻尾の先が引っかかってくれたというような形だった。

そしてまだ、主犯格の男は捕まっていない。

「津田長、こいつが〔リップマン〕だ」

巻島は資料のファイルから一枚の紙を抜き出して、彼に見せた。

大下＝アワノ＝〔リップマン〕と思われる男が水岡社長との待ち合わせ場所に現れたとき、付近を通ったトラックの車載カメラに捉えられた画像を拡大してプリントしたものである。

細面《ほそおもて》の部類だろう。口もとが締《し》まり、眼鏡をかけていることも相まって、理知的な人間の雰囲気を漂わせている。

しかし、汲み取れるのはそれくらいである。

画像は鮮明でなく、しかも横顔しか捉えられていない。目を細め、曖昧な輪郭を想像で補って、ようやく抱ける印象がそれくらいということだ。

重要な手がかりではあるが、これをどう捜査に活かすかという手立ては今のところ見出せておらず、したがって捜査本部外には回していない。

「感情の見えにくそうな男ですな」

粗い写真ながらも、津田はそこに写っている横顔からそんな印象を感じ取ったらしかった。「感情がない」とは言わなかった。津田はその長い刑事人生から、どんな凶悪犯にもそれぞれの人間味があるということを知っている。その考えが彼の刑事としての土台になっており、犯人に立ち向かうときの姿勢になっていると言っていい。

巻島もそんな彼の影響を受けている。またそれは、砂山兄弟を逮捕してみても、改めて感じたことだった。境遇の不運を犯罪によって打開しようとしたところに大きな誤りがあったが、そんな中でも、彼ら兄弟は互いをいたわり信頼する感情で結ばれていた。

この写真の男――〔リップマン〕には果たしてどんな感情があるのだろうか。

「お疲れ様です」

津田と話をしていたところに、特殊犯中隊主任の村瀬《むらせ》次文《つぎふみ》が姿を見せた。村瀬はかつて巻島が特殊班の担当課長代理を務めていたときから可愛がっていた中堅刑事で、今度の誘拐事件捜査においても大きな働きをしている。今は特別捜査隊の松谷鈴子《まつたにすずこ》をサポートに付けて、砂山知樹の取り調べに当たらせている。

「何かしゃべったか？」

巻島の問いかけに、村瀬は渋面を作ってみせた。

「相変わらずです。自分のことや弟のことは素直に話しますが、大下のことはほとんど何も知らないという態度ですし、社本との関係にも口をつぐんでいます」

大下。アワノ。〔リップマン〕。呼び方は捜査本部内でもそれぞれであるが、同一人物であるというのは捜査員たちの共通認識である。大下にしろアワノにしろ、本名ではあるまいということも、みなが考えていることだ。

砂山知樹は、自身と〔ミナト堂〕の因縁から来る事件の動機であるとか、〔大日本誘拐団〕として手始めに〔ビューティー・ウェーブ〕の御曹司を誘拐し、その成果を実績としたこと、あるいは逃げ子などを駆使した犯行手段など、今回の誘拐事件については比較的素直に、供述に応じている。それだけでなく、水岡社長親子に対する謝罪の思いも口にし、祐太少年に心の傷が残っていないかどうかも気にしているという。

しかし、話が大下のことに及ぶと、とたんに口が重くなる。

大下などという男はいなかったとか、犯行は兄弟だけで行ったのだと言い張っているわけではない。監禁現場となった彼らの自宅からは、覆面に使っていたとみられるタオルも押収され、そこから砂山兄弟ではない誰かの毛髪が採取されている。兄弟だけでの犯行というのはどだい無理筋な主張となる。計画を立案し、犯行を主導した人間が別にいること自体は、知樹も否定していない。その人物が、彼らの逮捕時、巻島が携帯を通して会話した相手であることも、ほとんど認めていると言っていい。

それでも、大下がこれまで何をやってきた人間なのかということや、知樹たちにどんな話をしたのかということには、決して口を割ろうとしないのだ。

「大下を怖がってるとか、何かの影に怯えてるような感じでもないんですよね」村瀬は言う。「社本のこともそうですけど、仲間を売るのは嫌だというか、そういう感覚があるんじゃないかと」

「こうまでなって、今さら仲間もくそもないだろうに」

巻島が言うと、村瀬は微苦笑を見せた。

「私もそう言ったんですよ。お前、大下に嵌《は》められた口だろうと。一番悪いやつが一人逃げてるんだぞ、何でそんなのに義理立てしなきゃいけないんだって……」

「それでも駄目か？」

「嵌められたも何も、悪いのは自分たちだって……実際それは彼の本音みたいです。それに、義理立てしてるわけでもないって言ってましたね。本当に大したことは知らないし、もし何か知ってて、それを警察に教えたとしても、彼は絶対に捕まらない。そういう男なんだって言うんですよ」

「まるでヒーローに自分の夢を託してるような言い方だな」横で聞いていた本田が呆れたように言った。

「いや、まさにそんな感じなんですよ」村瀬が真顔で応じる。「自分にはできなかったことだけに、いっそ、どこまでも逃げてくれっていうね」

「犯行自体は後悔してるが、自分たちを誘った大下に悪感情は持ってないということか」巻島は首を振る。「こういう感覚も、意外と一筋縄じゃいきそうにないな」

「ええ」村瀬がうなずく。「知樹自身、犯罪者特有の人格を有してるわけでもなく、ごく一般的な倫理観を持った男だと思いますが、大それた犯罪に加担しただけあって、ある意味腹が据わってるというか、覚悟が決まってるというか、横に振ってる首を縦に振らせるのはなかなか難儀だという気がしますね」

「健春のほうは、まだまだか？」巻島は秋本に訊いた。

「何とか命を拾ったっていう状態ですからね」秋本が答える。「まだ少し時間はかかると思いますし」

兄弟の周辺を調べてみると、聡明で思慮深い知樹に比べ、弟の健春は人の話に流されやすいなど、人間的に隙のあるタイプだという声が上がってくる。知樹がしゃべらないことでも、健春ならばポロリとしゃべってくれるのではという期待がある。

ただ、健春は今、市内の警察病院が母体となっている総合病院に入院している。誘拐事件の逃走過程で運転していたバイクが転倒し、肋骨や膝蓋骨《しつがいこつ》を折ったほか、脾臓《ひぞう》など内臓にも損傷が及んでいた。入院後に手術を受け、一時は意識不明が続いて生命が危ぶまれるほどだったが、その状態からは何とか脱している。

病室には健春の取り調べを任された特殊犯中隊の主任・長沼真也《ながぬましんや》が同僚と一緒に付いているが、意識を回復したとはいえ、まだまだ事件の話ができるような状態ではないらしい。

「手が増えてきたのはありがたいですが、捜査の道筋を見つけないと、持ち腐れになりかねませんな」本田が痛しかゆしという口調で言う。

「そうだな……」巻島は津田の顔を見ながらうなる。

津田たち足柄署の刑事とともに、丹沢の事件を担当していた捜査一課の捜査員もこの捜査本部に加わり、人員は増えた。彼らには当然、〔リップマン〕の行方を追わせたいのだが、今はどこを取っかかりにすればいいかという糸口さえつかめていないのだ。

本部長の曾根からも直に、〈リップマン〉逮捕に全力を挙げろというお達しが下りている。立てこもりの決着の様子がニュース番組で生中継された事件であるだけに、外部の関心もまだ高いものがあるという。

もちろん、そうした催促のあるなしにかかわらず、〈リップマン〉は何としても追い詰めなければならない相手である。

問題はどうやって追うか。

巻島には、まだ有効な手立てが浮かんでいなかった。

3

刑事特別捜査隊の巡査長・小川《おがわ》かつおは、昼食に行こうと山手署の玄関を出たところで、刑事総務課長の山口真帆《やまぐちまほ》と特捜隊同僚の小石亜由美《こいしあゆみ》が連れ立って歩いてくるところに出くわした。

「お疲れ様でーす」

美人二人が並んでいる光景に眼福を感じながら、小川は声をかけた。

「あ、いねむりくん、お疲れ様」

「ちょ、ちょ、ちょっ」

山口真帆が朗《ほが》らかに返してきた言葉に小川は焦り、誰か聞き耳を立てていないかと周りを見回した。

「やだなあ、何ですか、その、聞いたこともない変なニックネームは？」

「でも、いねむりくんなんでしょ」真帆はくすくす笑いながら言う。

「な、何を言ってるんですかぁ……そんな、おかわりくんみたいな、ほのぼのしたニックネームは、この殺伐とした刑事の世界にはいらないんですよ。いったい誰が考えたんですかあ？」

もしやと思い小石亜由美を見ると、彼女は視線をすっと外した。

先の誘拐事件では、張りこんでいた小川が睡魔に負けて居眠りしていた最中に、犯人グループが身代金の金塊を奪いに来るという、我ながら頭を抱えたくなるような失態があった。一緒に張りこんでいた亜由美の活躍で大事には至らずに済んだが、小川は今でも事の次第が周囲に広まるのを恐れ、火消しに余念がない。

亜由美にも、あれは居眠りしていたわけではないと言い訳しているのだが、どうやら聞き入れられてはいないようだった。

亜由美一人が胸の内に収めている話ならまだいい。真帆は特捜隊の上に立つ管理職という意味ではまったくよろしくないのだが、規律に厳しいタイプではないし、キャリア組なのでいずれまたどこかへ行ってしまうと思えば、ひとまずごまかしておくことで何とかなる人間ではある。

しかし彼女には、今のように、人の失敗を罪なくからかったり、面白がったりするところがある。放っておけば、本田や巻島といった、ごまかしの利かない強面《こわもて》のおじさんたちにまで話が広がりかねない。これが困る。

「小石さんは何か誤解してるんですよ」小川は作り笑いを顔に張りつけて、強弁に回った。「僕はあのとき決して、居眠りしてたわけじゃないですからぁ」

「じゃあ、何してたの？」真帆がニヤニヤしながら意地悪く訊く。

「考え事をしてたんですよ、考え事を」

「普通に呼びかけても、全然反応なかったんですけど」

当然だとも言えるが、この言い訳に納得していないらしい亜由美がそう言った。

「それはだって」小川は言った。「ゾーンに入ってたから」

「ゾーン？」真帆と亜由美の声が重なる。

「一流のスポーツ選手たちが、よく言ってるでしょう。集中力が極限に来ると、周りの動きが遅く見えたり歓声が聞こえなくなったりするゾーンの状態に入るって……あのときの僕がそれだったんですよ。犯人たちはどうやって金塊を奪おうと考えてるのか、それを頭の中で懸命にシミュレーションしててゾーンに入ってたんですよ。その結果、僕は行き着いたんです。犯人たちは社長が帰宅した隙をつき、バイク便を装《よそお》って金塊を取りに来るに違いないってことに。しかし、それに気づいて顔を上げたのは、小石さんがちょうど犯人を追って出ていくときでした。ほんのわずか間に合わなかったんですよ」

渾身の熱弁を振るってみたのだが、いまいち伝わり切らなかったらしく、二人とも冷めた顔をしている。亜由美に至っては「ふーん」と、小馬鹿にしたような相槌を打った。

「何かなぁ、その疑わしげな目は」小川は負けじと言う。「何か僕がチョンボを必死で隠してるような目で見てるけど、忘れないでほしいのは、この小川かつおこそ、〔バッドマン〕事件で本部長賞をもらった男だということだよ」

「私も今日、もらってきましたよ」亜由美がさらりと言った。

「え？」

「小石さんに本部長賞が決まったの、知らなかったの？」真帆が言う。「午前中に表彰があって、私も付き添ってきたのよ。まあ、あれだけの活躍をしたんだから、もらうのも当然よね」

「そ、そうなんだぁ……それはおめでとう」

まずい。自分の栄光が色あせてしまう……小川は焦りを募らせた。

「小川さんも、そのゾーンとやらに入ってなかったら、一緒にもらってたかもしれないのに残念だったわね」真帆が笑いを含みながら言う。

「いやあ、僕はすでに一度もらってますし、これが若手の小石さんの自信につながると思えば、結果的にはよかったんじゃないですかねえ」小川は先輩刑事としての威厳をにじませて言った。「僕はただ、ゾーンのことを理解してもらえれば十分ですよ」

「了解。ゾーンね、ゾーン」

何とか真帆には納得してもらえたようだった。それで二人とは別れた。ただ、亜由美は別れ際まで、小川に冷ややかな視線を向けていた。

以前はことあるごとに「どうしよう」「どうしましょう」と戸惑いの言葉ばかり吐いている頼りなげな女の子だったのだが、事件での活躍を境に、すっかり自信を持ってしまったようである。

それとともに、中堅刑事らしく遇されていない小川の隊内での地位が、さらに下がっているような気がしている。今までは、どう軽んじられても、亜由美が自分の下にいると思っていられたのが、そうも言っていられなくなった。

しかし、今は何より、居眠りの失態が表沙汰になることを防ぐのが最優先である。

そのためには屈辱も我慢して、しばらくおとなしくしていることも大切だと、小川は自分に言い聞かせた。

4

「おかげさまで本部長賞、いただいてきました～」

捜査本部で打ち合わせを重ねていた巻島たちのもとに、小石亜由美が山口真帆とともに現れ、表彰状を広げながら県警本部で表彰を受けた様子を嬉しそうに報告してきた。

「おめでとう。今回の件では、我々も大いに助けられた。本部長賞は当然だな」

巻島がそうねぎらうと、亜由美はさらに嬉しそうに相好を崩した。

「小石のファインプレーは、小川の指示を聞かずに自分で判断して機転を利かせたところだ。そこを誤ってたらと思うと、今でも冷や汗が出るよ」

本田もそんな言い方で彼女を褒めた。

「いねむりさん……小川さんの意見の逆を行けっていう、隊長の教えのおかげです」

「ちょっと顔つきが変わったな。自信が表情に出てる」

巻島の言葉に本田も、「そうそう、私もそう思いましたよ」と同意した。

「あのときはいねむりさん……小川さんしかいなくて、自分がやるしかない状況だったんですけど、何とかがんばれて、それが自信につながりました」

亜由美は「いねむりさん」と言い間違えるたびにあっと口に手をやりながら、しかし、言葉通り自信にあふれている口調で言った。

捜査は〔リップマン〕に迫る手立てが見つからず、停滞感を強めているが、そうした空気をも少し軽くしてくれるような、明るい報告だった。

「本部長もさすがに機嫌がよさそうでしたよ」山口真帆が付け足すように言った。「ただ、〔リップマン〕も早く捕まえろとの言葉も頂戴してきましたけど」

「機嫌がいいなら、もう少しは猶予がありそうですが」本田がそう解釈してみせる。

「いや、そんなのはいつまで持つか分からん」巻島は苦笑気味に応じる。「地元の大物代議士からも催促があったらしいからな。そのうちまた爆発するだろ」

「まあ、そうでしょうな」本田も肩をすくめてうなずく。

「そうだ」真帆が何かを思い出したように口を開き、亜由美に「もういいわよ」と言って退がらせてから話を続けた。「例の〔リップマン〕の横顔の写真ですけど、捜査支援室の米村《よねむら》さんが〔新日本電算《しんにほんでんさん》〕の画像解析の技術担当の方に問い合わせて、あれこれ訊いてみたそうです。そしたらやっぱり、横顔から正面の顔を解析するのは、なかなか難しいだろうってことだそうです」

捜査支援室は刑事特別捜査隊と同様、刑事総務課の下に置かれている部署で、文字通り、捜査の支援部隊なのだが、主に捜査で集まってくる防犯カメラなどの映像データから事件関係者の行動を割り出す作業などを任されている。誘拐事件の捜査過程でも、犯人グループの車の足取りを追う解析作業などで、彼らの力を借りた。米村数正《かずまさ》はそこの室長を務めている男だ。

画像の解析は探し出したい人物や車などの特徴をつかみ、解析担当者の目でもって、映像データを丹念に追っていく手法が今も根強いが、場所や時間などの絞りこみができない場合は、対象となる映像が膨大なものとなり、解析がなかなか追いつかないことになる。

街に防犯カメラが増え、刑事捜査に画像解析の重要度が増すにつれ、その作業の効率化が課題となっていた。捜査支援室の設置はそうした流れの中でのものだが、近年はコンピュータによる画像解析の技術も発達し、捜査支援室でも最先端の顔認証ソフトなどを導入するようになった。その世界トップの技術を誇ると言われている大手ハイテク企業〔新日本電算〕製のものである。

コンピュータによる顔認証技術は、今や非常に精度が高くなっていて、例えば、空港のゲート前のカメラで乗客を撮影し、旅券の顔データとリアルタイムで照合させると、髪形や体重の変化、表情の変化があったとしても、九十九パーセント以上の確率で同一人物かどうかの判定ができるという。

顔認証の仕組みは、従来からある指紋認証と同様、画像上から特徴点を探し出し、それが対象とどれだけ一致するかを計算するのが基本だが、顔認証は目、鼻、口、耳などの位置や形状だけでなく、額、頰、あごの形状など、つまり顔のありとあらゆる部位から特徴点が探し出され、その豊富な手がかりから同一の顔かどうかが判定されることになる。

先日も真帆を通してそんな説明を聞かされ、巻島は最先端技術のレベルの高さに感心させられたのだが、今回のケースにそれが通用するかどうかは分からないような気がした。こちらの手もとにあるのは、決して鮮明とは言えない横顔の画像だけである。単純に考えても、ここから多くの特徴点を抽出するのは難しいと感じる。

しかし、最先端技術がそれほど高度であるなら、粗い画像を鮮明化処理したり、あるいは横顔から3D的に解析して正面からの顔を導き出すことも可能ではないか、それができればこの横顔の画像も捜査に大きく役立つだろうという思いで、真帆に問い合わせを託しておいたのだった。

しかし、残念ながらそこまでは難しいようだった。

「私たち人間が人の横顔を見て、正面はこんな感じだろうって想像したとしても、意外と実物は違ってたりするじゃないですか。コンピュータを使ったとしても、それくらいの誤差は出るみたいで、それで無理に正面の顔を作ったとしても、本物とはどこか違うような顔にしかならない可能性が高いっていう話です」

「なるほど」

コンピュータがいかに賢いといっても、そのあたりはまだまだ、人間の能力と大して変わらないということらしい。

「それから鮮明化の画像処理も同様で、膨大な人間の顔のデータからパターンを認識して、このシルエットなら、こんな顔だろうっていうのを導くだけであって、答えとして出た顔が誰の目で見てもその人だというように定まるかというと、実際はなかなか難しいっていう話です」

「そういうもんか」

人の顔など目鼻立ちのわずかな違いで成り立っているものであり、その領域すべてを神のように支配するのは、最先端の技術でも及ばないことが多いようだ。

「ただですね」真帆の話には続きがあった。「顔認証で使う特徴点っていうのは、粗い画像であってもいっぱい抽出できるそうで、精度的には確かに落ちるみたいですけど、それでも本人が映っていれば、ヒットする確率は高いだろうってことなんです。要するに、街中の防犯カメラの映像を集めて、そこから〔リップマン〕を探したいのであれば、粗い横顔の画像のまま照合にかけちゃえばいいんですよ。他人が何人か、あるいは何十人か知らないですけど、間違ってヒットしたとしても、本物もその中にちゃんと入ってるとしたら、捜査としては大きな前進ですからね」

「なるほど……指紋みたいに、ニアヒットでもいいからと、照合にかけてみる手はあるわけか」巻島はそう応じながら、思案を進める。「しかし、それで引っかかった人間をどこの誰だと特定したり、〔リップマン〕か〔リップマン〕じゃないか判定したりするのは簡単じゃないな」

「毛髪も採れてますから、最後はそれで特定することは可能ですけどね」一緒に話を聞いていた秋本が言う。「ただ、防犯カメラの映像なんてものは、すべて過去のものですからね。一週間前の何時に〔リップマン〕がそこを通ったからといって、今からそこに駆けつけたところで捕まえられるわけじゃないですし、その人物の所在をつかまなきゃいけないとすると、どれだけの成果が挙がるかは分かりませんね」

「ただまあ、この横顔を何とか活かすとすれば、その方法以外ないってことだ」

「引っかかった映像から所在についてのヒントが何か出てくるかもしれませんしな」

本田の同意の言葉には、致し方ないという意味合いがこもっていた。横浜の街の主要な各所から防犯カメラのデータを集めてきて、さらにヒットした人間を一人一人つぶしていくとなると、今余っている捜査員の手では到底足りないということも容易に想像できる。しかも、成果という面でも計算は立たないのだ。

それでもやるしかないかと巻島が考えていると、真帆がさらに話を続けてきた。

「顔認証だけだとそうなるでしょうけど、さらにちょっと面白い話を仕入れてきまして」

巻島たち捜査幹部は、停滞感から来る重苦しさがついつい表情に出てしまっているのだが、彼女の顔はあくまで明るい。

「科捜研のほうで、AIの犯罪予測システムを大学の研究室と一緒に作って、試験運用を始めたらしいんですよ」

「AIですか……こういう話は本当、弱いんだよな」本田が早くも白旗を上げるように独りごちた。「うちの息子なら苦もなく理解できるんでしょうが」

「私も全部を理解してるわけじゃないですけど」真帆はIT時代から脱落気味の中年の弱音を微苦笑で受け流し、話を続けた。「でもすごいんですよ、AIって。例えば、管内で起きた引ったくり事件をデータとして全部打ちこむわけです。検挙・未検挙の別、発生場所に被害金額、被害者の性別・年齢、あるいは日にちや時間や天候なんかもです。それに加えて、地図情報も入れておくと、そこが駅や幹線道路からどれだけ離れているかとか、付近の交通量とかも分かるわけです。で、そういうデータが多ければ多いほど、ＡＩは賢くなって、次は何月何日の何時頃、どこどこあたりで引ったくりが起きる可能性が高いなんてことを教えてくれるようになるっていうんですよ」

「へえ……それはまあ、当たる確率はともかく、どこをパトロールすれば効果的かっていう目安にはなりますわな」

本田の言い方には、どこか眉唾《まゆつば》に受け取っているような思いが見え隠れしていた。

「いや、それが馬鹿にできないくらい当たるらしくて、実際、パトロールに活用するようになると犯人側も警察の姿見てやめちゃうから、当たったのかどうか分からなくなるんですけど、単に予測をウォッチしてる段階では、ＡＩが予測した場所付近で、時間も一、二時間の誤差で引ったくりが発生したこともあったらしいんですよ。そこは別に、以前、引ったくりがあった場所じゃなくて、ほかの事件から考えて、今度はこのあたりでって弾き出された場所なんです。すごくないですか？」

「ほう」本田も思い直したように驚いてみせた。「日にちも当たったんですか？」

「三月の各木曜日にその予測が付いて、発生も木曜日だったそうなんで、当たりですよね」

「なるほど、確かに」もはや降参するしかないというように、本田は肩をすくめてみせた。

「それを今回のに、どう使おうと？」

「顔認証で引っかかった防犯カメラの場所や引っかかった時間を、データとしてその予測システムに入れるんですよ。それが本物の〔リップマン〕かどうかは考えなくていいんです。ただとにかく、街のあちこちから防犯カメラの映像を取ってきて、顔認証にかけて、ヒットしたものをデータ化する。そうすると、〔リップマン〕じゃない人は、たまたまあるところでは照合に引っかかったけど、ほかでは引っかからないかもしれない。逆に本物の〔リップマン〕はどこでも引っかかる可能性が高いから、データを集めれば集めるほど、そこに本物が混じる確率が高くなってくるわけですよ。どの人物が本物か、捜査員の目で画像を見極める必要もなくて、そのデータのまま、今度は予測システムのＡＩに任せちゃうんです。そしたらＡＩが、〔リップマン〕は何月何日何時頃、どこどこ近くに出没する可能性が高いって教えてくれるんですよ」

「なるほど」巻島はうならされた。「データに本物が混じる確率が高くなっていれば、それだけその予測は、本物の〔リップマン〕の行動予測に近くなるって寸法か」

「そうです、そうです」

「いやあ、すごい時代になったな」本田は呆れたように笑っている。

「しかし、データからそれが弾き出されるとすれば、我々が重視する鑑《かん》と同じようなことだ。使ってみるのも面白いかもしれない」巻島はすでにその気になっている。

「どれだけの映像を集めてこられるかに、成否はかかってますね」秋本が言う。「人員には余裕がある気がしてましたけど、また一気に手が足りなくなりそうだ」

「課長、横浜や川崎の各所轄に、映像集めを手伝ってくれるよう要請してもらえますか」

巻島の言葉に、真帆は「分かりました」と気負ったように応じた。

「よし、そうと決まったら、うちの遊んでる連中も尻をたたいて働かせなきゃな」本田も気持ちを切り替えるように言った。

結果が出る保証はどこにもないが、曲がりなりにも捜査方針が定まったところで、指令席にもにわかに活気が出てきた。

5

遅めのランチを定食屋でとった小川は、そのあと喫茶店に移って休憩した。そこでスマホゲームに夢中になってしまい、ふと時計を見ると、二時半を回っていた。

癒し系を買われたのか、小川はつい最近まで小石亜由美とともに、誘拐事件の被害者となった水岡祐太少年への聞き取りとその調書作りを任されていた。そんな中、祐太少年のお気に入りが〔モンスタートレイン〕だと聞くと、彼との距離を縮めるべく、そのスマホゲームに手を出してみたのだが、それにすっかり嵌まってしまったのだ。

今では勤務時間であっても、同僚の目をこっそり盗んでゲームを進めることもあるくらいである。同僚の目が行き届かない場所なら、ついつい時間を忘れて没頭してしまう。今日もまさにそうだった。

慌てて喫茶店を出たものの、急がなければならない仕事があるわけではないことも、小川は知っている。祐太少年への聞き取りが一段落したあとは、〔リップマン〕の写真を手に、街に出て見当《みあ》たりをするという、真面目にこなすのも馬鹿らしい仕事しか回ってきていない。小川一人がそうだというわけではなく、〔リップマン〕を追跡する捜査方針が固まっていないので、くすぶっている連中が少なからずいるのだ。

しかし、山手署に戻ってみると、捜査本部からぞろぞろと人が出てくるところに出くわした。

「あ、いねむりさん、どこ行ってたんですか?」

小川の顔を見た特捜隊の後輩・飯原樹人《いいはらみきと》が声をかけてきた。

「ちょ、ちょ、ちょ」

小川は思わず慌てた。尋常でない速さで〝いねむり〟の呼び名が広まろうとしている。亜由美と一緒に祐太少年の担当をしていたときはそばで目を光らせていることもできたが、担当を解かれて目を離したとたん、堰《せき》を切ったようなことになってしまっている。

「新しい仕事が割り振られてますよ」

小川の狼狽に構わず、飯原はそう言って、同僚の古井正俊《ふるいまさとし》とともに署を出ていった。

捜査本部に入って亜由美を見つけたが、彼女は小川と目が合うと、「じゃあ、行ってきまーす」としらばっくれた声を出して、外回りに飛び出していった。

「ゾーンだからねっ！」

小川はその背中に、釘を刺すように声をぶつけた。

「おう、小川」

横浜の大きな地図を囲んでいる面々の様子を覗いてみると、そこにいた山手署の刑事課員・河口敬彰《かわぐちたかあき》に声をかけられた。高卒組の同期として、警察学校でも同じ教場で机を並べた仲である。

彼が口にした呼び名が〝いねむり〟でないことにほっとしていると、続けてよく分からないことを話し始めた。

「また忙しくなりそうだから、明日の同期会は延期だな」

「同期会って？」

「おいおい青山《あおやま》」河口はその場にいた青山祥平《しようへい》に声をかけた。「お前、同じ部署なのに、小川に声かけてなかったのかよ」

青山は感情の見えない目を小川に向けた。高卒組の同期ではあるが、港北署の刑事課ではすれ違いの配属となり、彼がこの春、同じ特捜隊に移ってきてからも、大した会話は交わしていない。昔から口数が少なく、性格もよく分からない男なのだ。

しかし、その同期会とやらは青山が幹事をしているらしい。

「小川も同期だったっけ?」

その青山は、ようやく口を開いたかと思うと、耳を疑うようなことを言った。

「いやいや、じゃあ何でお互いため口なのかって話じゃないかぁ」

「確かに」青山は真顔で納得したようなことを言った。「仕方ない。決まったら教えるよ」

「仕方ないって何だよぉ」

特捜隊の同僚たちがよくやる小川いじりの芸かと思って、笑って言い返したが、青山自身は笑っていない。

どうもよく分からない男なのだ。同期会は別に、定期的に行われているものではない。機動捜査隊を含め、この事件に関わった中で同期が四、五人いるので、捜査が中休みに近い今、とりあえずのお疲れ様会的なことをやろうとしていたらしい。

それはいいのだが、青山が幹事をやるということは、青山が言い出したということだ。いったいどういう風の吹き回しだろうかと思わないでもない。

「まったく、よく分かんない男だよなぁ」

釈然としないまま、首をひねって言う。しかし目を向けたそこに青山の姿はすでになく、代わりに特捜隊隊長の本田が立っていた。

「あ……」

本田は手を伸ばしてきて、小川の肩を痛いくらいに揉み始めた。

「ぼうっと突っ立ってて、よく分かんない男はお前だろう」

「ちょ、ちょっとゾーンに入ってたもので」

言い訳すると、本田の手の力がさらに強まった。

「訳の分からんことを言ってる暇があったら、さっさと動けよ。〔バッドマン〕事件の貯金がまだあると思ったら大間違いだからな、いねむりくん」

「はい……がんばります」

小川はぶるぶると震えて応えた。

6

ハンカチ越しにインターフォンのボタンを押す。

〈はーい〉

この家に一人住む、引地和佳子《ひきちわかこ》の応答がスピーカーから聞こえた。

「お世話になります。〔ディベロップ・サポーターズ〕の淡野《あわの》です」

淡野悟志《さとし》は明るく作った声で名乗る。

〈はい、ちょっと待ってね〉

待ちわびていたような言い方に聞こえた。いつもと変わらない。警察の影はどこにもない。

もちろん、このインターフォンを押すまでに、淡野はいつも以上の注意を払ってきた。電話でアポイントを取ってから、約束の時間の二時間前と一時間前にこの家の近くまで来て妙な人の出入りがないか確認したし、先ほどもわざわざ、五分ほど遅れるかもしれないという電話をかけ、向こうの反応を探ってみたりもした。

事件前と何も変わっていない。

ただ、警戒心はあくまで緩めない。

「どうぞ」

引地和佳子が開いた玄関ドアから顔を出し、淡野を呼んだ。

「ありがとうございます」

淡野は笑顔で一礼してから門扉を開け、石段を上がって玄関に入った。

「あ、今日はここでけっこうです」淡野のためにスリッパを並べようとしている和佳子に言う。「次の予定もありますし」

警察の影を警戒し、長居は避けようと思って言ったが、七十九歳の独居老婦人は水くさいとばかりに受け流した。

「そんなこと言わないでよ。今日はちょうど抹茶のムースを作ってね」

「あ、じゃあ、お邪魔しましょうかね」

淡野は現金に態度を変えて、和佳子の笑いを誘う。どこか無邪気に映るくらいの素直な言動が彼女の好みであることを知っている。

和佳子が小さな歩幅でとぼとぼと歩き、淡野を居間へと先導する。もともと膝が悪かった上に、二、三年前に股関節を痛め、思うように歩けなくなってしまったらしい。外出するときはカートを押し、転ばないようには気をつけているそうだが、若い頃なら十分程度で着いた駅前まで出るのに三、四十分かかるようになり、自然、よほどの用事でもない限り、外出することが億劫になっているのだという。

居間に入ると、毛並みのいいアメリカンショートヘアが、古びたソファに座っていた。三年前に夫に先立たれて以来、和佳子は築四十年のこの一軒家に、この雄猫と暮らしている。

「アポロ、元気か？」

淡野は猫の隣に座り、その背中を撫でた。

「淡野くん、眼鏡替えたのね」

隣の台所からお茶を運んできた和佳子が、淡野の変化に気づいて言う。

今日の淡野は髪を七三に分け、メタルフレームの眼鏡をかけている。以前は黒縁の眼鏡姿でここに通っていたが、水岡親子の誘拐事件で県警の捜査本部が淡野の黒縁眼鏡姿の横顔が写った画像を入手していると聞き、気休めではあるが替えることにした。

「そうなんですよ」

意外に鋭い観察力を持っているという感想は胸の内に隠し、気づいてもらって嬉しいという照れ笑いを顔に浮かべる。

「少し度が合わなくなったもので……まだ慣れないんですが、似合いますかね？」

「そうねえ、少し大人っぽく見えるようになったかしら」

「よかった」淡野はそう言って笑う。「僕ももう三十に近いですから、子どもっぽく見えたら困ります」

「あら、淡野くん、もうそんな歳になるの？」和佳子は本気で驚いたように目を丸くした。「てっきり、二十四、五かと思ってたわ」

「参ったな」淡野は困惑した表情を作ってみせる。「女性なら嬉しいでしょうけど、ちょっと微妙な気持ちですね」

「でもまあ、私からしたら、二十五も三十も変わらないわ」和佳子は朗らかに笑う。「孫みたいなもの」

「孫ですか」淡野は弱ったように頭をかく。「せめて息子みたいと言われるくらいには、大人っぽくなりたいですね」

淡野が来るたび、和佳子はこうやってたわいもないやり取りを楽しんでいる。それだけが日々の張りだと言ってもいいような生活を送っている女だ。

一人娘は大阪で家庭を持っていて、電話もめったにない。埼玉にいる妹が、気が向いたときだけ顔を見に来る程度だ。昔からの友人も鬼籍に入ったり、そうでなくても老人ホーム暮らしをしていたりと、人付き合いもまばらになってしまった。

そんな中、淡野が訪ねてくることが分かった日は、念入りに化粧し、評判の菓子を買ったり、あるいは手作りしたりして待っている。そうした態度から、淡野は自分への好感を手に取るように感じている。

　これだけ自分に好感を示してくれている相手を騙すのは、造作もないことだ。和佳子の生活ぶりは質素である。おそらく、県の土木事務所の職員を務めていた夫が健在の頃から、ぜいたくらしいぜいたくはしてこなかったのだろう。部屋の調度品や衣服にも華美なものは一切なく、それで何の不自由もないと考えている暮らし方をしている。淡野が手首に嵌めているブレゲに目を留めるようなこともない。

　ただ、その分と言おうか、蓄えは四千万近く、しっかり持っている。遺族共済年金もある。

　そこから淡野はこれまで、一口五十万から百万前後の投資話を持ちかけ、都合一千万近くをいただいてきた。一度に一千万、二千万取る手もあるのだが、足を運べば必ず契約してくれるのだから、無理はしない。和佳子も淡野が顔を見せて世間話の相手になってくれることを楽しみにしている節があり、淡野はある種のストックビジネスと割り切って、月に二、三度、彼女のもとを訪れることにしていた。

「今日ご紹介したいのは、アフリカのスーダンで浄水場を作ろうとしている会社でして……」

　淡野はネットから適当に拾った画像で作成したパンフレットを彼女の前に広げてみせる。

「〈国際浄水管理〉と言いまして、ここの社長の志がとても高いんです。もともと東北のほうの各市町村の委託を受けて、浄水場の開発や維持管理をしていたんですが、この高い技術を途上国の発展に活かしたいということで、アフリカの事業に進出してるんです。スーダンはずっと内戦をやっていたところで、水道設備も古いですし、管理が追いついてません。都市のほうだとナイル川から水を取ってくるんですが、ほとんど浄水が利いてないんで、蛇口をひねると濁った水が出てくるんですよ。でもそれはまだましなほうで、農村部あたりだと、まだそのあたりの池の水を使ってるような状態なんです。そういうところですから、もちろん衛生環境も悪くて、すぐに病気が蔓延してしまうわけです。可哀想なのは子どもで、コレラやマラリア、赤痢といった病気で亡くなる子たちがあとを絶ちません。そういうのは実は、水の問題が根本にあるんですね」

「そういうことなのね……可哀想ね」

和佳子はパンフレットに掲載されているスーダンの子どもたちの写真を見て、身につまされるように言う。

「本当に切なくなりますよね。日本は恵まれてます」淡野もしみじみと応え、話を続けた。「子どもたちをそんな環境から少しでも救いたいというのが、この会社の社長の思いです。私もこの会社の理念と事業内容をつぶさに調べて、これはぜひ、うちで応援しなければならないと思ったんです」

和佳子はうんうんと感じ入ったようにうなずいている。

「いい会社を見つけてくるわねえ」

「ありがとうございます。こういう会社の社債は、なかなか大手の金融機関では扱わないんですよ」

淡野が所属しているのは、世界の環境問題や途上国の貧困対策に貢献している会社の資金繰りを、出資者や社債の引受先を探すことで支援するNPO法人という設定だ。金融業者でもない人間が直に金を預かって社債を売ったりするのは明らかにおかしいのだが、その方面の知識に乏しい老婦人相手であれば、煙に巻くようにして言い繕うことは難しくない。それよりは、淡野自身も金儲けでなく、世の中をよくしたいという志を持ってこの仕事をしていると思わせることのほうが大切なのだ。

実際、和佳子も、淡野に疑問を向けることはなく、その志には早くから共感を示してくれている。

「正直に言うと、急成長が見込めるような会社ではありません。ただ、このスーダンの事業はODA、つまり日本政府の途上国開発援助の一環で行われるもので、収益は保証されています。応援していただける人に応援していただくということでご紹介させてもらってます」

「儲かれば何でもいいってもんじゃないものね」

「そうなんです。うちが扱ってる投資先は、社会への貢献度を重視してますし、僕が毎回お勧めする会社は、すべてそういったところを厳選しています」淡野は視線でもってその信頼性を保証してみせ、一つうなずいてから言葉を継いだ。「ただ、だからといって、投資として面白味のないものを押しつけようというつもりもありません。今回の債券は五年もので、年率三・四パーセントです。こういった商品をご紹介すると、もっと、二割三割すぐに増える商品はないのかって注文をいただくこともあるんですが、そういう債券は逆に紙くずになる可能性が高いんですよ。うちではそういったものは扱いません。ですが、今回の社債は南アランド建てですので、為替の動向によっては、大きな利益が出ることも期待できます」

「その、何とかランドって、前もあったわね」

「ええ、ディズニーランドじゃありませんよ」

そのときも交わしたやり取りを口にすると、和佳子はおかしそうに笑った。

「でも、ディズニーランドの乗り物みたいに上がったり下がったりするんでしょ？」

「よく憶えておいでで」淡野は感心してみせる。「ドルや円に比べれば、ジェットコースター並みに上下します。ただ、だから危険ということはなくて、実際、その動きが癖になって、南アランドばかり扱う投資家の方も多いですよ。こういう商品ですから絶対はないですが、五年の利回りを考えたら、為替変動で元本割れになることはまず考えなくていいかと思います」

危険性にもあえて触れることで、話の信憑性と淡野への信頼性はさらに増すことになる。

和佳子もすっきりした表情をして、こくりとうなずいた。

「今回は、一口おいくら?」

「はい」淡野は居ずまいを正して頭を下げた。「五十万円からになります」

和佳子が立ち上がり、戸棚から分厚い封筒と印鑑を取り出した。

「二口くらい買ってもいいんだけど、持ち合わせがちょうど一口分しかないの。大きなお金下ろすと、銀行さんがわあわあうるさくてねえ」

この話も、和佳子が毎回口にするものだ。最初の頃は一口百万円程度の設定で売っていたが、日を置かず、二回目、三回目と契約を結んだところ、銀行で金を下ろす際に行員からあれこれ用途を尋ねられたらしい。顔馴染みの営業さんの話でオレオレ詐欺みたいな怪しいものではないから大丈夫だと言って押し切ってきたと、笑い話のように話してくれた。

淡野はその話をとても気に入っている。行員がわざわざ注意喚起しているにもかかわらず、和佳子は自分が詐欺に遭っているとは微塵も思っていないことが分かるからだ。

ただ、それ以来、さほど怪しまれることなく下ろせるであろう五十万前後に狙いを設定し直し、和佳子のためにちょうどいい額の商品を見つけてきたという体《てい》で売りこみをかけに来ている。

神奈川県警では特別捜査官の巻島史彦以下、誘拐事件に向けられていた戦力をそのまま投入して、淡野の行方を追っているという。警察の内部にいる者から、そんな事情をつぶさに聞いている。

誘拐事件で使っていた大下という名はもちろん、ここ四、五年、振り込め詐欺の指南役を務めるようになってから使っていた淡野という名も、ほとんどばれているらしい。「ｒｅｓｔｉｎｐｅａｃｅ」という淡野が愛用している文句《フレーズ》も心得ていて、捜査本部では淡野を〔リップマン〕と呼ぶ向きもあると聞く。実際、知樹たち砂山兄弟が立てこもった現場では、電話を取った巻島が淡野に〔リップマン〕と呼びかけた一幕もあった。

そんな状況下であるだけに、淡野名義でやっていた詐欺稼業からはいったん手を引き、しばらくは身を潜めて嵐がすぎるのを待つのが賢明な考えなのかもしれない。

しかし、そういうときだからこそ、淡野は極めて原始的かつ危険性の高い対面営業の詐欺をやめられないでいるとも言える。

もちろん相手は、以前から淡野のことを絶対的に信頼していると思える数人に限っている。彼ら彼女らは、淡野の弁舌や演技に酔いしれ、夢のある儲け話に手を出すことで、退屈な日常からほんのわずか足を浮かせて冒険することの悦楽を手にしている。

そうした酩酊空間を自らの力で作り出し、夢見心地になっている相手の姿に触れることは、ある種の自己肯定感とも言える気持ちの落ち着きを淡野自身にももたらしていた。相手を酔わせながら、一緒に酔っていると言ってもいい。

寄る辺ない者が飽いた時間を安酒でつぶすのに似ているかもしれない。酒でそれができるのなら、その者は、それが身体に悪いかどうかなど気にしないだろう。淡野にとって、これが危険かどうかという問題は、それと同じことだった。

「ありがとうございます」

淡野は何の効力もない契約書を彼女に渡す一方、万札を手際よく数える。

「確かにお預かりしました」

和佳子が契約書にサインしている間に淡野は金の預かり証を作成した。

「そうしたら、来週、証書をお持ちしますので、そのときまた、もう一口いかがですかね？」

「そうねえ」和佳子は思案顔を見せた。「でも、銀行まで行くのが大変で……来週までに用意できるかどうかは分からないのよね」

「分かりました。来週またうかがったときにお訊きしましょう。僕のほうは毎週でも足を運ばせていただきますから」

淡野が言うと、和佳子はにっこりと微笑んでみせ、話は決まったとばかりにソファを立った。

「ムース出そうかしらね」彼女は弾んだ声で言い、淡野の喜ぶ顔を求めるように見る。「淡野くんはコーヒー？」

「ありがとうございます。お茶が残ってますので、お気遣いなく」

「じゃあ、お茶をいれ替えるわ」

和佳子が台所に立っている間、淡野はテーブルの角など、自分が触れた箇所をハンカチで黙々と拭き取った。

誘拐事件の監禁場所に使っていた砂山兄弟の家には、覆面用のタオルを置いたままにしていた。捜査本部ではそれを回収し、分析に出しているという。そのタオルでなくとも、髪の毛の一本や二本はあの現場に落ちていておかしくない。

どれだけ注意深く振る舞っていたとしても、すべてを消し去ることはできない。そこは淡野自身も納得の上だ。死体に文字を記したくなればそうする。

それでもこうやって、痕跡をさりげなく消していくのが癖になっている。もはや身についた所作と言ってもいい。

犯罪を通して、淡野は自分自身の生存確認を続けている。淡野という社会的動物は、現実社会をその手でねじり上げ、そのゆがみの形でもって自分の存在を誇示している生き物だ。

それと同時に、自分の痕跡をこの社会からできるだけ消してしまいたいという本能のようなものも、淡野は自分の中に併せ持っている。

自分の痕跡が消えれば消えるほど、それは犯罪者としての寿命が延びることにつながるから、この志向性は淡野の行動原理において不自然なものではない。この世の中を乱すだけ乱し、その実行者であるところの自分が物理を超越して忽然とこの世の中から姿を消すことができたら言うことはないだろう。

犯罪者としての自分に、あるべき姿などという望むものがあるはずもないが、淡野は夢想的にそこまで考え、もしかしたらそれはある種の理想かもしれないと思った。

和佳子が戻ってくる気配を感じ、軽い物思いから意識を戻して、ハンカチを畳む。

そのとき、不意に……。

インターフォンのチャイムが鳴った。

淡野は反射的に息を殺した。

「あら、誰かしら」

お盆に載せたお茶とムースを運んできていた和佳子が、そのお盆をローテーブルに置き、そのそそと台所に戻っていく。

「はい……今行きます」

インターフォンを取って言葉短かに応答した彼女は、玄関のほうに出ていった。

物腰に警察を呼び入れるような緊張感は見受けられなかったが……。

しかし、淡野は警戒心を研ぎ澄ます。すっと立ち上がり、入口に視線をやりながら、ソファを回りこんでサッシに近づく。レースのカーテン越しに窓から見えるのは小さな庭だ。右手に垣根があり、その向こうが道路になる。

警察を呼んでいるなら、何人かでこの家を囲んでいるはずだが、そうした人影はないように思える。

念のため、庭から逃げられるように、サッシの錠を外しておく。

そうやって、意識を玄関先へと向ける。

警察の影が迫っているとき、淡野はそれを頭で察するより早く、首筋の産毛が逆立つようなざわりとした感覚を覚えることがある。

その感覚に問いかけてみる。

何やら玄関先で会話が交わされ、訪問相手が家に上がってくる気配があった。

淡野は後ずさりし、サッシに張りつく。

居間から見える台所口に男の姿が覗いた。

どこかの業者のようなブルゾンを着て、重そうなダンボール箱を抱えている。

「このへんでいいですか?」

「助かるわ。ありがと」

男は床にダンボール箱を置き、居間の淡野にちらりとだけ目を向けたが、そのまますぐに消えた。

「またお願いします」

そんな声がして玄関ドアが閉まる音がした。

「駅前のスーパーが配達サービス始めてねえ……」

そう話しながら戻ってきた和佳子の口が、淡野を見たとたん止まった。

「どうしたの……怖い顔して」

危機ではないと察しつつも、まだ完全には警戒心を解いていなかった。

「いえ」

淡野は無理に笑みを浮かべ、手のひらの汗をハンカチで拭った。

「さあ、座って。遠慮しないで召し上がって」

和佳子は釣られるように微笑み、淡野にそう勧めた。

鎌倉の若宮大路から裏道に一本入った一角に〔汐彩苑《しおさいえん》〕という老人ホームがある。由比《ゆい》ガ浜《はま》に近く、五階建て施設の屋上からは陽に照らされた藍色の海を彼方に眺めることができる。

この老人ホームに朽木《くつき》くみ子《こ》という女が入居している。

朽木くみ子は六十九歳で、老人というにはまだ少し若い。この老人ホームの入居資格は六十五歳からだが、三十六人いる入居者の中で六十代は彼女だけである。

ただ、くみ子は五、六年前からアルツハイマー型認知症を発症しており、また心臓にも持病があるため、年齢的な若さはすっかり失われてしまっている。一日のほとんどを小さな個室の中ですごし、症状が強く出るときには施設に常駐する介護スタッフの手を借りなければならない。

引地和佳子を訪ねて五十万の社債詐欺をまとめた翌日、淡野は鎌倉に出て、くみ子のもとに出向いた。

世間は連休に入り、〔汐彩苑〕も一時帰宅している入居者が多いのだろう、施設の中はひっそりとしていた。残っている入居者にしても、夕方のこの時間は昼寝をしているかテレビを観ている者が多く、人の出入りは少ない。淡野はそういう頃合を見て、ここに足を運んでいる。

個室を覗くと、くみ子も昼寝の最中だった。電動ベッドで上体を少し上げているので、部屋の入口から、夢の中にいるその寝顔が見える。とはいえ、一日のほとんどをベッドの上ですごしている人間であり、好きなときに眠っている分、その眠りは浅い。ちょっとした物音で簡単に目を覚ますので、淡野は構わず彼女のベッドのそばまで進み、椅子に腰を下ろした。

窓から見える五月晴れの空をちらりと眺め、ベッドに目を戻すと、くみ子は目を覚ましていた。

「来てたの?」

彼女は淡野を見て微笑み、優しい声を出した。

その一言だけでは、彼女の意識が現実世界のここにあるのか、あるいは、ここによく似たどこかに行ってしまっているのか、判断はできない。アルツハイマー型の認知症が進行している彼女の意識は、猫の目のように変化する。

淡野は軽くうなずき、微笑み返すだけで、彼女の反応をうかがった。

「元気そうね。相変わらず仕事は忙しいの?」

淡野はうんうんとうなずいて、彼女の言葉を受け流す。

「サトくんが来るなら、何かお菓子でも用意しておけばよかったわ」

彼女はサイドワゴンに載った空のトレイに目を向けて、残念そうに言う。

ここでようやく役どころがはっきりし、淡野は足もとの紙袋を掲げてみせた。

「大丈夫だよ。ちょうどミナトロマン、買ってきたから……母さん、好きだろ」

困ったように表情を曇らせていたくみ子の顔がほころんだ。

「まあ、ありがとね」

「お茶いれるよ」

淡野はスーツの上着を脱いでシャツを腕まくりすると、棚から湯吞みと急須を取って、電気ポットのお湯でお茶をいれた。

「今日はお仕事の途中？　相変わらず忙しいの？」

淡野が適当に受け流した問いかけを、くみ子はまた口にした。

「連休だけど、なかなか休めなくてね」淡野は答える。「ちょっと抜け出してきたけど、すぐ帰らなきゃ」

「大変ねえ。でも、仕事があるのは幸せなことだから、文句は言ってられないわよね」

「そうだね」

「サトくん、今はどんなお仕事してるの？」

「この前言ったと思うけどな」

淡野はベッドをさらに起こし、くみ子の前にサイドテーブルを持ってきて、そこに湯吞みを置いた。

「お母さん、聞いてもすぐ忘れちゃうわ」くみ子はいたずらっぽく肩をすくめた。

「若い起業家が事業資金を必要としててね、ちょっと前までその資金集めを手伝ってたんだ。ベンチャーキャピタルの一種って言っても分かんないかな」

「難しい横文字は分かんないわ」

「とにかく、計画を立ててお金を集める仕事だよ。今はそれが終わって、残務整理しながら、いろいろ後回しにしてた用事をこなしてるとこ」

「大変そうね」

話を理解したのかしていないのか分からないような相槌だが、淡野にとってはどちらでもいいことだった。箱からミナトロマンを一つ取り出し、個包装を開けて彼女に勧めた。

「大変でも、食べていくにはがんばらないとね」くみ子は手を合わせたあと、ミナトロマンを小さくちぎりながらそう呟いた。「お給料はちゃんともらえてるの？」

「もちろん」淡野は彼女の言葉を一笑に付し、かばんから封筒を取り出した。「母さんの生活費もちゃんと持ってきたから」

「まあ……そんなの気にしないでいいのに」彼女はそう言いながらも、息子に世話を焼かれる嬉しさを隠そうともせず「悪いわねえ」と礼を言った。

「財布に入れとくよ」

淡野は壁際のキャビネットの引き出しを開け、くみ子の財布を出した。使い古した赤い長財布を開いてみると、二十枚ほどの万札が入っていた。

「まだ、だいぶあるね」

「そんなにお金がいることもないから」彼女はそう言って、財布に手を伸ばそうとした。

「ちょっと持ってって。たまにはサトくん、自分でおいしいものでも食べて、ぜいたくしなさい」

「俺はいいよ」淡野は彼女の手をやんわりとかわした。

「お母さんが持ってたって、使うことないもの」

「お金なんていつ いるか分かんないから、持ってるに越したことはないんだよ。大丈夫。俺はちゃんと稼いでるから。ちょっと足しとくから、遠慮なく使ってよ」

淡野はふくらんだ財布をキャビネットの引き出しに戻し、くみ子に笑いかけた。

「ありがとうね」彼女は仕方なさそうに微笑み返して言った。「大事に使わせてもらうわ。本当にありがとうね。お金の心配しなくていいって幸せよね。サトくんのおかげ」

その後もくみ子は「ありがとね」「サトくんがいてくれて助かるわ」と呟き続け、淡野はそんな声を聞きながら、自分でもミナトロマンを一つ二つ口にした。

やがてくみ子の声が途切れ、「あら……」という呟きが洩れたところで、淡野は彼女に視線を戻した。

くみ子の淡野を見る目が変わっていた。

「やだ……失礼しました」くみ子は少しうろたえたように言った。「ずっと、いらっしゃってました？」

「ええ」空気の変化を感じ取り、淡野はそう答える。

「ごめんなさい。ぼうっとしてて、お構いもせず……」

「いえ、お茶をいただいてます。こちらこそ、すっかりくつろいでしまって申し訳ありません」淡野はそう言って恐縮してみせ、上着に袖を通し直した。

「いえいえ」くみ子は愛想笑いのようなものを浮かべ、「それで……何でしたっけね」と用件を訊いてきた。

「〔ディベロップ・サポーターズ〕の淡野です。この前もうかがわせていただきましたが、憶えておいでですかね？」

「ディベ……？ ごめんなさい、難しい言葉が苦手で」くみ子は開き直ったように笑った。

「物憶えもすっかり悪くなっちゃって」

「いえいえ、法人名は憶えていただかなくてけっこうです。要は、みなさんの資産を殖やすご案内をしています。淡野悟志と言いまして、ほら、この前も話しましたけど、息子さんと同じ名前ということで、憶えておられませんかね？」

「息子ですか？　息子は可哀想に、もう亡くなってましてね」くみ子は眉を下げて答える。

「ええ、その亡くなった息子さんがサトシさんだということで」

「サトくんね。いい子でしたよ」くみ子は哀しげにそう言ってから、ようやく話の意味をつかんだように顔を明るくした。「そうですか、あなたも……そう言えば、そういう話をした気もするわねえ」

「すみません。すっかりご無沙汰してましたして、お忘れになるのも無理はありません」淡野は頭をかいて笑った。「今日はまた、耳よりのいい話があるもんですから、こうやっておうかがいいたしました。使わないお金をそのままにしておいても、もったいないですからね。安心安全に殖やしていこうというお話です」

「そりゃお金は殖えたほうがいいですけど、お預けするほどは持ってませんからねえ」

「ご安心ください。このお話、一口十万からで、生活費の一部を回してできるものなんですよ。この間、月々の生活設計の相談に乗らせていただいて、月に二十万くらいの額であれば、十分投資に回せますよという話をさせてもらったと思うんですが」

「ふふふ、二十万も出したら、すっからかんになっちゃうわ」

「そうですか？」淡野はいたずらっぽく、くみ子を見る。「この前、お財布の中も見せてもらいましたから、僕は分かってますよ」

「まあ、そんなことまでしたかしら。憶えてないわ」くみ子はくすぐったそうな笑いととも

に言った。「でも本当よ。私はずっと貧乏してきたから、いくらも持ってないの」

「また一緒に確かめますか？」

淡野が冗談めかしてけしかけると、くみ子は「いいわよ」と楽しげに応じた。

「確か、ここの引き出しでしたかね」

淡野はキャビネットの引き出しから財布を勝手に出し、彼女の前に置いた。

「どうですか？」

財布を開いたくみ子は、呆けたような顔をして「あら」と言った。

「ほら、三十万はありそうですよね」淡野は横から覗いて言う。「日用品を買うにしても、

月に十万あれば大丈夫でしょう。二十万は回せますよ」

「そうねえ」くみ子が思案顔になる。「本当に殖えるならいいけど」

「そこは心配いりません。しかも聞いてください。この投資先は、アフリカのスーダンで国

際貢献をしている会社ですから、本当に価値が高いんです。この社債を買って応援すれば、

この部屋に居ながらにして国際貢献していることになるんですよ」

「よく分からないけど、そんなにいい話なの？」

「いい話なんです。二十万でそれが味わえるなら、安いと思いませんか？」淡野は言う。

「しかも殖えるんですよ」

「殖えるのね？」

「そうです。お金はただ持ってるだけじゃ殖えません。無駄なことに使って減るだけです。いざというときには、少しでも多くあったほうが安心ですからね。まだお若いですし、これから十年、二十年先のことも考えておかなきゃいけません」

「ふふふ、そんなに長生きするつもりはないのよ」

「何言ってるんですか。十年、二十年なんてあっという間ですから、つもりはなくても生きられます。だから、そのためにもコツコツ殖やしておいたほうがいいんですよ」

「そうね」くみ子はそう呟き、決心したようにうなずいた。「じゃあ、ちょっと買っておこうかしら」

「ありがとうございます」

淡野は彼女から二十万を受け取り、財布をまたキャビネットの引き出しに戻してやった。

「このお菓子、おいしいわね……ミナトロマン」くみ子は包装紙の上に残っていたミナトロマンを口に入れて言う。「持ってきてくださったの？」

「はい」

「息子が好きだったのよねえ」彼女はしみじみと言った。「高くてなかなか買えなかったけど、たまに人からもらったりするとね……」

「そうですか」

「手を焼いたけど、可愛いところもあったのよ……でも、可哀想に死んじゃって」くみ子は物思いにふけるような目をやめ、淡野に笑みを向けた。「私も早く追いかけたいんだけどね」

「駄目ですよ、長生きしてもらわないと」淡野はそう言って微笑み返す。「息子さんの代わりに言わせてもらいます」

「そう……ありがとね」

くみ子は不意に目を潤ませ、涙を目尻の皺《しわ》ににじませた。

鎌倉には昔、〔パピリオン〕というスナックで知り合った女がいた。

昔と言っても、二年くらい前のことだ。

夜の世界特有のはすっぱさが、その身にまったく染みついていない女だった。暗いアッシュカラーの髪をゴムで簡単にまとめ、化粧も昼に何かの用事で施してそのままというような薄さだった。テキスタイルデザインの仕事をしているが、まだその収入だけでは生活のやり繰りができないのだと、少し恥ずかしそうに話していた。源氏名はユリといい、本名は春原《すのはら》由香里《ゆかり》といった。本人は由香里と呼んでくれと言っていたが、二人で話しているときに名前を呼ぶ必要もなく、淡野はそう呼んだことはない。

なぜ由香里のような女が淡野を自分のアパートに招き入れたのかは、淡野からしてもよく分からなかった。

淡野はキャバクラやスナックなど、女性が接客する店に行くと、自分に付いた相手に、「今日は君のとこに泊まってもいいか？」と訊く。それが目的でそうした店に行くと言い換えてもいい。

言われた相手は、たいていはやんわりと断るか冗談だと受け取って相手にしないが、中には「いいよ」と了解してくる女もいる。淡野を気に入ったらしく二つ返事でそう言う女もいれば、飲んでいるうちに気が変わったように「来てもいいよ」と言い出す女もいる。「ただじゃ駄目」と金を要求してくる女もいるが、淡野は言い値で応えるようにしている。

断るにしろ応じるにしろ、彼女らは身体の関係を望んで淡野がそうした申し出を向けてきていると思っている。もちろん、彼女らの部屋に泊まる以上、いったんそれを覚悟した彼女らとそうした関係を結ぶ流れになるのは珍しいことではないのだが、淡野自身はそれが目的ではなく、単にその日の寝場所を欲してのことだった。

淡野には定まった住居がない。一応、道具屋のつてで、横浜や川崎にあるアパートや雑居ビルの空室の鍵をいくつか持っているので、アジトとも言えるそれらのどこかで寝泊まりすることが多いし、今も身の回りの品はそれらの一つである黄金町《こがねちよう》の空室に置いてある。

しかし、それらの場所は、出入りするたびに過度な警戒心を要求される。警察が嗅ぎつけていないか、商売敵が罠を張っていないか……尾行している者や張りこんでいる者がいないことを確かめ、建物の周辺や入口に異状がないことを見定め、部屋の中で待ち伏せている者がいないことも確認した上で足を踏み入れなければならないし、部屋を出るときも同様だ。

道具屋や手配師とは付き合いも長く、口の堅さにはある程度の信頼が置ける。しかし彼らにその気はなくとも、与えてはいけない相手に情報を与えてしまう可能性もないとは言えない。

淡野を追う警察だけでなく、裏の世界にも淡野の敵は多い。上がりをふんだくろうと考える図太い輩《やから》から、淡野を追い落として築いてきたコネクションやテリトリーごと奪おうとする野心剝き出しの手合いまで、詐欺稼業で成果を得ている限り、そうした連中との小競り合いから距離を置くのは難しいことだ。コネクションは渡りがついたところで使いこなせるかどうかは本人の器量次第であるし、テリトリーなど詐欺の仕事にあってはないに等しい。しかしそうした連中は、淡野がいなくなれば、その世界でもっと幅を利かせられると思っているのだ。

もちろん、淡野は看板を掲げて営業しているわけではないから、そうした連中のほとんどは淡野の顔も名前も知らない。道具屋や手配師らも、淡野の名前はほかに洩らしていないはずだ。

ただ、横浜や川崎あたりで〔ワイズマン〕と呼ばれる金主が詐欺集団を束ねて、相当な荒稼ぎをしているという話は、裏の世界では数年前から有名だった。そして、〔ワイズマン〕自身は決して外部に姿をさらさず、実質的に詐欺組織を整えて活動を指揮しているのは〔ワイズマン〕の弟子とも言える指南役の男だということも。

道具屋や手配師は、いくら口が堅いとはいえ、〔ワイズマン〕の一味と取引があるということくらいは同業者に洩らしていておかしくはない。それが自身の箔にもなるからだ。

そしてそれが噂となり、〔ワイズマン〕一味の指南役を狙おうとする人間が出てくるのも、この世界では自然の流れだと言えた。

だから四、五年前の淡野は、たびたび危険な目に遭った。ねぐらにしていた貸し倉庫でヒットマンに襲われ、命からがら逃げ出したこともある。不審な人物の気配を察知したときは、服装や髪形だけでなく、ファンデーションや入れ歯まで使って変装するような、過度な警戒も厭《いと》うてはいられなかった。

特殊詐欺の世界は人材の新陳代謝が激しく、また〔ワイズマン〕の一味が荒稼ぎをしているという噂自体下火になったこともあって、このところは妙な連中に狙われるような事態には遭遇していない。金主である〔ワイズマン〕自身、表の事業が波に乗って忙しく、詐欺の成果に頓着しなくなったこともある。また、淡野が襲われたことの責任をさすがに感じたらしく、道具屋や手配師らが噂の取り扱いに慎重になったこともある。

そうであれば、警戒心も少しは解いてよさそうなものだが、習慣づいてしまったものは容易には解けず、その緊張感がねぐらに帰るたび続くと、強い疲労感を覚えるようになる。

そのため淡野は、時に行きずりの女の部屋を渡り歩くことで、そうした無意味な緊張感から自分を解放してやることにしていた。

由香里もそんな中で関係を持った一人だった。

少し話をした限りでは、淡野の申し出に応じるような女には見えなかったが、彼女は彼女なりに淡野を受け入れる何かがあったのだろう。申し出を了承する女は、軽薄で性的な好奇心や金銭欲からそうするタイプか、孤独な心の隙間についつい淡野を引き入れてしまうタイプか、どちらかだ。由香里は後者だと言えた。

最初は「うちは仕事場を兼ねてて散らかってるから」と、困ったように断ってきた。その返事には彼女の生真面目さがうかがえ、多少押したり引いたりしたところで困惑の色が表情に増すだけにしかならないと思った。もとより淡野は、その手の話をいつまでもしつこく続けることはしない。ノーであれば、そうかと言ってすぐに終わらせる。

そのときもそれで話は終わったのだが、帰る頃になって、由香里がぽつりと、「さっきの話、いいよ」と唐突に口にした。由香里が心変わりするまで何か大した話をしたわけではない。淡野が饒舌になるのは、相手を騙したり籠絡したりする目的があるときだけだ。由香里の答えはすでに出ていたのだから、無理にしゃべる必要はない。実際、淡野はほとんど何もしゃべらず、彼女が注いだ炭酸水をちびちびと飲んでいるだけだった。

由香里もその手の店の女としては、無口なほうだった。場をもたせようと思ってか、自分の昼の仕事のことをぽつりぽつりと語ってはいたが、特に興味をそそられるようなものではなかった。ただ、淡野の何気ない相槌が彼女には心地よかったらしく、「話を聞いてくれてありがとう」と、どこか嬉しそうな笑みを覗かせていた。そして、泊まりに来てもいいと、思い切ったように言ったのだった。

彼女のアパートには一カ月近くいた。当時、横浜の子安《こやす》で営業していた振り込め詐欺の店舗にも、彼女のアパートから通った。彼女のアパートの部屋は彼女が話したように、染色剤や布など、仕事関係の品々で足の踏み場もないほど雑然としていたが、不思議と居心地は悪くなかった。淡野は部屋の片隅に座ったまま、ただ、彼女が静かに仕事をしている姿を眺めている時間が多かった。

由香里のもとを離れたのは、子安で営業していた店舗の店長が、売上金を運搬中、半グレと思《おぼ》しき不良集団に襲撃され、金を奪われるという事件があったからだった。警察の影を察知したときはもちろん、そうした横やりが入ったときも、淡野は稼働中の店舗を即座に閉め、営業をリセットすることにしている。襲撃された店長はそれを機に引退し、淡野は後釜を探してその後、社本豊に声をかけることになる。

自らのねぐらなども一新することにしていて、由香里が外出している間に部屋にある自分の痕跡を念入りに消して、そのまま彼女のアパートを出た。

それ以来、鎌倉に行くことはたびたびあったが、由香里のアパートや彼女が働くスナックを訪ねることはしなかった。彼女のアパートに腰を落ち着けすぎたことで、淡野はどこか、裏の世界を渡り歩くための反射神経を鈍らせてしまったような自覚も持っていた。男と女が一カ月も一緒にすごせば、どうにも拭い切れない、ある種の家庭的な空気が出来上がってしまう。淡野には不必要なものだった。

ただ、あれから少し歳月が経った。誘拐事件を経て鎌倉に来てみると、横浜とは空気が違うこの地で羽を休めることも一つの考えだという気になった。そうするなら、わざわざ新しい女を探すより、当てにできる女のもとを訪ねたほうがいい。

しかし、由比ガ浜の住宅街の片隅にある、古ぼけたアパートをうかがってみると、二年前とはどこか様子が違っていた。彼女の部屋のドアの前には、彼女が使っていた街乗り自転車ではなくマウンテンバイクが置かれてあり、洗濯機も新しいものに替わっている。集合ポストに入っているダイレクトメールと思しき封筒を抜き取ってみると、山村大介という男の宛名が記されていた。

由香里がその男と住んでいるという可能性もあったが、裏に回って窓から覗く暗色のカーテンを見て、彼女が今はここに住んでいないことを知った。彼女は自分で染め抜いた和柄の布をカーテンに仕立て上げていた。

観光客でごった返す駅前で夕食を済ませたあと、淡野は夜になって、鶴岡八幡宮方面に足を向けた。目抜き通りとなる若宮大路と、観光客向けの路面店が軒を連ねる小町通りの間に、かつら小路という小さな裏通りがある。そこにスナックや小料理屋など夜の店が固まっている。連休中で閉めている店もあるが、〔パピリオン〕は看板に明かりを灯していた。

「いらっしゃい……」

中に入ると、入口近くに立っていた若い女がすかさず声をかけてきたが、彼女は淡野の顔を見て、かすかに目を瞠《みは》った。

「わ、びっくりした……」

そんな呟きも洩れた。二年前の淡野のことを憶えていたような反応ではなく、誰かと見間違えたような様子に見えた。少し気になったが、淡野は表情を変えずに店内に目を向けた。彼女のほか、二十代のホステスが二人ばかりいたが、由香里の姿はなかった。

「お一人？　どうぞ」

二年前にも見たこの店のママがカウンターの中から声をかけてきた。まだ時間が早いからか、客は一人もいない。奥のソファに座ると、先ほどの女がおしぼりを持って淡野の隣に座った。明るく染めた髪をポニーテールにまとめている。

「ねえねえ」彼女は一人で何やら興奮している。「お兄さんちょっと、私の元カレに似てたから、入ってきたとき、ドキッとしちゃった」

淡野に好かれたいと思って作っているのではなく、どうやら本当の話らしかった。

彼女は照れ隠しのように笑ってみせてから、「何飲みますかぁ？」と続けた。

「水でいい」

「水？」女はきょとんと淡野を見てから、「本当に？」とおかしそうに訝《いぶか》った。

「ああ」

「ママ、お水でいいって！」

女が冗談を口にするように大声で報告すると、カウンターの中にいたママが、おや、という顔をした。

「お兄さん、以前、うちにいらしたことありますね？」

淡野が小さくうなずくと、ママは納得したように「炭酸入りにしますか？」と問い重ねてきた。

淡野はもう一度うなずく。

「そのときも水だったんだ」女が愉快そうに笑う。「いつ頃？」

「二年くらい前だ」

「リコがまだいないときだ」リコと自らを呼んだ女は、その事実さえ面白がるようにコロコロと笑った。「どこの人？」

「横浜」

「そっか、そっか」

炭酸水のボトルが運ばれてきて、リコは「私もいい？」と二つのグラスにそれを注いだ。

淡野がグラスを手にしたところで、彼女は「乾杯」と無理やりグラスを合わせ、おいしそうに半分ほど飲んだ。

「カラオケやる？」

「いや」

淡野は首を振り、ただ舐めるように炭酸水を飲む。その様子がおかしいのか、リコは忍び笑いを洩らしている。

やがて常連客と思しき二人組の男が現れ、カウンターに陣取った。店の女たちが遠巻きに淡野を観察するような空気はなくなり、リコだけが隣でくすくす笑いながら淡野の顔を眺めている。

「ユリはもう辞めたのか？」淡野はリコに訊いた。

「ユリさん、半年くらい前に辞めちゃったよ」リコはそう言い、淡野を憐れむように見た。

「そっか、ユリさん目当てで来たのか……残念だね。可愛かったもんね」

「もう、鎌倉にもいないのか？」

「ううん、いるいる」彼女は言った。「一軒家買って住んでるよ」

「一軒家？」

「そう。結婚したわけじゃないよ。一人だけど、ほら、ユリさん、昼の仕事で場所がいるから」

「そんな金、どうしたんだ？」

「お父さんが亡くなったとかで、実家を売ったんだって。一軒家って言っても、中古だよ。まあ、庭はあるし、それでも十分すごいけどね」

「君は行ったことあるのか？」

「うん、一度、遊びに行ったことあるよ」

「どこにあるんだ？」

「やだ、そんなの勝手に教えられるわけないじゃん」リコは一笑に付すようにして、淡野の肩をたたいた。「連絡も取り合ってないんでしょ？　携帯番号とかは？」

「知らない」

「じゃあ、駄目だよ」リコは話にならないというように言う。

「なら、君のとこに泊めてもらってもいいか？」

「どういうこと⁉」リコは吹き出した。「いくら元カレと似てるからって、今、会ったばっかなんだけど」

　ひとしきり笑い飛ばした彼女は、真顔の淡野に目を戻して、かすかに眉をひそめてみせた。

「え……前はユリさんちに泊まったの？」

「彼女のアパートに行ってみたんだが、もういないようだったから、ここに来たんだ」

「うーん……」

　リコは顔をしかめ、悩ましげにうなった。淡野と由香里の仲がどれくらいのものか、測りかねているようだった。

「何かユリさんとトラブったってことはないよね？」

「そんなのは何もない」

二言はないか、淡野の顔をじっと見つめていた彼女は、「よし、分かった」と言った。

「メールしてあげる」

リコは更衣室らしき部屋にいったん消えると、携帯を手にして戻ってきた。

カウンターの客がカラオケを始め、新たに別の客も入ってきた。にわかに店内が騒々しくなる中、彼女は携帯を操作しながら、「お兄さん、名前は？」と問いかけてきた。

「淡野」

「どういう字？」

由香里には口頭でしか名乗っていないし、偽名でしかないので、どういう字でも構わないのだが、〔ワイズマン〕から授けられたまま、濃淡の淡に野原の野だと淡野は答えた。

「『淡野っちが店に来てるよ。ユリさんに会いたいって』……はい、送信」

リコは携帯をソファに置き、淡野に目を戻した。

「たぶん、五分五分。淡野っち、優しいユリさんをもてあそんで、それっきりさよならしてたんでしょ。分かるよ」

リコは赤いネイルを施した指で淡野の口もとをつついた。

「淡野っちみたいな唇の薄い人は薄情者だからね。お金の話になると目の色変えるけど、人のことは平気で傷つけるタイプ。うちの元カレと一緒」

「そんなに、俺に似てるのか？」淡野は退屈しのぎにそう訊いてみる。

「似てる似てる」リコは言った。「淡野っち、色白だよねえ。彼はサーファーだから陽に灼けてるし、茶髪だし、頬骨も少し張ってるかな。でも、彼のお兄ちゃんだって言われたら信じるよ。え、もしかしてお兄ちゃんじゃない？」

「残念ながら違う」

「だよねえ」リコはいたずらっぽく肩をすくめてみせた。「一回、会わせてあげたいけど、うちの元カレはあんまり真面目じゃないんだよねえ。ギャンブル好きで二人の間にも平気でトラブル持ちこんでくるし、くっついたり離れたりの繰り返し……でも、淡野っちも真面目そうに見えて、意外とそうでもなかったりするんじゃないの？」

「別に真面目ではないな」

「やっぱりね」彼女はしたり顔で言った。「浮気とかも平気でするでしょ。それで、顔色変えずに、しれっと嘘つくでしょ。でも、女は分かってんだからね。第六感ってやつ。気をつけたほうがいいよ」

「そうか」

着信があったらしく、リコが再び携帯を手にした。

「あ、ユリさんからだ」彼女は勝手に緊張したように硬い声で言い、それからメールを読んで、ソファの上で跳ねた。「やった！　ユリさん、ここに来るって！　淡野っち、よかったね！」

「そうか」

「そうか、じゃないよ。何クールに言ってんのよ」リコは淡野の肩をバシバシとたたいた。

「今度はちゃんとユリさん、離さないようにしないと駄目だよ」

「じゃあ、会計してくれ」淡野は言った。「外で待つ」

「えー、ここにいればいいじゃん。感動的な再会を私にも目撃させてよ」

「いや、ユリを知ってる客もいるかもしれないし、そうしたほうがいい。それと、ほかの女の子たちに面白おかしく話すのもやめておいてくれ」

「秘密ってこと？」リコは面白くなさそうに言う。「いいけど、じゃあ、明日、ユリさんちに遊びに行っていい？」

「ああ」淡野は適当に返事をした。

〈パピリオン〉を出て、店の前で由香里を待った。連休中の観光地ではあるが、目抜き通りから一本外れているので、人影はまばらだ。店のカラオケの音がかすかに洩れ聞こえてくる。

十分ほど店の脇の石段に腰かけて待っていると、自転車に乗った女の影がかつら小路に入ってきた。

ゆっくりと走ってきたそれは、淡野に近づくにつれてさらに速度を緩め、やがてそっと止まった。

「……久しぶり」

自転車から降りた由香里が髪をかき上げ、はにかみ気味に、ささやくような声でそう言った。

「泊めてくれないか」

淡野が言うと、由香里は一つうなずいてから、「相変わらず、散らかってるけど」と応えた。

淡野は、構わないとうなずき返す。

「もしかして、前のアパートに行った？」

由香里が自転車を切り返し、それを押しながら歩き始める。

「ああ」

「ごめんね、黙って引っ越して」

淡野に知らせようもないだろうに、彼女はそんな言い方をした。

「お父さん、死んだらしいな」

「うん」由香里は前を向いたままうなずいた。「お酒がたたったのかな、肝臓が悪かったみたい。家で死んだまま、二週間くらい経った状態で叔母さんが発見したんだって」

由香里の父親は東京の板橋《いたばし》区で一人暮らしをしていたと聞いている。由香里の母親は彼女が小学生の頃に病気がもとで亡くなり、中学生になってから後添えが家に入ったが、夫である由香里の父親と喧嘩が絶えず、二年ほどで家を出ていった。

——本当は親子一緒に暮らしたほうがいいんだろうけど、どうしてもできなくてね……。

以前、由香里は自分の身の上をそう打ち明けた。

後妻とのいさかいで暴力癖がついた父親は、二人きりの暮らしに戻ると、由香里に対しても気に入らないことがあるたび大声で怒鳴りつけ、簡単に手を上げるようになった。昼は父親然とした顔で内装業の仕事も休むことなくこなしている。しかし、夜になって酒とともに自分を解き放ったとき、彼は鬼としか言いようのない生き物になるのだった。

高校生になった頃から、性的虐待が追い打ちをかけた。寂しさに苛《さいな》まれ、早逝した妻の面影を娘に追い求めたというところなのかもしれないが、それはもう親の所業とは言えなかった。逃げるようにして友達の家を泊まり歩いていると、父親は猫を呼び寄せるような顔で連れ戻しに来る。父親らしくなかったと詫び、生まれ変わった人間になると誓い、実際に由香里を連れ戻したその日は自ら台所に立って腕によりをかけた料理を作ってみせるのだ。しかし、それから二週間も経たずに、彼はまた、腕力でもって由香里を蹂躙《じゅうりん》し始める。その悪夢のような生活の波に揉まれ、由香里の心身はぼろぼろになっていった。

しかし彼女は、高校卒業までそれを我慢した。淡野にしてみれば気が遠くなるような我慢強さだ。ふらりと消えた淡野がこうして戻ってきて、それがわずか数日のことだったような顔をして彼女は迎えに来たが、高校時代のことを思えば、この二年などは確かにあっという間のことだっただろう。

高校を卒業して、ようやく由香里は家を出た。夜のバイトをしながらデザイン系の専門学校に通い、卒業後はテキスタイルデザイナーのアシスタントになった。酒で身体を壊し、すっかり弱気になった父親には、たびたび帰ってきてほしいと懇願されたが、彼女はもう、血がつながっているからというだけで情にほだされるようなことはなかった。

「縁を切ったつもりだったから、遺産なんてもらう義理もないんだけどね」

孤独死の現場物件でもあり、古家は取り壊すことになったが、それでも土地を売り払うことで鎌倉の中古民家を一括で買えるほどの金が転がりこんできたわけだ。

「慰謝料としては安いだろ」

淡野がぽつりと言うと、由香里は冗談として聞き流すように、「そうかな」とだけ言った。

二年前、由香里から問わず語りでその身の上話を聞いたとき、淡野は、「父親が憎いんだったら、俺が殺してやろうか？」と持ちかけてみた。

半分冗談であり、半分本気だった。冗談というのは、淡野がそんな口を挿む筋合いの話ではないということだ。ただ、その意見の極端さが、彼女が抱え続けていたものの重量感を狂わせ、何を重そうにしていたのか分からなくなるような感覚を与えてみたかった。

本気というのは、彼女の父親は自分の父親と似たタイプだと思ったからだ。

その本気の度合いが由香里にいくらか伝わったのだろう、淡野の顔を見返して、彼女にしてははっきりと首を振った。

——もう終わったことだから。

そう言い添えて、彼女は話を終わらせた。

淡野の言葉をどれだけ本気に捉えたのかは分からない。ただ、すべてを冗談として片づける受け止め方ではなかった。

そうであれば、彼女は同時に、淡野という何の仕事をしているかも曖昧にしている人間の危険性をも感じ取ったはずだった。

しかしその後も、彼女は淡野に対する態度を変えなかった。妙に怖がったり警戒したりすることもなく、自然体の挙措で淡野に接し続けた。ある意味それが、淡野に一カ月近くもひところに留まらせた理由だとも言えた。

こうして再会しても、由香里の態度は二年前と何も変わっていない。その自然さは、もしかしたら、過酷な十代をくぐり抜けてきた経験で培われた性根の据わり方から来るものかもしれない。おっとりした物腰に隠れているが、中身は荒い岩肌を這い上がるような人生を経て出来上がっているのだ。

彼女の家は材木座《ざいもくざ》の中にあった。潮の気配はそれほど感じないが、四、五十メートルも行けば海岸通りに出られるという。家自体は築三十年以上は経っているらしく、自転車置き場に使っているガレージのトタン屋根にもところどころ穴が開いている。しかし、これくらいの古さが逆に落ち着くのだと彼女は言った。

家に上がってからの淡野は、ほとんど何もしゃべらなかった。居間の小さなソファに腰を下ろし、由香里が明日の朝食用に残しておいたらしい半人前ほどのカレーを食べた。ほかにラーメンでも作ろうかと訊かれたが、淡野は首を振ってそれを断った。

すべての警戒心を解いたわけではないが、横浜の街に身を置いているときのような緊張は必要なかった。毎日のように心身を縛っていたそれがなくなると、普段以上の疲労感が顔を覗かせた。

だいぶ疲れていた。淡野はソファに身体を預けたまま、うとうとし始めた。由香里が、ベッドで寝たらいいと言ったが、淡野はゆるゆると首を振り、ソファの上で横になった。由香里が寝室から持ってきた肌かけを身体にかけてくれたあと、淡野は深い眠りに落ちた。

翌日、目を覚ましたときには、カーテン越しの光が部屋の中をうっすらと明るくしていた。手首のブレゲに目をやると、十時をすぎていた。丸半日近く眠っていたことになる。外からがりがりと土を引っかくような音が聞こえていたので、カーテンをめくってみると、由香里が日よけのパーカーや手袋をした姿で、庭仕事をしていた。

淡野は窓を開け、縁側に腰を下ろした。

「おはよ」

由香里は振り向いて、淡野に声をかける。

「ご飯、用意するね」

「続ければいい」

淡野が言うと、由香里は素直にうなずき、鍬《くわ》を重そうに振り上げて、土に打ちこんだ。

「割と庭、広いでしょ」由香里が言う。「庭とその縁側が気に入ったの」

家そのものはそれほど大きくはないが、生垣に囲まれた庭は、駐車場にすれば車三台は収まるくらいの広さがある。

「何を植えるんだ？」

「野菜」彼女は答える。「トマトとかゴボウとか……去年の秋にもちょっとやってみたんだけど、ほとんど失敗しちゃって。だから、今度は本気でやってみようかなって」

「潮風で育たないんじゃないか」

「そうかな……でも、海の真ん前ってわけでもないし、土さえちゃんと耕せば、トマトやゴボウは育つと思うんだよね」

由香里は「本気」と口にした通り、慣れているとは言いがたい手つきで鍬を振り上げ、振り下ろす。それはそれで見ていて飽きる光景ではない。

「手伝ってくれてもいいけど」

由香里は手を止め、手袋で額の汗を拭いながら、いたずらっぽく淡野を見た。

「気が向いたらな」

淡野が言うと、由香里は苦笑気味の笑みを投げかけてから、また鍬を振り上げた。

シャワーを借り、髪を乾かして脱衣所から出てくると、由香里は家庭菜園の作業を切り上げて台所に戻っていた。

もう、昼に近かった。朝を抜いた分、大盛りにすると言って、彼女はオムライスを作り始めた。

淡野は小さな食卓の椅子に座って、料理の出来上がりを待っていたが、玄関先で車のエンジン音が聞こえ、やがてそれが止まった気配に気づいた。

チャイムが鳴り、玉ねぎを刻んでいた由香里が、包丁を持つ手を止めた。

「誰だ?」淡野は静かに訊く。

「リコちゃんが来るってメールで言ってたけど……」

「あの子は車、持ってるのか?」

由香里は首をかしげる。

淡野は庭に面した居間に戻り、カーテンの陰から玄関先に目を向けた。

ガレージに小型のSUVが入っている。そして、門の前に立っているのは、確かにリコのようだった。

彼女の隣には陽に灼けた若い男がいた。

「あの子だ」

居間の入口で様子を見ていた由香里に、淡野は言う。淡野が訪問者をなぜこれほど警戒しているか、彼女は問おうともせず、ただうなずいて玄関へと回った。

「淡野っち！」

やがて、玄関からリコの騒がしい呼び声が聞こえた。

「淡野くん、ちょっと」

由香里も戻ってきて、何やらおかしそうに淡野を呼んだ。

玄関に顔を出してみると、リコと、同行の男が立っていた。男は二十代前半の年格好で、茶髪を無造作に伸ばし、浅黒い顔にうっすらとひげを蓄えている。淡野を見て、かすかに目を見開いた。

「淡野っちの弟」昨日話していたリコの元カレらしい。彼女ははしゃぐようにして、連れてきた彼を指差した。「似てるでしょ⁉」

「大して似てないな」

男は細面の部類に入る淡野より、いくぶん幅広の顔だった。リコが言っていた通り、唇が薄いのは同じだが、頬とあごの骨格が張っているので、口の形はだいぶ違う。身体つきも淡野より少し背は低く、逆に肩周りはがっちりしている。

ただ、目もとは確かに似ているかもしれない。鼻の形も大きな特徴はなく、目鼻の配置にだけ目を留めれば、少々不思議な感覚になる。

「似てるよ、似てる」由香里までもがいつになく興奮している。「本当に弟さんなのかって思っちゃった」

「渉《わたる》くん」リコが淡野たちに元カレを紹介する。「サンズイに歩くの渉」

紹介された渉は、「淡野渉です」と冗談めかして言い、リコたちを笑わせながら、早くも淡野を値踏みするような目つきを見せてきた。サーファーであるのは一目見て分かるが、それだけではないやんちゃさが顔つきに出ている。淡野が隠しているものを、彼はあえて出しているようにも見える。

「ちなみに私の本名は、絵描きの絵に里に子で絵里子《えりこ》ね」彼女はそう名乗った。「まあ、リコでいいけど」

「リコちゃん、呼びやすいもんね」由香里もそのほうが呼び慣れているらしく、そう言って笑った。「上がって。今、昼ごはん作ってるから」

由香里に促され、リコ——絵里子たちは家に上がってきた。

「ユリさん、私も手伝います」

料理の手伝いに名乗りを上げた絵里子は、「兄弟仲よくね」と、淡野たちを狭い台所から居間へと追いやった。

淡野はソファに座り、渉は壁にもたれてカーペットにあぐらをかいた。

自分とはやはり顔の作りは違う。しかし、マスクをかければ、かなり似て見えるかもしれないとも思う。あるいは、ふとした拍子に見せる横顔などは、自分の若い頃の写真を見ているような気になったりもする。

渉も時折ちらちらと淡野を見返してくる。別に仲よくなる気もないので黙ったままでいると、向こうから口を開いてきた。

「淡野さんは何のシノギをしてるんすか？」

淡野は小さく眉をひそめる。

「そうやってワイシャツ着てたりしても、普通の社会人じゃないってのは分かりますよ」渉は不敵に言ってのけた。「夜の店で知り合った女の家に上がりこんだり、カタギの人間がやることじゃないっすからね」

「いろいろだ」淡野は適当にあしらうように答えた。

「いろいろって何すか」渉は小さく笑った。「ションベン刑じゃ済まないこともってことですか？」

淡野はそれに答えず、「君は何をやってるんだ？」と逆に訊いた。

「俺もいろいろっすよ」渉は強がるように言う。「まあ最近は、米軍の横流し品をネットのフリマでさばいたりとか……」

「堅実だな」淡野は言った。

「もちろん、それだけじゃなくて」渉はむっとしたように言った。「ゲーム機の空き箱集めて、五千円とかで売ったり」

「中身があると見せかけてか……大して引っかかるまい」

「月に十万は稼げますよ。一月経ったら、アカウントを変えるんです」

「ご苦労なことだ」

淡野の冷めた反応に、渉も冷ややかな目つきで応える。

「いや、確かに、そんなことといくらがんばったって、大して儲かりませんよ」彼は開き直ったように言う。「何かいい話、ないっすかね？」

その言い方に好戦的なぎらつきが浮いていて、淡野は「さあな」と受け流す。かなり金に困っているなと思った。

「教えてくださいよ」丁寧な言い回しながら、口調は淡野を懸命に威圧しようとしている。

「それか、相談なんですけど、少し貸してもらえませんかね？　真面目な話、二、三十万ばかし」

「今会ったばかりだろ」淡野は鼻で笑ってはねつけた。

「あんたも昨日、会ったばっかの絵里子に泊めてくれって言ったらしいじゃないっすか」渉が少し声を落とした。

「違いない」淡野は肩をすくめる。「言ってみただけだ。それで断られた。君も断られたら、おとなしく引き下がったほうがいい」

「何でもないことみたいに言うね」渉は鋭い目を淡野に向け、なおも突っかかってくる。「人の女にちょっかい出しといて」

「そのいちゃもんは無理があるな」淡野はかぶりを振る。「だいたい、君のことは元カレだと言ってた。文句を言われる筋合いはない」

「そういう言い方はないでしょ」渉は険のある声で言いながら、ポケットから折り畳み式ナイフを取り出し、これ見よがしにもてあそび始めた。「今はちょっとぎくしゃくしてるだけで、別れたとか何とか、そういう話じゃないっすよ。実際、こうやって連れ立って来てるわけだし、見りゃ分かるでしょ」

「せっかく和やかに話してるんだから、余計なものは仕舞っとけ」

「落としどころを探しましょうよ」渉は淡野の言葉には反応せず、自分の話を進めた。「まじで金がいるんですよ。横浜の裏カジノでスッちゃいましてね。とりあえず二十万くらいは持ってかないとやばいんですよ、本当に」

「あいにく、俺には持ち合わせがない」

「下ろしてくりゃいいでしょ」

「あいにく、銀行口座も持ってない」

「人を食ったこと言ってんじゃねえよ」渉は目を細めて淡野をにらみ、それからちらりと淡野の手もとに視線を落とした。「その時計、きらきらして、ずいぶん高そうじゃねえか。あんたがどれくらいの羽振りなのかは、一目見りゃ分かるんだよ」

「目ざといな」淡野は言う。「だが、金を持ってないのは本当だ。この時計を質屋に持ってけば一千万にはなるだろうが、時間が分からなくなるのは困るから駄目だ」

一千万という言葉を聞き、渉は瞬間、気後れしたようにあごを引いた。

「あんた、何やってる人だよ？」

「いろいろだと言ってる」

「ふん」渉はすぐに、強気の目つきを取り戻した。「分かったよ。あんたが人を食ったような態度を取り続けるんなら、こっちにも考えがある。警察に匿名でタレこんでやるよ。この家に淡野っていう男が泊まってる。絶対ヤバいことやってるやつだから、マークして職務質問するなり指紋採るなりしてみたらどうだってな」

「警察もそんなのを相手にするほど暇じゃない」

淡野は口調に何の感情も乗せずにそう応えた。しかし、渉はそこから無理やり動揺を見透かしたかのように、しつこく攻めてきた。

「じゃあ試しに電話してやろうか？」

「やめとけ」

低い声で制したものの、渉の攻め手は緩まなかった。淡野に見せつけるようにして、ポケットから携帯を取り出した。淡野に食らいつくには、もうこれしかないと決めたらしかった。それだけ彼自身も焦っている表れだとも言えた。

「1」渉は淡野に一瞥《いちべつ》をくれてから、携帯に添えた指を動かした。

「もう一度言い、再び淡野に挑発の視線を送って指を動かす。

「0」

渉の口がそう動いたとき、淡野はソファから跳ねるようにして、彼の手もとに足を飛ばしていた。携帯が壁まで吹っ飛び、ナイフが彼の膝もとにこぼれ落ちた。

淡野は身体を起こしてすばやく片膝立ちになると、今度は、渉の頰に向けてこぶしを振り抜いた。

「てっ！」

渉の目の色が変わったが、それに構わず襟もとをつかんで引きずり倒し、反撃の隙を与えることなく、鼻っ面にこぶしを打ち下ろした。さらに、もう一度こぶしを振り、彼の身体に馬乗りになって、その首を絞める。

渉が鼻血を吹き出しながら、苦悶の声を上げた。

「何してんの⁉」

居間の入口から声がかかった。ちらりと目を向けると、絵里子が青ざめた表情で立っていた。

「やめてあげて！」

力を緩めても反撃してくる気配がなかったので、淡野は立ち上がって渉から離れた。彼はすっかり戦意を喪失しているようだった。

由香里も何事かと様子を見に来た。

「ただの兄弟喧嘩だ」淡野は小さく肩をすくめて言った。「どういうつもりか知らんが、ナイフをちらつかせてきたから、こうなった」

「もう、何やってんの……」

絵里子はどちらに対してとも取れる憤《いきどお》りの声を上げながら、ティッシュを手に取り、渉のかたわらに座って彼の鼻血を拭いた。

「どうせ淡野っちにも金貸してくれって言ったんでしょ。この人、カジノで借金作っちゃったらしくて、めちゃくちゃなのよ。方々で金貸せ金貸せって、馬鹿なんだから。許してあげて」

「いくら負けたの？」

由香里が床に落ちたナイフを拾い上げ、隠すようにしながら、そんなことを訊いた。

「百万くらいですって」絵里子が答える。「とりあえず二、三十万はすぐにでも持っていかないと、ヤミ金に債権が渡されるらしいんですよ」

「わあ……」由香里は戸惑いとも呆れともつかない反応を示した。「百万はともかく、二十万くらいだったら、とりあえず貸してあげてもいいけど」

「やめとけ」淡野は口を挿んだ。「今、二十万用意できずに汲々としてるやつが、この先、残りの八十万を何とかできるわけがない。結局、それも君に頼ってくることになるだけだ」

「そうよ」と絵里子。「この人、自分の借金返すために、私にデリヘルやれとか、けしかけてきたのよ。自分で何とかしようなんて気、さらさらないんだから」

「分かったよ」渉はふてくされたように言った。「自分で強盗でもしてくりゃいいんだろ。誰の助けも借りねえよ」

「そういうこと言ってんじゃないってば」絵里子がそう言って、鼻から息を抜いた。「まったく」

「とりあえず顔洗って」由香里が答えの出ない問題を棚上げするように言った。「そんでご飯食べましょ」

その場の緊張感が霧散し、渉の気の抜けたようなため息だけがそこに残った。

昼食を終えたあと、由香里が「ちょっと買い物に行ってくる」と言って、自転車で出ていった。夕食の食材を買っておきたいということのようだが、渉のために金を下ろしに行ったのだろうと淡野は思った。

「ちょっと横浜まで乗せてってくれ」

由香里が出ていったあと、淡野は渉に声をかけた。

「え……はあ」

食事中はしきりと「鼻が折れたかも」と泣き言を繰り返し、今ようやく鼻血と痛みが治まって落ち着いた様子の渉は、淡野の呼びかけに戸惑いながらも、断るのは気が引けたのか、渋々という感じでうなずいた。最初の頃の威勢のよさはすっかり消えてしまっていた。

「私も連れてってよ」

「君は留守番だ」

留守番役を押しつけられた絵里子は、むくれた顔を見せてから、「もう喧嘩しないでね」と念を押すように言った。

「心配ない。さすがに運転手を殴ったら、俺の身も危ないからな」

淡野はそう言って、渉とともに家を出た。ジュークの後部座席に乗りこむ。

「前のほうが広いっすよ」

渉はそう言ったが、淡野は「こっちでいい」と取り合わなかった。

「いつも後ろなんですか？」

渉がエンジンをかけながら訊く。

「ああ、そうだ」

車を出してから、渉は前を向いたまま質問を継いだ。「ホンモノじゃないっすよね？」

「ホンモノ？」

「やくざ」

「違う」

淡野が車の後部座席に座るのは、警察のNシステムなどの画像に写りこみたくないからだが、渉は暴力団などの上の地位にいる人間だからと取ったようだった。

「そうっすよね」渉は笑う。「今どきやくざも儲からないらしいですし……」

由香里の家の隣は、玄関先にサーフボードが立てかけられている。このあたりは、もちろん普通に生活を営んでいる民家も多いだろうが、サーファーが別宅として使っている家も多いようだ。

海岸通りに出ると、広い砂浜の向こう、陽光が反射する波間をウィンドサーフィンの三角帆が縦横に駆け巡っている姿が見えた。

「でも、バックにはどこか付いてるんじゃないんですか？」渉が質問を続けた。「やくざじゃなくても、ギャングチームとか」

「どこも付いてない」

「まじっすか？」渉は素直に驚いてみせた。「一匹狼ってことですか？」

「オーナーはいるが、カタギの人間だ」

「オーナー？」

「いわゆる金主だ。オーナーが種銭《たねせん》を出して、俺が振り込めなんかの店を作って営業する。オーナーには上がりの一部を渡す」

「振り込め……なるほど」渉は得心したように言った。「俺もそれ、使ってくださいよ」

「残念ながら、去年、警察に踏みこまれてからやってない」

「何だ……」

「店長以下、ほとんど捕まった。人を集めて、場所を見つけて、携帯そろえて……手間暇がかかる仕事だから、簡単に再開できるわけじゃない」

「淡野さんは無事だったんすか？」

「俺は捕まらない」

「何すか、その自信」渉は呆れたように言ってから、自分の話を始めた。「俺、前は車の整備やってたんですけど、同僚といざこざがあってやめちゃったんすよ。仕方ないから遊ぶしかないじゃないですか。そんで横浜の女と知り合って、友達が裏カジノで働いてるって言うから、行ってみたんですよ。俺、もともとパチンコとか競馬とか賭け事が好きだし、カジノも行ってみたかったんですよね。で、行ったら、その友達のコネで、いくらか分のチップくれるんですよ。遊ぶじゃないですか。最初は慣れてないから、あっという間にチップがなくなるんですよ。でも、さすがに面白いし、三十分くらいじゃ帰れないじゃないですか。そしたら、金を貸してくれるっていうんですよ。借りるじゃないですか。それで夢中になって三時間くらい続けて、気づいたら百万ですよ」

渉は話していて自分でも馬鹿馬鹿しくなったように小さく失笑した。

「こっちはそれをどう返すかで頭がいっぱいなのに、絵里子には、その女とどういう関係なんだって、そればっかり言われるし、案の定、喧嘩ですよ。まあ、あいつとは何度もそういうのがあるんですけど」

「裏カジノの手口だな。上客にならないと見りゃ、さっさと身ぐるみはがして、やつらの小遣い稼ぎにするだけだ。その女も十万くらいはバックしてもらってる」

「そう言われても、遅いっすよ」渉は肩をすくめる。「ケツ持ち、ちゃんとしたやくざみたいだし、何とか金作んないと」

「シノギを回してくれる仲間はいないのか?」

渉は首を振る。「普段つるんでるのは、ただの遊び仲間ですからね。サーフィンやったり、だべったりの。一緒に組んで何かやろうってのはいません」

「君は捕まったことは?」

「俺も捕まりませんよ」

渉も強気の口調で言い返してきたが、それは単に、危ない橋はそれほど渡ってきていないだけのことだろうと思えた。

渉には社本豊のような腕力もなければ、砂山知樹のような明晰さもない。砂山健春のような度胸もないだろう。振り込め詐欺に使うとしても、受け子にでもして様子を見るのがせいぜいの男だ。

ただ、振り込め詐欺自体、摘発からしばらくほとぼりを冷ます意味で休んでいた間に、シノギとしての旬をすぎてしまったような感覚が淡野の中にある。

砂山兄弟と手がけた誘拐ビジネスが、振り込め詐欺とは比較にならないほど刺激的だったせいもある。暇つぶしに一人で動く社債詐欺ならともかく、それなりの手間暇と人手がいる仕事であれば、やりつくした手を再び用いるのは賢明とは言えない。倦怠感から隙が生じる恐れも出てくる。

「とにかく何でもやりますから、何か回してくださいよ」

渉は最初とは打って変わって、下手に出た口調で懇願するように言った。

「淡野だが、今から行っていいか？」

首都高を走る車中、淡野は手配師の越村《こしむら》という男に電話をかけた。

日雇い労働者たちが集まる寿町《ことぶきちょう》界隈を中心に、横浜全域から川崎までをテリトリーとしている越村は、欲しい人材を確実に見つけ出してくる闇の人材派遣業者である。先日の誘拐計画においても、受け子や逃げ子といった現場のプレイヤーは、彼がすべて用意してくれた。

当然、淡野たちがどんな犯罪計画を練って実行したかということも知っている。それどころか、〔ワイズマン〕が何者かということも越村は知っている。もともと、裏の世界で姿を隠し続ける金主を、彼が〔ワイズマン〕と呼び始めたのだ。そしてその存在以外は、何も周りに明かさない。そうやって〔ワイズマン〕を伝説級の怪人物に仕立て上げて楽しんでいるとも言え、口が堅いからこそ必要以上のことは話さないとも言える。

首都高を下り、元町《もとまち》の堀川沿いの小さな通りに入ったところで、淡野は車を路肩に停めさせた。

「どこに行くんすか？」

車に乗っているときから何回か投げかけられたその質問にはやはり答えず、淡野は車を降りる。一本向こうはおしゃれな元町通りだが、この道は目の前の堀川の真上を首都高が走り、岸沿いの緑だけがかろうじて殺風景さを和らげている裏通りだ。淡野はその通り沿いにある古びた雑居ビルの階段を上った。

二階のドアに〔元町興業〕という表札がかかっている。日がさえぎられた薄暗いエントランスだが、訪問者の気配を感知して、やけに眩しい電灯がともる。電灯の下には、大きな防犯カメラがこれ見よがしに設置されている。

インターフォンはない。訪問者はドアをノックするか、ドアの前で黙って突っ立っているかだ。訪問者を感知したカメラが音声で越村に知らせるため、それを知っている者は、わざわざノックはしない。

数秒、ドアの前で突っ立っていると、解錠の音ががちゃりと鳴った。古いビルの一室だが、防犯カメラやリモコン式のドアロックには金がかかっている。

淡野はハンカチを握った手でドアを開け、中に入った。

部屋の中央に置かれた応接ソファに越村が座っていた。五十を少しすぎたあたりの歳だが、短い髪には白髪が目立ち、見た目は歳より老けている。無精ひげを伸ばし、スウェットの上下に薄いブルゾンを羽織っているのはいつものスタイルだ。ローテーブルに将棋盤を置き、その横にタブレット端末を並べている。

「〔ネッテレ〕はいいねえ。こうやってリアルタイムでタイトル戦が観られて、暇つぶしに持ってこいだ」

ネットテレビの将棋番組を観ているらしい。〔ネッテレ〕は昨年、IT企業の〔AJIRO〕が傘下に収めた動画配信サービスの会社で、政治討論や将棋などの趣味の番組のほか、タレントの企画動画などを多チャンネルで配信している。

「見てみな」越村は何かを自慢するように、タブレットを指差した。「これが俺のアバターだ」

越村の隣に立ち、タブレットを覗くと、棋士たちの対局を見守るようにして、無数のアバターが並んでいた。

「こいつに、今のは悪手だとか、勝手なこと言わせられるし、解説者に質問を投げかけて答えてもらうこともできる。それがまた、なかなか面白くて、すっかり嵌まっちまったよ」

「暇つぶしの趣味があるのは、けっこうなことだ」

淡野は向かいのソファに座り、渉を手招いて隣に座らせた。

「淡野くんはシノギがそのまま趣味みたいなもんだからな」越村が言う。「今は何もできなくてストレスが溜まるだろ」

「小さなシノギはちょこちょこやってるが」

淡野が応えると、越村は窘《たしな》めるように首を振った。「もう少しおとなしくしてたほうがいい」

淡野は小さくうなずいておいた。

「そちらは?」越村が渉に視線を向ける。

「弟の渡辺《わたなべ》くんだ」淡野は適当な偽名を作って紹介した。

「淡野くんの弟の渡辺くんか」越村がおかしそうに言い、それから渉をまじまじと見た。「でも、そう言われてみれば、けっこう似てるな。本当に血がつながってるのか?」

「いや、単に似てるだけだ」

そう言うと、越村は「何だ」とがっかりしてみせた。「腹違いの弟が見つかって、紹介しに来たのかと思ったよ」

「裏カジノで借金こさえて首が回らないらしい。初対面でいきなり金貸してくれと言われた」

「それが兄弟の再会だとしたら、劇的だったな」越村は茶化すように言った。「喜劇だが」

「裏カジノの世界には詳しいか？」淡野はそれに取り合わず話を進めた。「このへんのそういう店は、どこが取り仕切ってる？」

「このへんとは？」

越村が訊き返してきたので、淡野は「どこにあった店だ？」と渉に訊いた。

「長者町《ちょうじゃまち》です」渉は自分の話が勝手に進んでいくこの場の空気にやや呑まれたような、硬い口調で答えた。「川の近くのネットカフェの向かいのビルの三階」

「付いてるとすりゃ、〔財慶会《ざいけいかい》〕だろうが、今どき裏カジノなんか、そんな熱心にはやってないと思うぜ」越村が言う。「まあ、母体は半グレか、それに似た悪ガキ連中だろうよ」

「ほっといたらどうなる？」

「いくら？」

「百万」

「それだけまとまってたら、見逃してはくれないだろうな」越村が笑う。「いずれかの時点で拉致されて、痛い目に遭うか、ヤミ金に連れていかれるか……仲のいいヤミ金がいれば、そこが債権肩代わりして取り立てに来るかもな。百万円なら普通に働いてコツコツ返せば返せる額だが、ヤミ金に渡りゃあ、返しても返しても利息分しか減らないみたいなことになる。

蟻地獄みたいなもんだ」

「何かいい手はあるか?」

「そうだな」越村はあごの無精ひげを撫でながら考えこんだ。「何とか方々に借金して払っちまうか……それが嫌なら、向こうの店をつぶしちまうかだよな」

「つぶすって……どうやって?」渉が思わずというように、その疑問を口にした。

「警察に踏みこんでもらえばいいんだよ」越村は訳もないことのように言った。「中の人間、根こそぎしょっ引かれたら、借金なんかうやむやになるだろ」

「警察にチクるってことですか?」渉は眉をひそめて訊く。「それで都合よく動いてくれますか?」

「淡野くんの知り合いに頼めばいいじゃん」越村は淡野をちらりと見て言った。「〔ポリスマン〕に」

〔ポリスマン〕とは〔ワイズマン〕と同様、越村が付けた呼び名で、淡野に警察の内部情報を伝えてくれる人間のことだ。

「なるほど」淡野は独りごちる。

「〔ポリスマン〕って、警察の人間ってことですか?」渉は目を瞠って言う。「そんな知り合い、いるんすか?」

「俺は話に聞くだけで会ったことはねえよ」越村が言う。「でも、いるんだろ？」

「ああ」淡野は答える。

「まあ、警察なんて、やくざまがいの連中、いくらでもいるからな。淡野くんの友達がいたって、不思議でも何でもねえ」

友達と言えるような仲ではないのだが、淡野はそれについては何も言わず、携帯を出して、〔ポリスマン〕に連絡を取ってみた。

相手はすぐに電話に出た。一時間後であれば、横浜公園で会えるという。

「ちょっと行ってくる」

職業柄、〔ポリスマン〕は裏社会の人間に顔がばれるのを嫌がるので、会うときはいつも一人だ。越村にも会わせたことはない。

「俺はどうすりゃ……？」

戸惑い気味にそう口にした渉に「ここで待ってろ」と言い残し、淡野はソファを立った。

「渡辺くん、将棋はできるか？」

「え……はさみ将棋なら」

そんな会話を聞きながら、淡野は越村の事務所を出た。

淡野と〔ポリスマン〕は、言ってみれば、〔ワイズマン〕の弟子筋に当たる。淡野は十代の頃から、〔ワイズマン〕が描いた筋書きのもと、詐欺や恐喝といった犯罪に手を染めてきたが、〔ポリスマン〕にもそうやって、〔ワイズマン〕から裏稼業のいろはを学んだ時期があった。時には淡野と彼が組んで、一つのシノギをものにしたこともあった。

そういう古い付き合いの関係ではあるが、特別の絆といったものでは結ばれていない。ましてや友人と呼べるような仲ではない。

〔ポリスマン〕が淡野に警察内部の情報を教えてくれるのは、〔ワイズマン〕に対する忠誠心の延長のようなものだ。

その思い自体は淡野にも理解できる。淡野自身、〔ワイズマン〕に自分の才能を引き出してもらい、この世界を渡っていく術を教えてもらった。ある意味、〔ワイズマン〕は淡野たちにとって、この世界における親のような存在なのだ。

〔ワイズマン〕が親であれば、淡野と〔ポリスマン〕は兄弟分と言っていいだろう。やくざの世界ではないので、どちらが兄貴分というものはない。どちらも相手をそれとなく意識し、出し抜かれないようにある程度の緊張感を持って接する。そして、シノギを成功させ、〔ワイズマン〕の期待に応えるためだけに手を握り協力する。そういう関係だからこそ、そこに友情のようないたわりの感情は存在しない。

〔ポリスマン〕に限らず、その頃、〔ワイズマン〕のもとでシノギを覚えた少年たちとは、みんな、そんな関係だった。言ってみれば、大家族の小さな兄弟たちが親の歓心を買うために躍起になったり、ほかの兄弟に自分の取り分のおやつを奪われないよう目を血走らせていたりするのと同じだ。そういう子どもたちにとって兄弟はただのライバルであり、兄弟愛などというものを自覚するゆとりはない。

中でも〔ポリスマン〕は、少年の頃からいわゆる一癖あるタイプの人間で、気を許せるような相手ではなかった。自分が助かるためなら淡野を見捨てることも厭わないところがあり、実際、ある恐喝の現場で相手のケツ持ちの逆襲に遭ったとき、彼はバイクに一人乗って淡野を置き去りにした。淡野は乱闘の隙をついて何とか逃げ出すまでに、自分の肋骨二本を犠牲にしなければならなかった。

そんな〔ポリスマン〕も、〔ワイズマン〕に対しては、飼い主に尻尾を振る忠犬のような健気《けなげ》さを見せる。その姿勢はある意味、淡野以上と言えるかもしれない。

何しろ、〔ワイズマン〕にそうしろと言われただけで、警察官になった男だ。

約束の時間、淡野は横浜公園の池のほとりにあるベンチに座っていた。

公園には行楽の家族連れやデートを楽しむカップルの姿が多く、淡野のようなワイシャツ姿はまばらだ。

淡野は中華街で買ってきた豚まんを頬張り、休日の突発的な仕事を何とかこなして一息ついている会社員といった風情でそこにいる。

やがて、同じベンチに人一人分のスペースを空けて、同じワイシャツ姿の男が上着を片手に座った。

〔ポリスマン〕だ。

淡野は薮田《やぶた》と呼んでいる。

本名ではない。淡野が少年時代から水野、霧野、淡野などと〔ワイズマン〕から適当な渡世名を付けられ、呼ばれてきたのと一緒だ。薮田の少年時代の名前は沼田《ぬまた》だった。警察官になれと言われたのと同時に薮田になり、裏稼業に直接加わることはなくなったので、それ以来、呼び名は変わっていない。

淡野は彼の本名を知らない上、神奈川県警のどこの部署にいるのかも知らない。ただ、話を聞く限り、淡野の事件の捜査本部に身を置いているか、少なくとも情報を聞ける同僚が捜査本部にいるようではある。淡野にとってはそれで十分だ。

「横浜、川崎あたりの防犯カメラの映像を片っ端から集めてる」〔ポリスマン〕は池を眺めたまま、独り言のように言った。「お前の写真をベースにして解析ソフトにかけるようだ」

「写真は鮮明じゃないと聞いたが」

「確かに、本人以外でも誤ってヒットする確率は高いし、そもそも画像上で〈リップマン〉本人だと特定する手段は何もない」

彼は、淡野が捜査本部で〈リップマン〉と呼ばれていることが気に入っているようだった。反対に、自分が越村らに〈ポリスマン〉と呼ばれていることは気に入らないらしく、「芸のない呼び名だ」と面白くなさそうに言う。

「それでも、ある程度の成果は挙がると踏んだようだ」〈ポリスマン〉はそう言ってから、付け足した。「逆に言えば、それくらいしか突破口がないということでもあるがな」

ある程度の成果というものが具体的に何を指すのか、淡野には今一つイメージしづらかった。似た人間を探したとしても、淡野本人だと特定できなければ対処のしようがない。仮に特定できたとしても、淡野はすでにその場所にはいないのだ。画像でもって淡野に迫るには、メディアに公開する手しかないだろうが、鮮明でないとされる横顔の画像では効果も期待できないだろう。だからこそ、今もって公開していないと思われる。そして、それをもとにほかの防犯カメラの映像を解析したとして、本人と特定できない以上、その結果得られた更なる画像も公開するわけにはいかないはずだ。

彼の話をいろいろ吟味してみても、結局、彼が付け加えたように、捜査当局はまだまだ淡野に迫る手立てを見つけられず、迷走中と見ていいのではないかという気がした。

　もちろん、油断は禁物だが。

「あと、要注意と言えば、弟の病室での取り調べがもうすぐ始まるかもしれない」〔ポリスマン〕が言う。

「取り調べが受けられるまで回復したか」淡野は言った。「よかったじゃないか」

一時は命も危ぶまれていたと聞いていただけに、朗報だと思った。

「弟のほうは、けっこう隙があるという話だな。余計なことをポロリと言いかねない気がするが、大丈夫か？」

「弁護士はちゃんと付けてある」社本や知樹らと同じように、刑事弁護の分野で名を馳せている一流弁護士に越村を通して依頼している。「それに、知樹にしろ健春にしろ、俺の何を知っているというわけじゃない。少なくとも俺のねぐらは知らない。だから、連中の話から俺を捕まえるというのは無理だ」

「ボスのことも知らないな？」

「ああ」

　警察に捕まった中で〔ワイズマン〕と直に会ったことがあるのは社本だけだ。店を始める前と店が軌道に乗ったときの二度、ホテルの部屋で会わせて、社本を激励してもらった。オーナーと直に会えば、シノギへの気持ちも入るし、下手なことはできないという緊張感も湧く。照明を絞った部屋の中で〔ワイズマン〕はサングラスをかけていたし、「名前は知らなくていい」と告げていたから、社本にしても、どこの誰という見当は何もついていないだろう。どこかの暴力団の幹部クラスの人間くらいに思ったはずだ。

「話は変わるが」淡野はそう切り出した。「長者町の〔サブマリン〕というネットカフェの向かいにあるビルの三階で裏カジノが開かれているらしい。池田ビルだ。さっき、ちょっと見に行ってみたが、表札は何も出ていない。指紋認証か何かで開くようなセキュリティー装置があって、もちろん防犯カメラも付いてる。そんなエントランスだ」

「それが？」裏カジノなど珍しくもないというように、〔ポリスマン〕が言う。

「摘発したらどうかと思ってな」

「部署が違う」〔ポリスマン〕は言った。「それは生安《せいあん》の仕事だ」

「生安の人間に教えてやればいい」

「そこまでする理由は？」〔ポリスマン〕が訝しげに訊く。

淡野自身も、そう尋ねられて、明確に返せる答えは持っていなかった。渉にそうまでしてやる義理は何もない。

ただ、自分が何もしなければ、由香里が世話を焼くように動いて、トラブルに巻きこまれるであろうというのが一つ。

それから、何かまとまったシノギに手を出す時期が来れば、渉を使えるのではないかという見込みも一つある。結局のところ、シノギは人手が多いほど幅が広がるし、面白みも出るものだ。

「ボスに関係する話なら、もちろん動くが」

「無関係とは言えない」〔ポリスマン〕の言葉に淡野は乗った。「横浜はカジノ特区の誘致に名乗りを上げてる。そのプロジェクトにボスが食いこもうとしてるのは、君も知ってるだろう。カジノを誘致する街に裏カジノなど邪魔でしかない」

「こじつけだな」〔ポリスマン〕は笑いもせず、そう言った。「確かにうちもカジノ特区のことはにわかに意識し始めていて、本部長からは、県内の違法賭博を一掃するよう号令がかかったという話も聞いてる。開帳の情報があれば、飛びつくだろう」

「だったら、やってくれ」

〔ポリスマン〕はすぐには応えない。

もともと、淡野の個人的な案件で彼が動くことは今までもなかった。

ただ、こちらの頼みを関係ないと簡単に一蹴できるわけではないことも、淡野は十分知っている。

一つには、彼の淡野に対するライバル心がある。シノギの世界でいまだ活躍を続け、〔ワイズマン〕にも愛弟子として目をかけられている淡野に、その程度のこともできないのかと思われるのは、彼のプライドが許さないのだ。

もう一つには、もし淡野が警察に捕まってしまうと、自分の身が危険にさらされるという思いがあるはずだった。淡野が〔ポリスマン〕の正体を警察に売ることなど、〔ワイズマン〕は微塵も心配していないだろうが、〔ポリスマン〕自身はそこまで淡野を信頼しているわけではない。その思いが逆に、あまりに冷ややかな関係を築いていると、いざというとき、自分の身がどうなるか分からないという危険性を無視できなくさせている。

先般の誘拐計画において〔ポリスマン〕が折に触れて内部情報をもたらしてくれたのも、そうした思いが土台にあってのことだ。必ずしも良好とは言えないが、微妙な均衡の上に成り立っている関係であり、淡野はそれを踏まえて彼と付き合っている。

「やってもいいが、そこでカジノが開かれてるという噂だけじゃ、生安を動かすには弱い」

〔ポリスマン〕はどこかもったいぶるようにして、引き受ける意思を示した。

「客引きで小遣いを稼いでる女の情報なら、あとで渡せると思う」淡野は言った。「そこから内偵をかけて、一網打尽にすればいい」

〔ポリスマン〕は仕方なさそうにうなずいた。

淡野は万札を十枚ほど入れた封筒をポケットから出し、ベンチの上に置かれた彼の上着の下へと滑らせた。

「この程度じゃ割に合わんな」〔ポリスマン〕が封筒を確かめることなく、気配だけで言う。

「貸しだ」

「もちろん」淡野はそう応じた。「それはいつもの分だ」

警察の捜査情報に対してのものである。

「じゃあ、頼んだ」

淡野はそう言って、ベンチを立った。

越村の事務所に戻ると、渉と越村は将棋を指していた。

「あ、淡野さん……またちょっと、一万くらい負けちゃいました」

渉は頭をかいて、情けなさそうに口を開いた。

「初心者カモってどうするんだ」淡野は越村に文句を言った。

「こっちは六枚落として、待ったも三回許してんだ。負けるほうが悪い」越村はほくそ笑むようにして言った。「それより、〔ポリスマン〕のほうはどうだった?」

「やってくれるそうだ」

「本当っすか？」渉が飛び上がるようにして喜んだ。

「ただ、やると言っても部署が違うから、担当部署の人間を動かす形になる。そこから内偵を始めて実際に摘発にこぎ着けるまでは、少し時間がかかるだろう。それまでは、返済の催促があっても、のらりくらりかわしておくことだ」

「分かりました」

「君をカジノに紹介した女の連絡先か何か、分かることがあったら教えてくれ」

「あ、携帯番号なら」渉は言った。「電話しても出ないですけど」

「ただの小遣い稼ぎなら、トバシ携帯じゃないだろ」淡野は言う。「それで十分だ」

女の携帯番号を〔ポリスマン〕に伝えて電話を切ると、淡野は越村にも万札の入った封筒を渡した。

「お、渡辺くん、君の負け分、お兄ちゃんからちゃんともらったぞ」

渉の負け分を払ったつもりはなく、越村には事あるごとに渡している一種のチップのようなものだが、彼は〔ポリスマン〕と違い、融通が利かないようなことは言わない。

「何だ、やっぱり、金持ってるじゃないっすか」

越村の封筒を覗いてそんなことを口にした渉をにらみつけてやると、彼はびくりと首をすくめた。

「冗談っすよ」

「行くぞ」

渉を連れて、越村の事務所を出る。

「いや、本当、ありがとうございます」外に出たところで、渉は改まったように頭を下げてきた。「これから兄貴って呼ばせてください」

「気持ち悪い」

「それくらい、いいじゃないっすか」渉は押し切るように言った。「いやあ、でも、ほっとしました」

「金輪際、ギャンブルなんかには手を出さないことだ」

「そうっすよね……兄貴はやらないんすか？」

渉は早速淡野を「兄貴」と呼んで、そんな問いを向けてきた。

「俺はやらない」

「何でですか」渉がさらに訊く。「めっちゃ強そうじゃないですか。俺は捕まらないとか言ってたし、そんなの、運が強い人間の言うことでしょう」

「シノギとギャンブルは違う」淡野は言った。「シノギは運不運で片づけるものじゃない。捕まらないのは、それだけ準備をして注意を払ってるからだ」

「なるほど」渉は言った。「ギャンブルより兄貴のシノギのほうが面白そうだ。何でもやりますから、俺を使ってくださいよ」

金が必要だからいい話を教えてくれというような当初の態度ではなく、すっかり淡野に心酔したかのような言い方に、淡野は小さく笑う。

「そのうちな」

その後、渉の車で黄金町に移動した。

黄金町には、かつてちょんの間として使われていた小さな店舗が無数にあり、一部はアーティストのアトリエなどに姿を変えているが、空き店舗のまま放置されているスペースも多い。

そうした中の一室の鍵を淡野は持っており、身の回りのものや手持ちの金、誘拐事件で得た金塊などを置いている。

渉を車に待たせ、監視の目がどこにもないことを注意深く確認してからその部屋に入った淡野は、服を何着か紙袋に放りこみ、また、一千万ほどの現金と三枚のゴールドバーが入ったリュックを肩に引っかけて、すぐにそこを出た。

とりあえず連休いっぱいは鎌倉で骨を休めるつもりでいたし、そのあともしばらくは鎌倉を拠点にしてシノギに出ようと考えていた。

鎌倉の由香里の家に戻ったときには夕方になっていた。

「持ちますよ」と、すっかり舎弟気取りの渉が気を回してきたので、リュックを預けて車を降りると、彼はそのリュックのずっしりした重みに声を上げた。

「何が入ってんすか、これ?」

「知らなくていい」

淡野が素っ気なく答えるのに対し、渉は好奇心を刺激されたような目を見せた。

「当たったら、少しくれますか?」

「ギャンブルはもうやらないんだろう」

「いや、いいじゃないっすか」渉は強引に言う。「こんなのただのクイズですよ」

淡野が相手にせず、家に入ろうとすると、渉は肩を寄せてきた。

「金じゃないっすか?」声を落として言う。「振り込めの上がりでしょ」

眉を動かしてみせる彼を淡野は一瞥する。金に対する鼻は利くらしい。

「半分しか当たってないから、やれないな」

「半分ってことは、ほかにも何か入ってるってことですか?」

淡野はもう答えなかった。

「お帰り」

由香里は絵里子と菓子を焼いているところらしかった。

「あ、渉くん」

由香里は渉を呼び、エプロンのポケットから封筒を取り出した。

「それはもういい」淡野はそれを制した。

「え？」

「お金だったら大丈夫です」渉が応える。「兄貴のおかげで何とかなりそうです」

「兄貴？」由香里はきょとんとした顔を見せてから、くすりと笑った。「ならいいけど」

「何、すっかり仲よくなっちゃって」絵里子が調子のいい渉に呆れてみせる。

「いや、兄貴、すげえんだから……」

余計なことは言うなと淡野は渉の口を手で押さえ、彼が持っていたリュックを引き取った。

「淡野っち、しばらくここにいるんだ」絵里子は紙袋に入った着替えを見て話を変えた。

「てか、自分たちばっか外に出てないで、私たちもどっか連れてってよ」

「じゃあ、お茶したら、そのへん散歩がてら、夕飯食べに行こっか」

由香里の言葉に絵里子が「そうしよ」と淡野を見た。

「ああ」淡野は適当に返事をして由香里に訊く。「二階に荷物を置くとこあるか？」

「あ……じゃあ、寝室に」

由香里に付いて二階に上がる。着替えの入った紙袋を寝室の壁際に置くと、彼女は「着替える?」と訊き、中の服を広げた。

「ああ」

淡野は答えながら、リュックをベッドの下にもぐりこませる。由香里はその様子を見ていたが、何も尋ねてはこなかった。

立ち上がると、由香里がそっと身を寄せ、淡野のワイシャツのボタンを外し始めた。

「今度は長くいられそう?」由香里が訊く。

淡野は、さあなと首をかしげるだけで答えない。自分でも分からないことだった。

ただ、前回、淡野の感覚では腰を落ち着けすぎたと思っていたが、彼女にしてみればそうではなかったのだということは分かった。

「でも、戻ってきてくれる気はしてた」

由香里は呟くように言い、小さな笑みを口もとに覗かせた。

「ずっといてくれるといいけど……今度いなくなったとしても、また戻ってきてくれるような気がする」

彼女はそんな言葉を継ぎ、ワイシャツのボタンを外した淡野の胸もとにそっと頬を押し当てた。

7

〈弊社の代表を務めております網代が、一度、曾根本部長にお目にかかってご挨拶したいと申しております。つきましては、本来こちらから出向くべきところではございますが、せっかくの機会ですので、網代が弊社をご案内したいと〉

五月の連休後のある日、〔ＡＪＩＲＯホールディングス〕の秘書室長から曾根のもとに、そんな電話がかかってきた。

徳永一雄から指示があったのだろう。事情を心得ている曾根は細かいことは訊かず、自分の手帳を繰《く》って、スケジュールを調整した。

一週間後、曾根はみなとみらいにある〔ＡＪＩＲＯ〕の本社を訪れた。

オフィスビルのエントランスに着けられた公用車を降りた曾根は、一階ロビーにある受付に寄って、来意を告げた。

ビルは十八階建てで、このあたりでは別段高層というわけではないが、真新しく近代的な造りである。入居しているのはすべて〔ＡＪＩＲＯ〕グループの企業であるようだった。案内を待つ間、受付嬢にそれとなく訊いてみたが、入居したのもつい二年近く前のことらしい。

グループ社員数二千人余りというのは、職員数一万七千人の県警組織を率いている曾根からすれば圧倒されるようなものではない。しかし、会社としての構えを目の当たりにすると、なかなかの威容である。今まで気にも留めていなかっただけに、みなとみらいという県警本部から目と鼻の先に、こういう気鋭の企業グループが存在していることには新鮮な驚きを感じる。

やがて曾根に電話をかけてきた秘書室長の松原《まつばら》が迎えに来た。うやうやしく来訪の礼を口にし、エレベーターホールに向かった。

「網代社長はあまりメディアには顔を出していないようですね」

曾根は訪問に当たって、〔AJIRO〕グループや網代実光《さねみつ》について、一通り調べてみたのだが、奇妙なことに網代の名をネットで検索しても、はっきりした顔写真が一向に引っかからないのだった。何人かを写したスナップ写真が二、三枚ヒットし、どうもこの男ではないかという当たりはつけられるのだが、それさえ鮮明な写真ではないので、クリアな印象を脳裏に留めることはできない。また、明らかに別人と思われる男もなぜか検索に引っかかってきて、網代本人と見られる男も本当にそうなのかどうか、曾根の中では確定できずに終わっていた。

それゆえ投げかけてみた曾根の言葉に、松原は「ええ」と恐縮するように頭を下げ、微苦笑を見せた。

「決して偏屈な人間ではないんですが、自分が目立とうとは考えていないと申しますか、IT系の経営者は自身が広告塔になることを厭わない方々も多いんですが、網代は少し考え方が違うようでして」

「経営に専念していると……？」

「そうでございますね」

経営者であるからには社交を苦手にしているということはないだろうが、政治家のパーティーに出てもすぐに帰ってしまうような行動といい、今をときめくIT企業のトップとしては存在が謎めいている。もとより、IT企業など東京都心に本社を構えるのが自然だろうに、わざわざ横浜みなとみらいを拠点にするというのも、脚光を浴びる場から距離を置こうとしているようにも見え、網代の人間性を表しているとも思える。

ただ、そんな男が買収を重ねて自らの企業グループをあっという間に大きくし、今度はカジノ計画にもただならぬ色気を覗かせているという。そこだけを取って見れば、日の当たらない場所でおとなしくしているような人間ではないということになる。

いったい、どんな男だろうか。

エレベーターが開き、曾根は松原とともに乗りこんだ。秘書室長が最上階の十八階ボタンを押した。

社長室は最上階か……それなりに権力を誇示したがる性格のようだ。県警本部では刑事部屋より下のフロアとなる九階に本部長室を構えている曾根からすれば、そのことだけで、網代が帝王気質を持った人間だと受け取れた。

最上階に着くと、秘書室長が先導する形で静かな通路を歩いた。途中、カメラが設置された強化ガラスのゲートがあったが、顔認証で反応するのか、松原が近づいていくと、自動的に開いた。

そこから左右にいくつかのドアがあった。松原は一番奥まで進み、ドアをノックした。

「曾根本部長をお連れいたしました」

ドアを開けた松原は中にそう呼びかけ、曾根のほうを振り向いて「どうぞ」と招き入れた。

部屋に入ると、壁を背にしたデスクのそばに網代が立っていた。細身のジーンズに武骨な革靴を履き、黒のTシャツの上にニットのジャケットを羽織っている。ゆっくりと近づいてくるが表情は分からない。大きなサングラスをかけているからだ。その姿に意表をつかれ、曾根は思わず眉をひそめる。

すると、網代は、曾根の目の前まで歩み寄ってきたところで、にっと唇を吊り上げた。

「県警本部長というと、犯罪撲滅に向かって指揮をとる正義の代表者というイメージですが、曾根さんは見たところ、ただの正義漢ではない、清濁併せ呑むタイプのようですね」

網代は手振りで松原に退がるよう命じてから、「失礼」と言い、サングラスを頭の上に跳ね上げた。切れ長の目がそこにあった。目尻に皺を刻んでいるが、印象的には柔和さより鋭さのほうが勝っている。

「これはアメリカのＩＴ大手が開発したウェアラブル端末で、スマホのアプリと連動させることによって、レンズにいろんな情報を映し出すんです。うちでちょっと遊びで開発してるアプリがありましてね、このサングラスを通して見ると、相手がどれだけイケメンや美人かというルックス度が測定できる。それだけじゃなくて、善人度、悪人度なんかも顔つきから弾き出してしまうんです。

曾根さんは善人度62に対して、悪人度は78ある。これはなかなか高い数値でして、あなたは困惑されるでしょうが、私としては、格式ばった官僚というだけではない人間性を備えていると、肯定的に取らせていただきますよ」

曾根より一回り近く若い男だが、臆する様子はまるでない。笑みをたたえた面構えなどは、不敵なほど堂々としている。

「ＡＩの顔認証技術のようなものを使っているわけですか？」

「よくご存じで」

山手署の捜査本部が〔リップマン〕の行方を追うにあたり、最先端の顔認証システムと科捜研が試験運用しているＡＩの犯罪予測システムを使うことにしたという報告を先日、巻島から聞いていたこともあり、曾根はそう尋ねてみたのだった。

「簡単なからくりを言うと、古今東西の有名な人格者や顕彰された人物の顔をデータとして取りこみ、類似性を弾き出すのが善人度。反対に悪人度のベースには、犯罪者や暴力団員なんかの顔が取りこまれてるわけです。だからまあ、商品としてはちょっと問題があるかなと思ってるんですが、うちの連中はこういう売り物にならないおもちゃを一生懸命作るのが好きなんですよ」

「簡単に説明されれば理解はできますが、技術的には難解なものなんでしょうね。ＩＴというのは、我々門外漢にはなかなか敷居が高い。それを扱う会社というのも、私からしたら外国のようなものです。まさか、いきなりサングラス姿で出迎えられたあげく、面と向かって、あなたは悪人顔だと言われるとは思わなかった」

皮肉を交えて言ったものの、網代は愉快そうな笑い声を立てただけだった。

「悪人顔とまでは言ってませんよ」網代は言った。「ただ、うちの連中なりに真面目に作ったただけあって、これが割とよく当たるんです。曾根さんが少しでも気分を害されたのであればそれは的を射てることの裏返しだと、私は捉えておきます」

悪びれる素振りがなく、曾根は矛先の向けどころを見失った。

「かけてみますか？」

網代にサングラスを渡され、曾根は言われるまま、それをかけてみた。

裸眼とは見え方にずれがあり、軽い違和感がある。

「実はそれ、眼鏡のレンズを通して見ているわけじゃなく、フレームに付いているＣＣＤカメラの映像が映し出されてる形になってるんですよ。近視の人にも、見やすく調整できます」

なるほど……違和感はすぐに消え、普通のサングラスをかけている感覚と変わらなくなった。

網代を見ると、彼の顔を囲うフレームが出現し、画面の端に数字が弾き出された。

ａｇｅ41。

ｌｏｏｋｓ75。

ｇｏｏｄｙ58。これが善人度か。

ｂａｄｄｙ……これが悪人度。

100。

ぎょっとして思わず戸惑いを口にすると、網代はいたずらが成功した子どものように笑い始めた。

「うちの連中が遊びで、私の顔を悪人のデータに入れてしまいましてね」網代がそう種を明かした。「そういう人間というわけじゃないんですよ」

曾根は毒気に当てられたような気分になり、普段はめったにしない愛想笑いを網代に向けながらサングラスを外した。

「網代実光です」

網代はそこでようやく自己紹介し、手を差し出してきた。曾根は呑まれるようにして握手に応じた。

「そのサングラスはVRにも対応してましてね、もう一度、かけてみてください」

そう言って網代がタブレット端末を持ち出してきた。曾根は言われるまま、サングラスをかけた。

不意にレンズ一面の映像が切り替わり、夜の海辺に屹立する巨大なビルが出現した。立体的で奥行きがあり、サングラスのレンズも大きいので、ほとんど視界のすべてをその映像が覆っている。曾根はビルの前に立っているかのようだ。

勇壮な音楽を聞きながら、視界が海のほうに移る。そこにも巨大な客船が泊まっており、船窓からきらきらとした明かりが洩れている。少し沖には、航海中の客船も見える。

「横浜市と構想中のＩＲのイメージビデオです。メインはホテルや劇場、イベントホールを備えた五十階建てのＩＲビルですが、売りは豪華客船を改修してドックにつないだ客船型カジノ。さらには、それよりは少し小型になりますが、実際に東京湾や相模《さがみ》湾をクルーズするカジノ船の運航も計画しています」

目の前が暗くなった次の瞬間、きらびやかなカジノホールに曾根は足を踏み入れていた。ルーレットの前に進み、女性ディーラーの笑みに迎えられる。曾根は数字のいくつかにチップを張り、ルーレットが回るのを眺める。玉が落ち、ルーレットが止まる。曾根が張った数字だった。「おめでとうございます」と女性ディーラーが微笑み、曾根の手もとには何倍ものチップが戻ってくる。

カジノホールを出ると、曾根は客船のデッキに立っていた。彼方に東京湾の夜景が広がっている。

映像が終わり、曾根はサングラスを外した。現実世界に帰ってきた瞬間、それを受け止め切れず、少しだけよろめいた。

「いや……大したものですね」

気圧《けお》された気分を隠しつつ、そんな感想を淡泊に口にする。

「少し酔われましたか？」

「こういうのは慣れてないもので」曾根は肩をすくめる。

「こちらへどうぞ」

言いながら彼は、曾根を窓際の応接ソファに座るよう手振りで促した。海に臨み、見晴しはいいが、県警本部でも似たような景色は眺められるので、この光景には慣れている。

「未来は酔いますからね。時間を瞬間移動しますから、酔って当然です」

網代はコーヒーサーバーから二人分のコーヒーをいれ、ローテーブルにカップを置いた。

「今現在のものを紹介しましょう」彼は言った。「これは新しくとも、馴染みがあるはず。つまりテレビです」

〔AJIRO〕がどんな会社かをざっと調べた中で、そういう事業も行っていることは知っている。もとは独立した動画配信会社だったのを、〔AJIRO〕が買収して傘下に入れたのだ。

「ご覧になったことがあるかどうか知りませんが、〔ネッテレ〕と言いまして、こういうものです」

網代はタブレット端末をコーヒーカップの横に置き、アプリを起動させた。

「スマホかタブレットがあれば、アプリをダウンロードして、簡単に観られます」

動画が液晶画面に映る。

「いろんな番組があります。アイドルのライブ配信のような柔らかいものから、政治談義のようなお堅いものまで三十チャンネルほど。地上波のバリエーションをすでに超えています」

網代は画面をスワイプして、次々に番組を替えていく。

「人気があるのは格闘技ですね。うちでは総合格闘技〔デッド・オア・アライブ〕の独占配信のほか、異種格闘技戦の企画を組んだり、空手や剣道など玄人好みの選手権試合を中継したりもします。異種格闘技戦の注目試合となると過去には視聴数が一千万を超えて、サーバーがダウンしたこともありました」

一千万というのは正味の視聴人数ではないだろうが、大きい数字には違いない。もはや、もう一つのテレビと言ってもいいのかもしれない。放送というものが、従来の形では収まり切らなくなっているのだ。

「将棋番組や料理番組も人気です。曾根さんは何かご趣味は？」

「趣味と言えるものは特に」曾根は首を振る。

「ペットは？」

「猫を一匹」

曾根が答えると、網代はくすりと笑った。

「そういう方のために、猫チャンネル、犬チャンネルというのがあります。一日中、猫や犬の映像を流してます」

「家内なら観たいと言うかもしれませんね」

ペット自体、妻の趣味で飼っていることを暗にほのめかして言うと、網代は肩をすくめた。

「なるほど、大警察のトップを務める方ともなると、猫を観るだけでは癒されませんか。やはり、仕事が頭から抜けないんでしょうね」

網代は言い、タブレットの画面をスワイプした。

「もちろん、硬派な番組もあります。報道チャンネルですね。独自の取材班も抱えていますし、通信社とも提携して速報性にも対応しています。日中は国際関係や政治問題を取り上げて、保守論客が舌鋒を競ってます。地上波はリベラルという名の極左思想にいまだ毒されてますからね。その危うさに気づいている人たちには熱狂的な支持を得ています。大新聞やテレビを向こうに回す言論機関に育つ日も遠くないと思っていますよ」

「事件報道でも、マスコミの正義漢ぶったリベラリズムにはうんざりさせられます」曾根は言った。

「警察も、何かミスでもしようものなら、鬼の首を取ったかのようにたたかれますからね」

網代がおかしそうに言う。「かといって、執念の捜査が実を結んでも、大して褒められない。冤罪じゃないかとか、犯人が逃げていて捕まらないとか、そういうときは盛大に騒ぐくせにです」

「まったく」曾根はうなずいた。

「だから、例えば去年、おたくの捜査官が〔ミヤコテレビ〕のニュース番組に出演されてましたよね。ああいうのは、うちにこそ向いてるんですよ。もちろん、注目度はまだ地上波テレビに譲りますが、ネットの拡散力は強烈です。〔ネッテレ〕の場合は、制作側、コメンテーター、そして主力視聴者が、番組で取り上げた話題について、SNSで積極的に呟いている。世間の関心が高いニュースだと、その発言がトレンド入りすることも珍しくありません。主力視聴者っていうのは、こういうアバターを作って番組に参加している人たちのことでしてね」

政治評論家が討論しているスタジオの光景を囲むようにして、アバターが並んでいる。

「参加したい視聴者は、アバターを作って、コメンテーターに対する質問や自分の意見を書きこみます。そうすると、アバターが画面上に現れ、七秒間コメントを表示して消えていく。一度コメントすると制限がかかって、次にコメントできるのは十分後です。ただ、課金すると、最大で一分に一回コメントできるようになる。いいコメントをすれば、出演者に取り上げられますから、熱心に課金して参加するヘビーユーザーもたくさんいます。そうした視聴者を味方に付ければ、拡散するにしろ、情報を集めるにしろ、地上波テレビに負けない力を発揮すると思っています」

「なるほど……それを聞いていれば、〔バッドマン〕事件も〔ネッテレ〕にお願いしたかもしれませんね」

すでに解決した事件だけに曾根の言葉には社交辞令が混じっていたが、ネットメディアも馬鹿にはできないという率直な感想も含んでいる。

「先月の〔ミナト堂〕の誘拐事件も、まだ捕まっていない犯人がいるらしいじゃないですか。お役に立てることがありましたら、いつでもご相談ください」

その網代の言葉は捜査の部外者としては出すぎたもののように思え、曾根は返事をしなかった。

誘拐事件の過程ではテレビによる公開捜査を検討したこともあったが、人質の少年が無事保護されたことで、奇手による局面の打開は、ひとまず考えなくてよくなった。もちろん、〔リップマン〕の逮捕は絶対事項であり、そのためにはどんな手段でも取らせるつもりだが、現段階では防犯カメラの映像を広域的に収集して分析する手が巻島から示され、曾根も了承している。まずはその結果を見極めるのが先である。

「網代さんはメディア王を目指しているんですか？」代わりに曾根はそんなことを訊いた。

「カジノ王ではなく」

「カジノ王というのは、おそらく徳永大臣が勝手にそう呼んでるからおっしゃっているんでしょうが、私が自ら名乗り出てるわけじゃありませんよ」網代は笑い飛ばすように言った。「正直、私には、どちらでもいいことです。ネットテレビもカジノも、面白そうだから手を出している。私は、下手に手を出したら火傷してしまうようなものに手を出したがるたちでしてね。そういったものには、ある種の妖しさ、色気があります。受けつけない人もいるでしょうが、嵌まる人は嵌まる。熱狂を呼び、社会にうねりをもたらす。大きなお金が動いて、いろんな人間の人生が懸かる。そういったムーブメントを作り出すことに魅力を感じるんです。ただ、それも結局のところは、力を蓄えるための手段でしかないわけですが。どちらでもいいというのは、そういうことです」

「手段でしかない……」自分とは明らかに異質の生き方を目指している男が持つ得体の知れなさに、曾根は誰何《すいか》にも似た問いかけを向けてみる。「ならば、あなたは力を蓄えて何をしたいと考えているんですか？」

「そんなに大げさなことじゃないんですよ」網代はそう前置きして続けた。「ただまあ、私という、はたから見れば成り上がりとしか言いようがない人間が、いったい何を考えているのかということは、名刺代わりにお話をさせていただいてもいいかと思います。簡単に言えば、私は社会の要諦を握る人間になりたいと思っているわけです。有名になりたいとか、栄華を誇りたいとか、そういう気持ちは少しもありません。例えば、カジノ管理委員会の委員長に誰を推すかというときに、私が曾根さんで行こうと思ったらそうなるような、力を持った存在でいたいということです」

フィクサー。

名刺代わりだという網代の話を聞いて、曾根の脳裏にそんな言葉が浮かんだ。しかし、それを口にするのは思いとどまった。それをぶつけても、網代は悪びれることなく肯定するのではないか……それほど、彼の野心を的確に言い表しすぎているように思えた。

「もちろん、今はまだ、そこまでの力は持っていません。徳永大臣や門馬市長に、なかなか使えそうだと、やっとお見知り置きいただいた程度です。しばらくは、率先して汗をかかせていただこうと思ってます。曾根さんもどんどん私を使ってください」

徳永や門馬、そして曾根あたりの世代にはとことん尽くし、そうやって蓄えた力でもって、十年後、二十年後には怪物のような人間になろうということか。

官僚の世界にも魑魅魍魎《ちみもうりよう》が跋扈《ばつこ》しているが、実業の世界でもそれ以上に奇怪な野望がうごめいているようだ。

「これを縁に、曾根さんとは長いお付き合いができればと思います」曾根の鼻白んだ思いをよそに、網代は続ける。「カジノの件だけでなく、その後も……今まで警察官僚の方と知り合う機会もなかったので、うちはまだ役員にどなたもお招きできていませんが、グループも大きくなってきて、これからはそういうキャリアの方からも積極的に知見を賜らなければならないと思っているんです」

先輩官僚の福間から、カジノ管理委員会という退官後の道筋をつけてもらったばかりだが、さらにその先のキャリアプランまで保証されるような話が出てきて、曾根は目が覚めるような思いになった。しょせんは勢いのあるビジネスに手を出して運よく成功しただけの成り上がりだと、網代を色眼鏡で見かけていたが、認識を改めなければ、こちらが損をしかねない。

警察官僚としてそれなりの研鑽を積んできたのだから、セカンドキャリアに不自由するわけはないという自負はある。自分を安売りするつもりはないし、どういう待遇で迎えようとしているのかは慎重に見極めなければならない。

ただ、売り出し中のITグループがわざわざ招こうとするからには、それなりの待遇ではあるだろう。何より、退官もまだ具体的に決まっていない今のうちから、こうやって引き合いがあるのは、決して嫌な気分ではない。

この網代という男については、ビジネスパートナーになりうる存在として見ていくべきだ……曾根はそう考える。

「もちろん、我々がそうやって大きな力を誇るようになるまでには、いろんな方々の手を借りなきゃいけません。特に、徳永大臣と門馬市長には、これからの大事な時期、しっかりリーダーシップを発揮してもらう必要があります」網代は未来を見通しているような冷徹な眼差しを曾根に向けた。「曾根さんは七月末の市長選、どうなると見てますか?」

「正直、厳しい戦いになるとは思いますね」

ここに来て、野党が革新系候補の一本化に乗り出し、昨年まで〔ニュースライブ〕のキャスターを務めていた井筒孝典《いづつたかのり》に白羽の矢を立てたという話が飛び出してきた。

井筒孝典は〔バッドマン〕事件での大誤報が災いしてか、番組改変期に女性キャスターの杉村未央子《すぎむらみおこ》ともども〔ニュースライブ〕を降板する憂き目に遭ったが、清潔感のあるキャラクターは主婦層を中心に根強い人気を誇っている。

この春、彼は〔第一テレビ〕を退局し、フリーアナウンサーに転身した。まだレギュラー番組は持っておらず、単発でのテレビ出演が仕事の中心なので、市長選への出馬には何の支障もないと見られている。あるいは、出馬を視野に入れての退局だったのかもしれない。

曾根の見方に同意するように、網代はうなずいた。

「井筒孝典が出てくるという話が浮上してから、門馬市長は俄然、焦りを募らせています。ご存じかどうか知りませんが、市長は代議士時代も比例復活でかろうじて議席を得てきたような人です。選挙にはすこぶる弱い。前回選挙も、野党が候補者を一本化できなかったから助かったようなものです」

門馬はボンボン育ちが透けて見える軽薄さが若い頃から付いて回り、代議士時代も党の方針とは逆の発言をして先輩議員に叱られたり、社会的弱者の気持ちを逆撫でするような失言がメディアに取り上げられてバッシングを受けたりと、ただでさえ危うい人気をさらに落とすような失態も多かった。

しかし、その調子のよさから人脈は豊富で、徳永のような実力派議員との親交も厚い。曾根が何度か会って話をした印象からしても、決して優秀な男ではないが、気さくに人の話を聞くので、話の持っていきようによっては、うまく役に立ってくれそうな人間に思える。

「その門馬市長が市長選に落ちたらどうなるか」網代は言う。「横浜はＩＲから手を引くかもしれません。井筒はキャスター時代もカジノ計画には批判的な立場で、ギャンブル依存症の危険性を何度も番組で取り上げていました。野党の統一候補として出てきた場合、公約に候補地からの撤退を掲げる可能性は高い。その場合、代わりの目玉政策として、万博の横浜誘致をぶち上げるという噂も出てきています。人気取りとしては十分すぎるアドバルーンでしょう。ＩＲなど持ってこなくて構わないと考える市民はいくらでもいるはずです」

「横浜がＩＲから手を引いたら……？」曾根はその先を促すように訊いた。

「少なくとも、うちも手を引かざるをえなくなります。私はこの横浜で地歩を固めてきた人間ですし、愛着があるがゆえ、ここに会社を構えています。ＩＲにしても、横浜のためになるからこそ、主力事業とは毛色が違っても一肌脱ごうという思いがあるわけです。東京や大阪といった候補地には、またそれぞれ食いこんでいる事業者がいる。うちの出る幕はありません」

網代はそうだろう。俺はどうなる……曾根は口に出しては訊きにくいそんな思いを視線に乗せて、彼を見た。

それが通じたように、網代は続けた。「曾根さんのことについては何とも言えません。国の人事ですから、徳永大臣次第でしょう。ただあちらも、秋には総選挙があると目されてる。徳永先生自身がよもや選挙で負けることはないでしょうが、徳永派の勢力次第では次期総裁選への期待がしぼんで、権力に陰りが出てくる恐れはあります。それに、私が見るところ、政治サイドで一番曾根さんをプッシュしているのは門馬市長です。市長自身、私に、曾根さんと仲よくやってくれとおっしゃっているくらいです。その市長がいなくなったとき、徳永大臣がどういう考えになるのか……それは誰にも読めないと思います」

かつては政界再編を志して民和党を飛び出し、紆余曲折あって出戻った末、今の地位に上り詰めた徳永は、〝政界風見鶏《かざみどり》〟の異名を持つ。今、いい顔をしているからといって、風向きが変わったときにはどうなるか分からないのが、彼のような政治家だ。

まだ何が決まったわけでもないのに、曾根はもやもやとした不愉快な気持ちになった。自分の将来は、思う以上に不安定な土台の上にあるようだ。

「なるほど」曾根は嘆息混じりに言った。「けれど、やきもきしたところで、どうなるものでもありませんな。私自身は、市長や大臣に一票を投じることしかできない」

「そうです。そうして、祈っているしかない」

網代の言葉は、曾根に同調しているように聞こえて、しかし、その顔に憂いは見当たらなかった。

「これがギャンブルなら、張るのを見送る場かもしれません。しかし、我々はもう、門馬市長と徳永大臣に張ってしまっている。そうである以上、彼らには勝ってもらわなきゃいけない」

彼はそう言ってから、ふっと据わった目をして声を落とした。

「いや……勝たせますよ」

どこか、宣言しているようにも聞き取れる言い方だった。

「だから、曾根さんは安心して見ててもらえばいい」

その言葉の裏には、自分は選挙戦に向けて何か動くつもりだという意味がこめられているように思える。

「勝たせるとは？」曾根は思わず訊いていた。

彼が横浜の経済界でどれだけの地位にあるかは知らないが、一経営者が躍起になったところで、影響力には限界があるだろう。

しかし網代は、そんなことを訊くのは野暮だとでもいうように、小さな笑みを口もとに刻んだ。

「言葉の通りですよ。まあ、見ててください」

その真意は少しも分からなかったが、網代があえてそう言うのなら、門馬は勝てるのかもしれないという気もしてくる。

もやもやとした思いが自然と和らぐ。

もし門馬が選挙に勝ち、横浜のＩＲ計画が大きく前進する運びになったときには、自分はこの日の網代の不敵な笑みを思い出すのかもしれない……曾根はそんなふうに思った。

8

「今日、同期会やるぞ」

横浜及び川崎全域での防犯カメラ映像収集作戦が始まって一カ月半が経った頃、同期の河口敬彰から小川にそんな話が回ってきた。

この一カ月半、小川たちは割り当てられた地域をひたすら回り、商業施設や商店街、あるいはマンションや民家などの防犯カメラの映像データを片っ端から借りてくる作業を続けていた。

最初の一週間で、小川は一人で鶴見《つるみ》駅の西口界隈の約百カ所から映像データを集めてきた。そして二週目、三週目も収集箇所を増やした上、同じところからもその後の映像データを借りてきた。収集作業は永遠に続くのではないかという気さえした。

データ収集は捜査本部の人員総出で行っているほか、両市の各所轄署からも応援部隊を出してもらっている。一説によれば、収集箇所は七千にも及ぶという。自然、膨大なデータをコンピュータに取りこむ作業のほうが追いつかなくなっているようで、ここに来て、追加のデータ収集が絞られるようになった。

この日、小川はほとんど報告書の作成だけで一日をつぶしていたところ、夕方になって捜査本部に帰ってきた河口からそんな話を聞いたのだった。

相変わらず、幹事の青山からは一言もなかったのだが、河口から教えてもらえただけでもよかったと思うことにした。

山手署の捜査本部に入っている高卒同期は、小川を含めて五人いる。小川と同じ特別捜査隊の青山、山手署刑事課の河口、第一機動捜査隊の西出素弘《にしでもとひろ》、捜査一課第四強行犯捜査中隊の久留須理《くるすおさむ》。

久留須が所属する強行犯中隊は、もともと丹沢の死体遺棄事件を担当していて、そこからこの帳場に流れてきた。前回、青山が同期会を開こうとしたのは、久留須の歓迎会の意味合いもあってのことだったらしい。

その夜、五人は、桜木町《さくらぎちょう》にある和風居酒屋の個室に入った。ビールで「お疲れ」と乾杯し、あまりおいしくないお通しをつつきながら、まず口を開いたのは久留須だった。

「しかし、巻島さんも、相変わらず、よく分かんない捜査やるよね」

四年前、巡査部長に昇進してから捜査一課に引き立てられた久留須は、同期の中の出世頭でもある。大きな事件の場数はたくさん踏んでいる。

「人海戦術みたいなの、好きだよね」

河口も酒の肴はその話だとばかりに乗ってきた。

〔バッドマン〕事件でのローラー作戦には、ここにいる者はみな加わっている。何しろあのときは、横浜、川崎地域の捜査員五百人が駆り出されたのだ。

「今度はＡＩに任せるらしいじゃない」久留須は馬鹿馬鹿しそうに言った。「ＳＦ映画じゃあるまいし、そんなんで本当に捕まえられるのかね」

小川の見立てでは、捜査一課所属の久留須は当然、捜査一課長を務める若宮派であり、巻島の捜査手法については懐疑的なのだ。

「でも、七千カ所からデータ集めてんでしょ」と機動捜査隊の西出。「そこまで徹底してやれば、足取りはつかめるんじゃないか。それで〔リップマン〕本人が見つかるかどうかはともかく」

西出は、誘拐事件のときにはバイク部隊の一員として活躍した。機動捜査隊は元来、初動捜査を専門的に担当する部署だが、西出を含め、見当たり捜査に強い刑事が多く、引き続き〔リップマン〕の追跡にも投入されている。

機動捜査隊は捜査一課とは別の組織で、刑事部屋も特別捜査隊と同じく、本部からは離れた場所にある。それだけに、西出は若宮派ではなく、心情的には巻島派に近いと言えるだろう。

　小川はそうやって、組織の人間を勝手に色分けするのが好きなのだ。そしてそれは、けっこう的を射た見方だと思っている。

「巻島さんは、奇抜に見える手を使っても、何だかんだ結果を出してきたからねえ」小川は言った。「引きが強いんだよねえ。トランプでポーカーやっても、ジョーカー引いてくるタイプだよ。まあ、ジョーカーっていうのは僕のことだけどねえ」

「小川はジョーカーはジョーカーでも、ババ抜きのババだろ」久留須がばっさりと切り捨てるように言った。

「あ、あんまりな」小川は言い返す。「僕は巻島さん直属である特捜隊の主力だよ。君らは学校時代のイメージで僕を見てるかもしれないけど、今じゃあ、〝ゾーン小川〟っていう異名が付いてるくらい、周りから一目置かれてるんだから」

「何だその、変な呼び名」

「捜査に集中すると周りが目に入らなくなるから、そう呼ばれてるんだよ」

「教官の話を聞いてなくて、毎日のように怒られてたお前が？」河口が冗談でも聞いたかのように笑う。「青山、本当か？」

「さあな」振られた青山は素っ気なく答えた。「小川に興味はないから知らんな」

「俺だって興味はねえよ」

河口が言い、みんなが笑う。

小川は青山の口から例の〝いねむりくん〟が飛び出すのではないかと気が気ではなかったが、その気配はなかった。一時期、小石亜由美と山口真帆を中心に、隊内でその呼び名が流行っただけに、青山が知らないとは思えないが……。

青山は、特捜隊に配属されて二カ月半が経った今になっても、まだ隊に馴染み切れていないというか、一人浮いたところがある。人を抜け目なく観察しているような目をしながら、話しかけても反応に乏しく、愛想がまるでないのだ。

ただ、仕事はそつなくこなしているので、小川のように、本田に叱られることはない。

「でもまあ、巻島さんに勢いがあるのは事実だよな」河口が、運ばれてきたサラダを、取り分けろとばかりに小川に押しつけながら言った。「特捜隊なんて、〔バッドマン〕事件の頃はまだ、どこにいるのっていうくらい存在感なかったけど、今度の帳場じゃあ、隊ごと真ん中に収まってる感じがあるもんな。若手もけっこう使えそうなのが入ってきてるし」

「生意気なだけで、実際はそれほどでもないけどね」

小川はそう口を挟んだが、河口はそれを相手にせず、久留須に目を向けた。

「若宮さんも、帳場の指揮権取られて焦ってんじゃない？」

「面白くはないだろうな」久留須はそう答えてから続けた。「でも、だからじゃあ、特捜隊が最強の捜査部隊になりうるかどうかって話だ。どっちに入りたいかだよ。河口はどっち入りたい？」

「そりゃ、自分が入るってなりゃ、捜一だよな。花形だし。まあ、巡査部長に上がらないと駄目だけど」

「当然だよ」久留須は捜一刑事のプライドを覗かせるように言った。「正直言って、特捜隊が百人の大所帯になっても、捜一には勝てないよ。捜一ってのは長い歳月、重大事件を次から次へとさばいてきて、その積み重ねが組織を磨いてきたからな。中から見ても機能的だし、独特の組織だよ。あんまり表立って言えないことも含めてね」

「表立って言えないって何だ？」青山が静かな声ながら鋭い目つきを久留須に向けた。

「いや、知ってる人は知ってる話だよ」

久留須はもったいぶるように言いながら、その先を言おうとしない。

「だったら言ってもいいだろ」

そう促され、久留須は匂わせた自分が悪いと思ったのか、観念したように口を開いた。

「例えば、こういう同期会でもさ、一課の中でやろうとしたら、担当代理あたりから、これで飲んでこいって、小遣いくれたりするわけだよ」

「ああ、分かった」西出が呑みこみよく言った。「聞いたことあるよ。一課は半端ないって」

「え、何、何？」

小川はまるでぴんとこず、場の面々を見回すが、誰も教えてくれない。

「昔からしいからな。時の課長が元締めで、代理あたりが協力して、口の堅い部下にせっせと書類作らせて……でもまあ、何となく洩れちゃうんだけどね」

「マジかよ」河口も話が呑みこめたようだった。「一課はずるいよな。帳場の経費は所轄持ちなんだから、金なんて大して使わないのに」

「いや、方々に檀家《だんか》飼ったりしてて、金はいるんだよ」と久留須。

「裏金か」

青山が確かめるように言ったので、小川にもようやく理解できた。

「うわあぁ」

闇の深い話に、思わず声を震わせる。すかさず久留須に、「外でしゃべんなよ」と低い声で釘を刺された。

小川は息を呑んでこくりとうなずいてから、恐る恐る訊く。「代理連中が中心になってやってるってことは、巻島さんあたりも一課にいた頃はやってたのかな？」

「巻島さんがいた頃の課長って誰よ？」と久留須。「藤原《ふじわら》さんか……どっちにしろ、あの人は融通が利かないから、声もかけてないだろ。課長もけちつけられるのは嫌だろうし、任せる相手は選ぶよ。今で言うと中畑《なかはた》さんとか、ああいう課長の取り巻きみたいな人だよ」

「裏金に絡んでるってことは、一課の秩序に組みこまれてるってことだからな」西出が言う。「若宮さんの向こう張って捜査指揮とるなんていう真似も、普通なら遠慮するだろ。巻島さんはねえよ」

確かに今の特捜隊では、裏金作りの気配は微塵もない。巻島―本田ラインが手を染めていたら、いずれは責任ある立場として隊を引っ張っていかなければならない小川も加担を避けられないところだが、その心配はなさそうでほっとする。小川は子どもの頃から、百円玉を拾ってもきっちり交番に届けていた。金に対するクリーンさだけは誇れるのだ。

「それに、一課は額が半端ないって言うからな」西出が続けた。「機捜でもないことはないだろうけど、一課に比べりゃ、子どもの小遣いだよ」

「半端ないって、いくら?」青山がずばりと訊く。「何百万とか?」

「いや、積もり積もって、もう一つ上の桁だって聞くぜ」

「ひえっ」

額の大きさに驚いて小川が悲鳴を上げると、みんなから冷たい視線を浴びせられた。

「変な声出すな」

「ご、ごめん」小川はおしぼりで首筋の汗を拭いた。「でも、そんなお金、どこに保管してんの？」

「俺らが知るわけないだろ」久留須が言う。「まあ、代理連中が適当に分けて、家で保管してるんじゃないか。刑事部屋は空けることが多いからな」

「そっかあ」

課長代理の机の引き出しに入っているとすれば、捜査一課を覗くたび、ドキドキしそうだが、さすがにそれはないようだ。

それにしても……。

「まあ、捜一は別世界だな」

小川と同じ感想を河口が口にした。

「でも、西出はそんな噂、どこで聞いたの？」小川は、機捜にいながら本部捜査課の事情にも通じている西出に訊く。「特捜隊じゃあ、誰もそんな話、してなかったのに」

「うちは一課との絡みも多いし、新山《にいやま》さんとか一課にいた人もいるからな」

「新山さんは確か、中畑代理の下にいたんだったか」青山が思わぬ人事通ぶりを見せて言った。「確かに、事情には詳しそうだな」

「青山こそ、やけに詳しいな」久留須が苦笑気味に言う。

青山は三月までいた港北署の刑事課が振り出しで、刑事としてのキャリアは小川よりずっと浅い。そんな男が外の部署の刑事の出入りに詳しいというのは、それなりに驚きである。

青山は久留須の茶々には応えず、「新山さんは一課にいただけあって、やっぱり仕事はできるのか?」と西出の新山評を聞きたがった。

「まあ、そりゃ、そつはないよな」

「一課にいたのは二年だよな。何かやらかしたのか? 今の帳場でも、近くのカフェで一人、ぼうっとしてるとこ見たことあるけど、どういう人なんだ?」

「知らねえよ」西出は呆れている。「二年で異動は別におかしくもないだろ。俺が見る限りは至って普通の人だよ」

「何だよ、青山」河口がすがめるように彼を見た。「一課の人事なんかに食いついて。今度は一課に移ろうって腹か?」

「まあな」

青山はあっさり認めたが、適当な口調だったので、本心かどうかは分からない。

「お前、巻島さんが特捜隊の新戦力を探してたときに手を挙げたんだろ。俺のところにも話は回ってきたけど、特捜隊はあの頃、振り込め専門だったし、やっぱり行くなら一課だって思って見送ったんだよ。入ってみたら、いまいちだったか?」

「特捜隊に不満はないが、ほかの部署にも興味はある」

どういうつもりなのか、河口もつかみかねたらしく、小さく肩をすくめた。

「まあ、特捜隊じゃ、威張りが利かないのは確かだよな。でも一課に行くんなら、その前に巡査部長の試験パスしなきゃ駄目だし、まずは特捜隊でがんばれよ。石の上にも三年って言うだろ」

河口はそんなふうに話をまとめた。

「そう言えば、弟の任意が進んでるはずだけど、あれ、どうなってるの？」

食事と酒が進み、話題があちこちに飛んだあと、西出が誰に問うでもなく、そんな疑問を口にした。

「あいつ、監禁現場からの坂道を兄貴乗せて、ものすごい勢いで飛ばしてったからな。事故って当然だけど、怖いもの知らずっていうか、度胸はあるよな。ただの自損で巻きこみも起こさなかったし、そこは褒めてやりたいよ」

バイクで逃走した砂山兄弟を機捜バイク部隊の一員として追跡した西出だけに、転倒して重傷を負った健春にはただの犯人とは割り切れない情があるようだ。

「医者の許可が下りたって聞いてから何日か経ってるけど、その後の話は聞こえてこないな。兄貴同様、口は堅いのかもな」

治療を優先していた健春の聴取が少し前から始まった。とはいえ、まだ入院中であり、時間は限定的のようだ。だから収穫もそれほどないのかもしれない。

「担当が特殊班の長沼さんと足柄から来た津田さんだろ」河口が言う。「どっちも巻島さんの古巣だし、巻島さんに近い人たちは情報管理がしっかりしてるんだよな。何か分かったとしても、簡単には話が洩れてこないよ」

「いや、盟友の津田さんはともかく、特殊班は巻島さんが離れて久しいし、巻島色はもう薄いよ」久留須が河口の話に口を挿んだ。「長沼さんにしても、巻島さんが代理だったときにはいなかった人だしな」

「でも、今の秋本さんが巻島さん直属みたいな人だからねえ」その辺の事情は小川も詳しいので、話に加わった。「やっぱり、一課の中でも、特殊班だけは巻島派でしょ」

「いや、秋本さんは、あれでけっこうしたたかな風見鶏だぜ」一課の話は俺に任せろとばかりに、久留須が言い切った。「〔ワシ〕の事件で巻島さんや本田さんが飛ばされても、彼だけは残っただろ。若宮さんにも可愛がられてるし、特捜隊の編成で巻島さんが村瀬さんを欲しがったけど、秋本さんが若宮さんに頼んで蹴ってもらったって聞いたぞ。だから、一概に巻島派とも言えないよ」

「いろいろややこしいんだねえ」

特殊班の村瀬警部補を巻島が欲しがっていたことは小川も知っていたが、そんな裏事情があったとは思わなかった。

「そろそろ締めるか。幹事、会計しろよ」

散会の頃合になり、久留須が青山に言ったのだが、青山は「幹事？」と、きょとんとしている。

「お前が幹事だろ」

久留須が呆れたように言い、青山は「そうか」と仕方なさそうに店員の呼び出しボタンを押した。

特殊班の話題のときも、「箕輪《みのわ》はどういう男だ？」「和泉《いずみ》さんは？」と、一人で話の流れを脱線させていた青山だったが、お開きになると、「楽しかった。また集まろう」と、今日の会を堪能したかのような言葉を口にし、ほかの者の首をひねらせていた。

「青山って、つかみどころがないっていうか、本当、変わってるよなぁ」

帰り際、隣を歩く久留須に小川がそんな言葉を向けたところ、彼は「ああ」とうなずいてから言い足した。

「お前もだけどな」

9

「巻島だ。久しぶりだな」

少し上体側を起こしたベッドで横になっている砂山健春に声をかけ、巻島はパイプ椅子に腰かけた。

「フルーツゼリーを持ってきた。あとで長沼と食べたらいい」

健春はベッドの上からぎろりとした目を向けている。ただ、目力はない。菊名池公園での逮捕時、バットを振り上げたときのような迫力もない。二カ月近くに及ぶ入院生活でだいぶ痩せた。

「体調はどうだ？　気分は？」

「まあまあだ」健春はぼそぼそと言う。

「そうか。膝のほうもよくなってるそうじゃないか。リハビリをがんばれば、すぐ元通り歩けるようになる」

病室の脇には、特殊班の長沼と、津田が控えている。ようやく担当医から許可が下り、このところ二人が聴取に当たっているのだ。

もともとは、健春の担当として、長沼が聴取に当たることになっていた。入院により逮捕は解かれ、回復した時点で改めて逮捕することになる。ただ、逃げられることがないよう、常時、見張りの警官を配置し、長沼も健春が生死の境をさまよっているときから、看病するように病室に詰めていた。

そしてようやく、健春が普通に会話が交わせるまでに回復したということで、聴取が始まった。ただ、体力的にはまだまだ十分とは言えず、時間的には二、三時間がやっとだという。

そして、その内容も捗々《はかばか》しくはない。

長沼真也は特殊班で交渉人も務める敏腕刑事で、厳しい取り調べにも定評があるのだが、入院中で心身が弱っている相手となると、少し事情が違ってくるようだ。津田のように、人情の機微をわきまえた人間がいるほうが、相手も心を開く可能性が高いと見て、巻島は津田を補佐役に回した。津田は初孫が無事生まれたばかりだが、足柄に戻ることもなく、この任務を粘り強くこなしている。

それでも、今のところ、健春が捜査を進展させる決定的な何かを口にしたという収穫は得られていない。兄の知樹とは違い、彼はしゃべるのではないかという見立ては、空振りに終わっている格好だ。

「どうだ、何か思い出したことはあるか？」

巻島の問いかけに、健春は素っ気なく首を振る。

「主犯が捕まらないと、兄貴にしわ寄せが行くんだぞ。知樹もそんなに悪い人間じゃないはずだ。あのとき、もっと往生際悪く逃げ回ろうとしてたら、お前は今頃、命がなかったかもしれん。お前をかばって、自分が全部悪いとも言ってた。憶えてるだろ。そういう兄貴を助けてやれ。あいつの優しさに報いるには、知ってることを話すことだ」

巻島の話に、健春は頬をかすかにゆがめる。

「何も知らないから、しょうがねえだろ」彼はかすれた声で嘆息混じりに言った。「アワノ……大下のことは本当に何も知らねえんだよ」

「アワノでいい」巻島は言う。「社本からも聞いてる」

砂山兄弟が社本の店で振り込め詐欺の営業に関わっていたことは、知樹もおおむね認めている。丹沢で絞殺体として発見された向坂篤志が同じ店で働いていたことも、指南役が〔リップマン〕＝大下＝アワノだということも。そのあたりは巻島の見立て通りと言ってもいい。

しかし、それ以上のことになると、ほとんど何も分かっていない。

「下の名前は？」

「知らねえ……ヒトシだかタカシだか、そんな名前だったが、一度聞いただけだから忘れた」

どちらにしろ偽名だと思われ、巻島はしつこくは問わなかった。

「ケツ持ちはどこだって言ってた？」

健春は首を振る。

「金主の話は？」

やはり、彼は首を振った。

「お前は金主に会ったことはないのか？」

「俺はただの営業だ。あるわけない」

「社本は何て言ってた？」

「本人に訊けばいいだろ」

不良少年として育ってきた男であり、簡単には警察の人間に心を開かないという反抗心が、ほとんど気質のようになっている。

「一人の話じゃ、正しいかどうか分からないし、記憶違いのこともある」

健春は巻島にちらちらと視線を送りながら、考える間を置いた。

「あの人は何て言ってるんだ？」彼はそう訊いた。

「そんなことを答えて、お前がそれに話を寄せたら、訊く意味がなくなる」

「じゃあ、駄目だ」健春は言った。

「何に気兼ねしてるんだ?」巻島は彼の表情を慎重に観察しながら訊く。「これは、答えても調書には残さない。捜査の手がかりにするだけだ。金主やアワノが捕まって、指示系統が明らかになれば、お前たち兄弟が命令される立場だったと認定されて、罪が軽くなることも十分考えられるんだぞ」

「どちらにしろ、大したことは聞いてない」健春はごまかすように言った。

「お前が答えたところで、社本が答えたのか、兄貴が答えたのか、それともほかの営業仲間が答えたのか、金主やアワノには分かりようがない」

「分からないわけがない」健春は首を振って、そう応えた。

「どうして?」巻島は問いを重ねる。「弁護士も聞いてないぞ」

聴取に同席したいとごねた弁護士を、巻島は廊下に体よく追い払っている。

「そんなことじゃない」健春は大きく息をついた。「疲れた……もういいだろ」

実のところ、巻島がこうして病院に足を運び、健春の話を聞きに来た理由がここにあった。

健春の聴取で思うような収穫が得られていないことは、津田や長沼から聞いている。

ただ、その中で気になる話が飛び出してきた。

津田によれば、〔リップマン〕には、警察内部に捜査情報を提供してくれる協力者がいるらしい。

健春がやり取りの中で、ポロリとそう洩らしたという。

内通者がいるから、自分が何かしゃべれば、〔リップマン〕らにそれが伝わってしまう……それを気にしている節があるというのだ。

「この前もそんな話をしたらしいな……自分の話など、外に筒抜けだと」巻島は目を閉じた健春に話しかける。「警察の動きもアワノはつかんでると。つまり、警察に内通者がいるということだ」

「それがどうした」健春は薄目を開けて言った。「裏の世界じゃとても勝てない、あの人は天才だと、トモも言ってた。シノギをやりやすくするために、警察から情報を買ってたって、何もおかしくない……そういう人だ」

やくざなどから情報を得ようとして、ミイラ取りがミイラになる刑事がいることは確かに聞く。

しかし、暴力団などの組織には属していないと見られる〔リップマン〕に危険を冒して便宜を図ってやったとして、その刑事に何のメリットがあるのか。

飲み食いやポケットマネーに釣られてということか。

「信じがたいな」

巻島は思ったまま言った。

「おそらくそれは、アワノが自分を大きく見せようとして、お前たちにはったりをかましたんだろう」

健春はゆるゆると首を振る。どこか巻島を嘲笑《あざわら》っているように、口もとが小さく緩んでいた。

「捜査情報をキャッチしたから、アワノは逃げたとでも言いたいのか?」巻島は訊く。「だったら、どうして君らには、もっと早く教えてくれなかった?」

「家を突き止められたときのことは知らねえよ」健春は言う。「リークがあったのか、なかったのか……リアルタイムでいちいち教えてくれるような感じではないようだったから、あの人が近くまで来て察知したんじゃないか」

さすがに、アジトの包囲に向けて、各自捜査態勢の構築に動いている中、その情報を外部に洩らしている余裕は誰にもないだろう。そういう意味では、確かに、リークがなくても不思議ではない。

「じゃあ、何をもって、お前はアワノの言うことを信じてるんだ?」

「捜査情報を取ってきてたからだ」

「どんな?」

健春はかすかにためらう様子を見せたが、疑い半分の巻島の鼻を明かしてやりたい気持ちが勝ったのか、やがて口を開いた。

「身代金の受け取り場所を日本丸の前にしたのは、俺らが決めたことじゃない。水岡が解放されたあと、やつが自分で考えたんだ。でも、こっちはそれをつかんでた」

「つかんでた……？」

誘拐事件では、横浜公園での本当の受け渡しをカモフラージュするために、当初、水岡社長は警察側に、受け渡し場所は帆船日本丸の前だと偽っていた。それが犯人側からの入れ知恵ではなく、水岡社長自身がでっち上げた場所であることは、彼への聴取からも明らかになっている。

それを犯人グループはつかんでいたらしい。

巻島は目が合った津田に、どうやら懸念は当たっているようだと、その視線で告げた。

「どうでした？」

山手署の捜査本部に戻ると、指令席で待ち構えていた本田が、健春への聞き取りの結果を尋ねてきた。

「うん」巻島は自分の席に着きながら、小さくうなずいた。「いるらしいな」

「何と……」

本田は口をへの字に曲げ、困惑したように鼻から息を抜いた。

「〈リップマン〉に通じてる者がいると……？」にわかには信じられないのだろう、秋本が確かめるように、そう訊いてきた。

「この帳場の中にいるとは限らないが、いる可能性は十分ある」巻島はそう答えた。

身代金授受の捜査態勢を構築する過程では、近隣署や水上警察などにも応援を呼びかけたので、帆船日本丸前という情報は、当時の対策本部内だけが知っていたものではない。

ただ、県警の中に内通者がいるのは確かであり、もちろん、この捜査本部の中にいる可能性も十分あると言っていい。

放っておいては、捜査本部が〈リップマン〉の居場所を突き止めたとき、内通者のリークによって逃げられる恐れが出てくる。

いずれ、あぶり出さなければならないときが来るだろうが、捜査本部内にいると仮定しても、八十人もの捜査員の中から特定する手立ては、簡単には見つかりそうにない。

むしろ電撃的に〈リップマン〉を捕まえ、内通者の正体を吐かせるほうが現実的かもしれない。内通者に邪魔をされないうちに、〈リップマン〉を捕まえることができればいいが……。

不透明な見通しをひとまず頭の隅に追いやったところで、巻島は会議室に入ってきた山口真帆の姿を認めた。

連れ立って現れたのは、捜査支援室の米村だ。

「出ましたよ」

山口真帆は、自分が提案した〔リップマン〕の追跡作戦における現状の成果を、嬉しそうに伝えてきた。

「データに時間的な厚みが出てきたおかげで、ようやく目に見える形になってきました」

米村が巻島の隣まで来て、解析データを打ち出した紙の束をテーブルに置いた。

「ヒットしたのは〔リップマン〕ばかりではないかもしれませんが、本人もちゃんと入っているはずです」

横浜と川崎の地図に大小さまざまな丸が付いたデータがあり、巻島はそれに目を落とした。

横浜駅の周辺にはさすがに大きな丸が付いている。桜木町、関内《かんない》、石川町《いしかわちょう》といった主要駅の周辺にも。しかし、こういった駅周辺は人混みに紛れやすいので、〔リップマン〕を探し出すのはなかなか難しいだろう。実際、画像解析を取り入れる前、捜査員をこういった駅周辺に送りこんで見当たり捜査をやらせてみたが、収穫はなかった。

「住宅街もいくつか印が付いてますね」

「それが今回の一番の成果と言ってもいいかと」米村が言う。「駅周辺はまだ正直、出没予測の曜日や時間帯を絞れるような傾向は出てません。もっと数カ月単位で見ていく必要がありそうです。ただ、駅から離れたエリアとなると、出没する曜日や時間帯の傾向が絞られる場所が出てきてます」

「ほう」

「例えばこの、旭区《あさひ》の西川島町《にしかわしま》あたりは、月曜日か火曜日の午後一時から三時くらいに出没する可能性が高いということになってます。それから、川崎の諏訪《すわ》一丁目から二丁目界隈なんかにも、木曜か金曜の三時から五時に現れる可能性が高い。こういう場所が少なくとも十カ所はあります」

「その十カ所が〔リップマン〕のここ一カ月の立ち寄り先だと見てよさそうですか?」

「ええ」山口真帆が答える。「こういう場所は一年くらいじっくりデータを集めたら、次は何日の何時頃にどこどこの道を通るという予測がつくくらい濃いヒットゾーンで、本物の〔リップマン〕の足取りである可能性も高いというのが科捜研の見解です」

「なるほど」巻島は言う。「定期的に現れるということは、〔リップマン〕の知人や縁者がそのあたりに住んでいるか、あるいはそのあたりがシノギの場所ということかもしれませんね」

「逆に言うと、その十カ所や主要駅の周辺以上にヒットが集中してる場所はありません。ということは、少なくとも、画像を回収した横浜や川崎市内には〔リップマン〕が住んでいない可能性が高いと言えるそうです」

「〔大日本誘拐団〕は手始めに品川で事件を起こしてますし、車の運転手を山手線に逃がしてたりすることを考えると、東京のほうにアジトがある可能性は十分ありますな」話を聞いていた本田が、そんな意見を口にした。

「そうであっても、横浜、川崎に事件後も立ち寄っていると分かれば、そこに網を張って捕まえることはできるわけだ」巻島は自分に言い聞かせるように言った。

「では、そろそろ網を張りますか？」

そう問いかける秋本に、巻島はうなずいてみせた。

10

「では、明日の勝田《かちだ》南《みなみ》班と西川島班は、会議終了後、前に集まってください。以上。解散」

本田の号令で捜査会議が終了し、捜査員たちがめいめい散らばる中、小川は得意げに前へと進み出た。いよいよ自分の出番かという思いだった。

街の防犯カメラの画像解析をもとにした〔リップマン〕の捜索作戦が始まっている。重点監視区域に二十人以上の捜査員が送りこまれ、その区域を巡回しながら、写真の〈リップマン〉に似た人物がいないか、見当たり捜査を行うのだ。

昨日、一昨日と、元町や中華街界隈に重点が置かれたが、小川はその区域の警邏《けいら》班には選ばれなかった。今日も都筑《つづき》区の勝田南と旭区の西川島町に大勢の捜査員が送りこまれたが、小川は、出没日とは予測されていない元町・中華街の班に回された。

帳場の専従捜査員は八十人余りであり、この三日間でほとんどの者は、AIが出没を予測した重点監視区域に送られている。小川だけが蚊帳《かや》の外であり、さすがにおかしいと、今朝、警邏に出かける前に、本田に訴えた。

それに対し本田は「たまたまだ」としらばっくれ、「昨日、一昨日、中華街で出なかったんだから、今日は出るかもしれんぞ」と適当なことを言った。

しかし、小川は、この作戦に移る際、捜査支援室の米村の説明をちゃんと聞いているので、AIが予測した曜日や時間帯以外での出没確率は極端に下がることを知っている。

人員の編成は本田がやっているのだろう。彼はよく小川にこういう嫌がらせをするのだ。ある種のパワハラであると小川は思っている。活躍の機会さえ平等に与えられれば、小川は結果を出す自信があるのだ。

こんな調子で適当にあしらわれ、仕事を干されてはかなわないと思い、小川は強気に抗議しようと思ったが、ちょうどそばにいた巻島が、小川の様子を見て、「お、やる気があるな」と、機嫌よく口を挿んできた。

「小川は持ってるからな。明日あたり、いいとこに回されるだろ。がんばって〔リップマン〕を見つけてくれよ」

その激励に小川は感激し、「はい！」と元気よく返事をした。さらに、苦虫を嚙みつぶしたような顔をしている本田には、今の言葉を聞いたかとばかりに、「ということですので」と言い置いてその場を去った。

やはり、巻島にとって小川は、〔バッドマン〕事件を解決に導いた頼れる現場刑事としての印象がいまだ色あせていないのだ。〔大日本誘拐団〕事件での居眠り疑惑など、もちろん知らないに決まっている。それどころか、小石亜由美の大手柄も彼女が小川と組んでいたからこそのことであり、小川の的確な指示で追跡したためだというくらいに思っているかもしれない。

小川に巻島の後ろ盾があれば、本田もそうそう個人的な感情で干し続けるわけにはいかないだろう。

そして晴れて明日、勝田南に投入される警邏班に、小川は選ばれたのである。

満を持した思いで前に出ていくと、本田が小川の姿を認めて一瞬、顔をしかめた。そして、気を取り直したように、集まった捜査員たちに説明を始めた。

「今日、勝田南班、西川島班に参加した者は分かってると思うが、明日は男女ともスーツ着用、ビジネスバッグを持っている者は持参、持っていない者は書類封筒、プラスティック製のファイルケースなどを携帯すること。つまり、訪問販売、訪問調査の仕事をしているような体で、警邏するように。

それから便宜上、二人ずつの組に分けたが、住宅街だと二人での行動は目立つ。〔リップマン〕に遠目から見つかって、回避される恐れがあるから、組む相手とは十メートルから二十メートルは離れて歩くように」

小川が明日組む相手は、同じ特捜隊の青山になっている。何を考えているか分からない不思議くんだが、離れて歩けということなら、巡回中は話す機会もほとんどないだろうし、気を遣う必要もない。

「ただ、二人の間で、意思疎通は速やかに図れるようにしとけ。マークしろ、職務質問《バン》かけるぞ、応援呼べ、本部に連絡しろ……これくらいのことは手振りやサインで分かるようにしておくことだ。職質かけるときは、塀などの障害物を相手に背負わせ、二人で左右から挟むように立つことを忘れるな」

「〔リップマン〕は変装してるかもしれない」指令席に座っていた巻島が、くるりと椅子を回して立ち上がった。「帽子、眼鏡、マスク……そういったもので顔つきを見えにくくしている可能性はある。もし職務質問するべきか迷ったときは、背後から『アワノ』と声をかけてみろ。ただし、逃げられるな」

格好いい……小川は、自分がマスクをかけた〔リップマン〕に「アワノ」と呼びかけるシーンを夢想してしびれた。振り返り、はっとした目で小川を見る〔リップマン〕。逃げようとするが、そうはさせじと小川が組みつき、格闘の末、見事手錠《わっぱ》をかけるのだ。

「小川、聞いてるか？」

ふと我に返ると、本田の鋭い視線がこちらに向いていた。完全にゾーンに入っていた……というか、妄想の世界に浸っていた。

「も、もちろんです」

ごまかし気味に答えると、「じゃあ、言ってみろ」と切り返された。

「職質かけるかどうか迷ったときは、『アワノ』と呼びかけてみろと……」

「捜査官の話はもう終わってる」本田は苛立った声で言い、嘆かわしそうに鼻から息を抜いた。「駅前は三十分交代で、常時、二組が張り番を務める形にする。勝田南は仲町台《なかまちだい》駅。西川島は鶴《つる》ヶ峰《みね》駅。当番の時間になったら、各自駅に戻ってくること」

「ああ、その話ですね」

小川がちゃんと聞いていたふりをして言うと、本田は鼻の付け根に皺を刻んで憎々しげに小川をにらみつけてきた。


翌日、小川たちは九時半頃に捜査本部を出た。ＡＩが予測する〔リップマン〕の出没時刻は午後なのだが、一応、昼前から網を張っておこうということだ。

「重点区域だからって、ほかと違う何かがあるわけじゃないぞ」

勝田南に向かう電車の中、やる気に逸った小川が栄養ドリンクを飲んでいると、同じ勝田南班に入った山手署の河口が、冷や水を浴びせるようにそんなことを言った。

「俺は昨日、西川島班だったけど、八時間以上歩き続けただけだったからな」

「え、誰にも職質かけなかったってこと？」小川は驚いて訊く。

「そりゃ、似たのが歩いてなきゃ、かけられないだろ。ただの住宅街、そうそう似たやつなんて歩いてないぜ」

「そんなもんかぁ」

小川は行く前から少しげんなりさせられた。

これまでの小川は、繁華街など人の多い区域を担当していたので、ぴんとくるレベルではないものの、ちょっと顔立ちが似ているような男は歩いていたし、そういう男に声をかけることも少なくなかった。

特に昨日は雨の中華街で〔リップマン〕の横顔によく似た男を見つけ、小川は色めき立ちながら職務質問を決行した。一緒に組んでいた先輩刑事の森永《もりなが》と任意同行をかけるかどうかまで話し合ったが、どう見てもサーファーとしか思えない風貌とチャラそうな物腰が、誘拐事件で浮かび上がっている〔リップマン〕像とは隔たりがありすぎて、森永の判断で任同は見送ることとなった。

結果的に収穫はなかったが、与えられた職務は果たしたという自負はある。

ただ八時間、歩くだけというのは厳しい。

「駅前に何軒か喫茶店やファミレスがあるから、それぞれ二回、四十五分ずつは休んでいいぞ」勝田南班のリーダーである、特殊班筆頭中隊長の亀川《かめかわ》が言った。「昼飯もそのときに取れ。その代わり、十四時から十六時の間はちゃんと歩いてろ」

十四時から十六時というのは、ＡＩが予測した〔リップマン〕の出没時間帯である。二回休めるなら一日乗り切れるだろうと、班の者たちが安堵の笑みを浮かべる中、小川も、休憩中に〔モンスタートレイン〕を少し進められるなと考える。

しかし、それを見透かしたように、小川をいじることを趣味にしている先輩刑事の戸部《とべ》が、「小川はサボりすぎんなよ」といつもの調子で絡んできた。彼はこの春、一課の強行班から特殊班に移っている。

「何を言ってるんですかぁ」小川は口を尖らせた。「僕は今日、満を持して重点区域に臨むんですよ。この中で一番燃えていると言っても、過言ではないですよ」

「お前のやる気は一日続かないからな」

「うっ……」

戸部に冷静に返され、小川は二の句を継げなくなってしまった。

「今日は居眠り禁止ですよ」

生意気な態度では特捜隊の若手随一の飯原が、小川をからかうように言った。

「ま、まるで僕がどこかで居眠りしたかのようなことを言うなよ」

こういうやり取りから、また変な噂が広まりかねないのだ……小川は躍起になって火消しに回ったが、その様子を見て同期の西出や久留須がニヤニヤ笑っている。

「小川、俺ら同期のよしみで言わずにおいてやってたけど、その話、みんな知ってるぞ」

河口に言われ、小川は卒倒しかけた。特捜隊内部だけで抑えこんだと思っていたが、帳場全体に広まっていたらしい。

「まあ、別に驚きもしなかったけどな」久留須が言う。

「〝チョンボ〟だの〝いねむりくん〟だの、まったく、お前は汚名のデパートだな」戸部が、その件も当然承知しているというように、そんなことを口にした。

「いやいや、チョンボはともかく、居眠りはデマに決まってるじゃないですかぁ」

小川としてはそう言い通すしかないのだが、周りの反応は冷ややかだ。

「みんな、デマを信じるのは自由だけど、この僕が〔バッドマン〕事件で本部長賞を取って、今も巻島さんから期待をかけてもらってるのは、動かせない事実だからね！」

声を張って言うと、戸部から頭をはたかれた。

「お前はこんな電車の中で、大声で何言ってんだ」


もちろん小川も、現場に入れば、自分は刑事だとアピールするような真似はしない。

仲町台の駅を出た小川は、涼しげな緑道を抜け、青山とともに勝田南の住宅街に入った。脇には漫画雑誌を入れた書類封筒を抱えている。相棒の青山とも十五メートルくらいの距離を取って歩く。最初、青山を先に行かせて、小川はそのあとを付いていったのだが、青山は目につく人影が仲間の捜査員だけという道であっても慎重に前後を気にしながらゆっくり歩いているので、何ともまどろっこしく、小川は、「僕が先に行っていいかな」と、彼より前を歩くことにした。

ところが、小川が前に出ても、青山のペースは上がらず、手提げかばんをぶらぶらさせながら、のろのろと歩いている。少し歩いて振り返ると、五十メートルも六十メートルも離れているという有様だった。

「やりにくいなぁ」

小川は仕方なく立ち止まり、青山が追いつくまで〔モンスタートレイン〕でもやるかとスマホを出すのだが、ゲームを進めるには中途半端な時間であり、気づくと青山が先に行ってしまっている。

そんな調子でペースをつかめないまま、勝田南の住宅街をうろうろしているうちに昼をすぎた。

「休憩しようよ」

青山を待ち構えて言い、仲町台の駅前に戻った。行きしなにチェックしておいた喫茶店に入って、ミートスパゲッティとアイスコーヒーのセットを頼んだ。

「青山はマイペースだなぁ」

小川はおしぼりで首筋を拭いながら愚痴ってみたが、青山はまったく意に介していない様子で、店内を見回している。

「マイペースっていうか、やっぱり変わってんのかなぁ」

店内に〔リップマン〕を疑わせるような人間はいない。一瞥すれば分かることで、男性客は同期の西出と特殊班の箕輪、同じく特殊班の戸部と伊勢佐木署の富田という、警邏班の連中ばかりである。あとは主婦のグループや老夫婦であり、一人客はいない。それでも青山は、何かを気にするように、ちらちらと仲間たちが休憩している様子を盗み見ている。

「何が気になるのかな？」小川は訊いてみた。

「あの戸部さんって人は、小川、仲いいのか？」

また、他部署の人間が気になるらしい。

「別によかないけど」

「どういう人だ？」

「まあ、話してて楽しい人ではないよねえ。何年も前のちょっとしたミスをいまだに持ち出してきたり、デリカシーに欠けるとこもあるし」

戸部は二つ年上の先輩刑事で、元は強行班にいたが、春から特殊班に横滑りしてきている。同じ部署で働いたことはなく、小川が港北署にいた頃、帳場の地取り捜査で捜一の彼とコンビを組んだことがあるだけだ。しかし、そのときも一つ二つ、細かいミスをやらかしてしまい、駄目刑事の烙印を押されると、以来、顔を合わせるたびに容赦のない雑言《ぞうごん》を浴びせてくるのである。

「捜一は何年やってんだ？」

「強行班時代を含めたら、四年くらいはやってんじゃないかな」

「あの相棒は？」

「富田くんね。今回の犯人グループが社本の振り込めグループとも関わりがあるって分かってから、伊勢佐木署のゴンベン担当も何人かこっちに来てるんだよ」

社本の店の摘発では、伊勢佐木署と特捜隊が合同で事に当たった。まだ青山が特捜隊に異動してくる前のことだ。

「彼はなかなかのやり手でねえ、刑事課の前は同じ伊勢佐木署の生安課にいたらしいけど、そこでも若手のホープとして活躍してたんだってさ。巻島さんも社本の店のときに彼に目を留めて、特捜隊に呼ぼうとしたんだけど、伊勢佐木署の刑事課長が、まだ刑事課に来て一年目だからって、手放したがらなかったんだって」

普段は気のない反応しか見せない青山が興味深そうに聞いているので、小川の話も興に乗った。

「生安っていや、この前、伊勢佐木署が本部の応援呼んで、違法カジノを大々的に摘発したよねえ」

長者町と山下町、そして横浜駅西口の北幸《きたさいわい》にある違法カジノを一斉摘発したのだ。どうやら、三つのカジノは経営者が同じだったらしい。

「あれ、違法賭博の浄化作戦に力を入れろって直々に号令をかけたあとだったし、本部長も喜んだだろうなぁ。伊勢佐木署はけっこうがんばってるよねえ」

大規模な摘発だったので、新聞にも大きく取り上げられていた。

「あのカジノは〔財慶会〕の息がかかってたらしいが、摘発の情報はキャッチできなかったようだな」青山が言う。「〔財慶会〕も勢力が衰えて、神通力が利かなくなってる」

「へえ」

そう言えば、青山は港北署にいた頃、マル暴担当として、〔財慶会〕が絡んだ事案を追っていたと聞く。そちらの方面には詳しいのだ。

「ちょっと前までは、〔財慶会〕関係だと、ガサ入れしても空振りすることが多かったのにねえ」

「それだけやくざと通じてるサツカンが減ったんだろ」青山は淡々と言った。「〔財慶会〕も弱ってるし、旨味がなきゃ、無理して付き合う義理もない。また、あっちはあっちで、裏カジノなんかはネットカジノに押されて先細りの運命だし、無理してまで守るもんでもない。経営者自身は構成員じゃないらしいから、見捨てても大したダメージはないってことだ。実際、〔財慶会〕まではガサ入れも及んでないからな」

「はああ」昔から警邏中にやくざを見かけても近づかない主義の小川には、やくざ映画のあらすじを聞いているような現実感のない話である。「青山は〈財慶会〉に知り合いはいるの？」

「そりゃ、会えば話をするくらいの相手はな」

「はああ」

感心する以外にない。何も知らない新人警察官だったはずの同期が、十年以上経ってみると、いろんな修羅場を踏んできているのが垣間見え、不思議な感覚である。何を考えているか分からない男だが、やくざの話をするときの落ち着きぶりを見ると、肝が据わっているがゆえのことかもしれないと思ったりもする。

「でもまあ、そういう世界にはあんまり深入りしないほうがいいよねえ。君も正直、うんざりしたとこがあって、特捜隊に移ってきたんじゃないの？」

小川が水を向けてみると、青山は、「まあな」と否定しなかった。

「一課に行きたいなら、マル暴の色なんて付いてないほうがいいだろうしねえ。その点、特捜隊はつぶしが利く人材が多いって言われる部署だし、青山は賢い選択をしたと思うよ。特捜隊は巻島派だから簡単にはお呼びはかからないかもしれないけど、こういう捜査で活躍したら、特殊班に取り立ててもらえる可能性はあるかもよ」

青山は軽くうなずきながらも、「特殊班も巻島派ではないだろ」と言った。

「ああ、久留須はそんなこと言ってたけど、秋本さんが上にいる以上、巻島派だよ。この帳場でも、巻島さんが指令席の真ん中にどんと座って、太刀持ちの本田さんと露払いの秋本さんが仲よく両脇に控えてるって光景がお馴染みだからね」

「けど、例の一課の裏金作りには、秋本代理も絡んでるって話だぜ」

「ええっ⁉」

　小川は大声を出してしまい、慌てて口を押さえた。西出や戸部らは休憩を終えて、すでに店を出ている。周りはランチを楽しむ主婦たちばかりになっている。

「さすがにそれはないと思うなぁ」小川は言った。

　直属の上司ではないので秋本と話す機会はないのだが、はたで見ている印象から言えば、本田よりよほど紳士的な捜査幹部である。裏であくどい真似に加担しているようには思えない。

「あそこの中隊長だって、亀川さんは三年くらいやってる人だけど、大渕《おおぶち》さんも木根《きね》さんもこの春、強行班から横滑りで来てるからな。さっきの戸部さんも含めて、中畑代理の下にいた人たちが、けっこう特殊班の要所を固めてる。村瀬さんを特捜隊にくれっていう巻島さんの要求をはねつけたのが秋本代理か若宮課長かは知らないが、課長の返答はこういうことだってわけだ」

言われてみれば、特殊班も巻島派とばかり言えない気がしてきた。

「でも秋本さんまでがねえ……そこだけは信じがたいなぁ」小川はしみじみと言う。

「そういう噂を聞いたってだけの話だ」青山は淡々と言う。「信じるも信じないも、お前の自由だ」

どちらにしろ、こんな話は、誰かにべらべらしゃべるわけにもいかない。小川は信じることも信じないことも放棄することにした。

「それにしても、青山の情報収集力はすごいなぁ」小川は言った。「けど、世の中には知らないほうがいいこともあるから、あんまり方々嗅ぎ回らないほうがいいと思うよ」

「正論だな」

青山は言い返さず、そうとだけ言った。

午後の一時半から駅前の張り番になっていたので、その時間になると小川たちは仲町台の駅に行き、乗降客を観察した。ただ、駅前はさすがに人通りも多く、開けている。改札近くに一人、外に三人という配置で張ったが、それでくまなくカバーできているかは分からなかった。

「うわぁ」

二時に近づいた頃、小川が改札前で張っていると、二十代後半のサラリーマン風の男が出てきた。すらりとして細面である。

携帯で誰かと電話しながら歩いていて、その声がはきはきしていたので、犯罪者っぽくはないなと思ったが、小川は少しあとを尾けた。

携帯を耳に当てて顔半分が隠れているので、〔リップマン〕に似ているかどうかは何とも言えない。前に回りこんで顔を覗こうとすると、男は小川をちらりと見て眉をひそめ、進行方向を変えた。

「では、のちほど、よろしくお願いします。失礼します」

男がそう話して電話を切ったので、小川はここまで追ってきた手前、声をかけてみることにした。

「すいません。ちょっとお時間よろしいですか？」

男は小川をちらりと見たが、何も応えず早足になった。

「いや、ちょっと待ってください」慌てて、前に回りこんだ。「警察のほうから来たんですけど」

「え？」男は小川を胡散くさそうに一瞥し、「ごめんなさい。急いでるんで」と、ずんずん歩いていく。

「いやいや、ちょっと待ってくださいって」

小川は追いすがりながら、応援を呼ぼうと、周りを見回した。駅前広場の端にあるマクドナルドの近くに青山が立っていたので、申し合わせておいた合図を送った。と言っても、普通の手招きである。

「何だよ。急いでるって言ってんだろ」

逃げられないよう、小川が男の上着の袖口をつかむと、男はそれを振り払おうとした。

「暴れないで」

小川はなだめるように言いながら、振り払われまいと、手に力を入れる。そのうち、青山がゆっくりと歩いてきた。もう一組の張り番でもあった、特殊班の亀川中隊長もどこかから様子を見かけたらしく、駆けつけてきた。

「何だよ、もう」

さらには亀川と組んでいた特捜隊の飯原も加勢に来て、さすがに男もぎょっとしたように抵抗をあきらめた。

「ご協力お願いしますよ」

小川が身分証を出すと、男は「え、本当に警察？」と驚いたように言った。小川はなかなか刑事に見られないので、職務質問も得てしてもつれがちである。

亀川はおとなしくなった男をじっと見てから、かすかに首をかしげ、その釈然としない表情のまま小川をちらりと見た。それから冷静な声で、「ごめんなさい、このあたりを警戒警備中でして、免許証か何か、身分の分かるものはお持ちですか？」と彼に話しかけた。

男が免許証を出すと、それを見ながら、何の仕事をしているかということや、これからどこに行くかということを、いくつか質問した。

「本当、急いでるんですけど」

男の苛立ったような抗議に亀川はうなずく。

「お時間を取らせてしまい、申し訳ありません。ご協力に感謝します」

男は憤懣《ふんまん》を大きな吐息に変え、小川をにらみつけてから歩き出した。

「お気をつけて」

そう声をかけると、男は振り返り、もう一度小川をにらみつけ、急ぎ足で去っていった。

「年格好だけじゃないか」亀川が眉をひそめ、小川に文句を言う。

「いやあ」小川も途中からは違うなと思っていたので、頭をかくしかなかった。「最初は電話してて、顔がよく見えなかったんで」

「まったく、小川さんらしいな」

飯原には嫌味を言われた。

マクドナルドで休憩していたらしい次の張り番の組が出てきたので、亀川が、「よし、戻るぞ」と、気持ちを切り替えるように言った。

「いやあ、ちょっとごたついたから、あんなふうになっちゃったけど、狙いそのものは別に悪くなかったと思うんだよねえ」

勝田南に戻る緑道の中、小川は後ろを歩く青山に、弁解するように言った。

「サッカーでも攻撃は、たとえ外したとしてもシュートで終わらせるのがいいんだよ。だから、警邏なら、ちょっとでも引っかかることがあったら、職務質問で終わらせるのがいいはずなんだよねえ。ヒットしなくても、『ナイス職務質問！』『ドンマイ、狙いはいいよ！』みたいなかけ声はないのかねえ」

青山の反応がなく振り返ると、彼はもう五メートルも六メートルも後ろに下がってしまっている。

「人の話は聞こうよ」

「住宅街に入ったら、連れ立って歩くなって言われてるだろ」

「まあ、そうだけど」

小川は仕方なく、一人前を向いて、「ナイストライ」「迷ったら勝負」とぶつぶつ呟きながら歩いた。

勝田南に入ると、警邏中の刑事たちの姿がちらほらと見えた。ＡＩが予測した出没時間帯に入っており、休憩をしている者はいない。

同僚たちとすれ違っても、挨拶はない。午前中から何度もすれ違い、お互いの顔を見るのは珍しくもなくなっている。

住宅街ともなると、スーツ姿の男はなかなか歩いておらず、遠目に若い男のシルエットを認めて気持ちを構えていると、何のことはない、ただの同僚だったということがほとんどである。

先ほどの男程度なら声をかけるなということであれば、今日はこの先、ただ歩くだけになってしまいそうだ……そんなことをふと思い、いや、守りに入ったら駄目だと自分に言い聞かせた。

午前中に一通り歩いて、道は確認したつもりだったが、適当に右に曲がり左に曲がり歩いていると、どちらに向かっているのか分からなくなってしまった。

スマホを出して、ＧＰＳで位置を確認する。

ふと後ろを見ると、青山の姿がどこにもない。

「まったく」

位置は分かったが、青山はまだ現れない。スマホの出しついでにでもあり、ここで少し「モンスタートレイン」でもやるかと思った。イベント中だから、少しでも進めておきたい。

ゲームアプリを起動させていると、二十メートルほど手前の四つ角から、青山がようやく姿を見せた。

よし、青山が追いつくまで、トレインを走らせてポイントを稼ぐぞ……小川はスマホの液晶画面を指先でタップし、モンスタートレインを走らせる。

ちらりと青山のほうを見るが、彼は四つ角で立ち止まったまま、自分が来たほうをぼんやり振り返っている。何をやってるのかと思いながら、小川はゲームを進める。

満タンになっていたスタミナを使い果たしたところで、小川はゲームアプリを閉じた。

再び顔を上げると、青山の姿がまた消えてしまっていた。

「あれ……？」

小川が首をひねったのと同時に、住宅街のどこかから、騒ぎ立てるような男の声が聞こえてきた。

さっきまで青山が立っていた四つ角を、捜査員の一人が走り抜けていく。もう一人、相棒らしき捜査員も、そのあとに続いた。

小川もようやく何かが起こったと悟り、慌てて駆け出した。

11

――野菜の種、いっぱいもらったから、いっぱい掘らなきゃ。

由香里がそう言いながら、一心不乱に土にスコップを入れている。

ちょうどいい。もう少し深く掘ったら人が埋められるな……淡野はそんなことを思う。

――手伝おうか。

淡野は言って、自分のスコップを探すが、近くには見当たらない。納屋にあると気づき、そちらに向かう。

納屋は雑然としていて、スコップがどこにあるか分からない。どこかにあるはずだと思いながら、淡野は懸命に探し続ける。早く穴を掘って埋めないといけない……そんな焦りが募る。

仕方ない。これでいいか……淡野は小さなシャベルを見つけ、それを手にして庭に引き返す。

庭に行くと、由香里のほかに、もう一人、男がスコップで土を掘り返している。背中だけで顔は見えないが、淡野は彼が〔ワイズマン〕だと気づいている。

何のために庭の土を掘っているのかも知っている。埋めるのだ。淡野の父親を。

〔ワイズマン〕はちらりと淡野が手にしたシャベルを見て、そんなんじゃ掘れないと言う。そして、由香里のほうにあごを振る。

埋めるには彼女をここから遠ざけなければならない……〔ワイズマン〕はそう言っているのだ。淡野は自分の小さなシャベルを由香里に渡し、向こうにもっと簡単に掘れる場所があると適当なことを言う。

しかし、由香里は、もうだいぶ掘ったからここでいいと、自分のスコップを手離そうとしない。

もうすぐ母が父の死体を運んでくる。

何とかしようと思うが、由香里に説得が通じず、淡野はどうすればいいか分からない……。


目が覚めた淡野は、うなじにうっすらと浮いた汗を手で拭った。その汗が夢にうなされたものなのか、蒸し暑さのせいなのかはよく分からなかった。

ベッドに由香里の姿はない。外から、砂利が混じった土を引っかいている音が聞こえる。

カーテンをめくると、曇り空が見えた。昨日、関東地方が梅雨入りしたと報じられたが、今日はまだ雨は降っていないようだ。

一階の居間に下りて庭を覗くと、由香里が家庭菜園づくりの続きをしていた。

先月の連休頃、庭の一部を耕して、トマトの苗を植えていた。それからしばらく、庭は物干し竿にかかる染物に占領され、由香里が鍬を握る姿は見なくなっていた。ゴボウや大根の種が残っているので、梅雨の合間を縫って、菜園づくりを再開させたようだ。

「おはよ」

縁側に腰を下ろした淡野に気づいて、由香里が声をかけてきた。起きがけの淡野以上に汗をしたたらせている。

「ずいぶん掘るんだな」

トマトのときは軽く耕すだけだったが、今回はかなり深く掘っている。栽培用の土も何袋か用意している。

「根菜類はそうしたほうがいいんだって」

「どれくらい掘るんだ？」

「本当は四十センチ以上掘りたいけど、そんなに掘れないから、二十センチちょっと耕して、その上に二十センチくらいの畝《うね》を作るの」

「三十センチ掘れば、人が埋まる」

淡野がぼそりと言うと、由香里は困ったように笑ってみせた。

「埋めないから、掘らない」

庭の隅に、紫陽花《あじさい》が青い花びらを手まりのように集めて咲いている。

今度の週末あたり、どこか小さな寺にでも紫陽花を見に行きたいと由香里にせがまれている。紫陽花など庭にあるから、それを見れば十分だと淡野は言った。しかも、彼女が注文を受けている染物のデザインには鎌倉土産のものも多いらしく、庭に干した紫陽花柄の染物も見飽きていた。

ただ、それでも由香里は、鎌倉にいて紫陽花見物に行かないのはありえないと、淡野を押し切ろうとしている。そこまで言われれば、淡野としても、拒むのは逆に面倒くさくなる。

鎌倉に来て一カ月半余り。平和慣れしてしまっている自覚はあるが、横浜や川崎のアジトを転々とする生活に戻ろうという気は起きていない。小さなシノギのために向こうに行き、そしてまた帰ってくる。今はそれで十分だという思いがある。

「どれ」

淡野はサンダルを突っかけ、庭に出た。汗のかきついでだ。由香里の鍬を取る。

「珍しい」由香里が少し嬉しそうに言う。

この家に来た頃は、夢も見ないほどに熟睡していたから、由香里が朝方、庭で何をしていようと関係なかった。

しかし、ひとところの疲れは取れ、また梅雨時の蒸し暑さも手伝ってか、このところの眠りは浅い。もともと、夜中に何度も目を覚ますたちである。

夢も見る。自分の父親を埋める夢を見たのは、ここ最近で二度目だ。由香里の庭仕事の音が、耳に届いているのだろう。あまり歓迎したくはない夢だけに、庭仕事も早く終わらせてもらったほうがいい。

一時間ほど鍬を振り、ゴボウや大根を育てるには十分すぎる広さの土を耕してやった。

「すごーい。意外とこういう仕事、向いてるのね」

そんな由香里の褒め言葉には取り合わず、淡野は鍬を彼女に預けて、シャワーを浴びた。

風呂場を出た頃には、由香里も庭仕事を引き上げてきた。

「ご飯待ってて。私も汗びっしょり」

入れ替わるように、彼女が風呂場に消える。庭を見ると、こんもりした畝が二つできていた。

居間の窓際でその様子をぼんやり眺めていると、サーフボードをルーフに載せたジュークが現れ、ゆっくりとガレージに入った。

車から降りてきた渉は、淡野の姿に気づき、玄関先を通り抜けて、庭に回ってきた。

「おはざーす」

涉は、絵里子を連れていないときでも、波乗り前などにこうやって、御用うかがいのように顔を見せる。シノギの話はないか、待っているのだ。淡野としては何の計画もないので、たまに運転手として使って、小遣いをやっているくらいである。

彼は縁側から上がって居間に入ると、「ユリさんは?」と訊いた。

「シャワー浴びてる」

それなら話ができるとばかりに、涉は淡野の隣にあぐらをかいた。

「昨日、ちょっと長者町まで行ってみたんですけど、やっぱり、あそこのカジノでしたね。警察のテープが張ってありました」

先週、横浜のカジノが三軒、一斉摘発されたというニュースが流れた。越村に電話で確認したところ、涉が負けた店に間違いないだろうということだったが、涉は自分の目で確かめに行ったらしい。

「いやあ、なかなか動きがないんで、焦ってましたよ。寺尾《てらお》っていう男が、わざわざ藤沢の俺んちまで取り立てに来て、めっちゃ怖かったっすよ。兄貴にもらった小遣い、しょうがないから渡しましたけど、それでも足らないし、最後のほうは家に帰らず、逃げ回ってましたからね。でも、ようやくほっとしました」

「取り立ても来なくなったか?」

「ええ。摘発からぱったりと」渉は嬉しそうに言う。「あいつも捕まったのかも」

〔ポリスマン〕に依頼してから一カ月半近くが経っていたが、警察の腰が重かったわけではなく、内偵の結果、摘発の規模が大きくなり、それだけ時間がかかったということのようだ。

「まあ、何にしろ、よかったじゃないか」

淡野がそう言うと、渉は「兄貴のおかげです」と頭を下げた。

「それはそうと」渉は少し声を落とした。「兄貴、警察から追われてませんか？」

「どうして？」淡野は素知らぬ顔で問い返した。

「いや、俺、そのあと絵里子と中華街ぶらついてたら、久しぶりに職質食らったんですけど、それがやけにしつこかったんですよ。刑事二人に挟まれて、何かの写真見ながら似てるとか陽灼けしすぎだとか、うだうだやられて、危うく署まで連れてかれそうになりましたよ。一緒にいた絵里子が加勢してくれたのと、この長い髪引っ張られて、地毛だって分かったんで、連中も引き下がりましたけど、『あれ、淡野っち捜してたんじゃない？』って絵里子も言ってましたよ」

「そうか」淡野は言う。「じゃあ、俺も陽灼けして髪を伸ばすかな」

「いやいや、それでも最低限、職質は食らいますから」渉は失笑しながら言う。「あのへんの街を歩くときは、気をつけてくださいってことですよ」

「渉くん、おはよう」由香里が濡れた髪にタオルを巻いた姿で居間に顔を覗かせた。「ご飯、食べてく?」

「あ、ご馳走様です」

渉は元気よく返事をして由香里を見送ると、さらに声をひそめた。

「ユリさんといると、めっちゃ平和な空気で調子狂うんですけど、彼女、兄貴がどういう人間かって知ってるんすかね?」

「知るか」淡野は言う。「彼女に訊け」

「訊けるわけないじゃないっすか」渉は頰を引きつらせる。「でも、警察に追われてる男を匿《かくま》うっていうのも、女としては、燃えるものがあるのかもしれませんね」

「今日、昼から空いてるか?」渉のどうでもいい話を受け流して、淡野は訊いた。「横浜まで乗せてってくれ」

「いいっすよ」渉は言った。「海も荒れてるっぽいし、昼には切り上げてきます」

この日は横浜の都筑区に住む、引地和佳子の家を訪れる約束があった。

ここ最近は毎週のように訪問し、前週契約した分の証書を渡すとともに、五十万円程度の新たな契約を交わすというやり取りが続いている。

和佳子は毎週、お茶菓子を用意して、淡野が来るのを楽しみにしている。淡野は毎回二時間程度、彼女の話し相手を務めている。それだけ話せば、彼女の日常のことは何でも分かる。埼玉の妹がたまに訪ねてくるくらいで、淡野以上の話し相手はいないことも知っている。

寂しさに付けこんでいると言えばそれまでだが、それだけ淡野が信頼関係を構築してきた証《あかし》だとも言える。蛇口をひねれば水が出るかのごとく彼女の預貯金から五十万を引き出せるのは、そういうことだ。

この調子で社債を売りつけていたら、いつかは疑いを持たれる日が来るだろう。買った社債を売りたいと言い出し、淡野はなだめる言葉をあれこれ考えなくてはならなくなる。そうなる前に出口戦略を立て、和佳子から距離を取ることも想定しておく必要がある。

しかし、少なくともあと半年はこのまま騙し続けられるだろうと淡野は読んでいる。和佳子のように淡野を信じ切っている者は、ある種洗脳されているのと同様で、簡単には疑いのスイッチが入らない。ここまで信じてきた淡野を疑うのは、これまでの自分を否定することにもつながるからだ。以前、彼女は銀行で詐欺に遭っていないかと注意喚起されたことを笑い話のように話していたが、自分自身に疑いのスイッチが入らないことには、周りが何を言っても無駄なのだ。

二時間話し相手になって、五十万いただく。彼女については、そういうビジネスとして仕上がっている。今日もそれをこなしに行くわけだ。

昼、由香里が作ったサンドウィッチを軽くつまんだあと、淡野は彼女の寝室でスーツに着替えた。眼鏡と一緒に、マスクも上着の内ポケットに忍ばせる。花粉も収まり、蒸し暑さを感じるようになったこの時期、マスク姿は逆に目立つことにもなりかねないが、警察は防犯カメラの画像解析を進めているので、こうした小細工も必要である。完全に解析を欺くには、帽子にサングラス、マスクにヘッドホンというような変装がいるらしいが、そこまではさすがにしようとは思わない。

「出かけるの？」

隣のアトリエで仕事をしていた由香里は、淡野の装いを見て、そう声をかけてきた。

「ああ」

彼女は淡野が手にしているブリーフケースを一瞥し、柔らかい笑みを作って、「気をつけてね」と言った。

淡野が外出するとき、彼女は毎回、そうした視線を送ってくる。その意味が淡野には何となく分かる。淡野がベッドの下に置いたリュックを手にしていない限り、また戻ってくると思えるのだろう。

彼女はあのリュックを決して触ろうとしない。淡野が外出して戻ってきても、リュックの形状は細かいところまで元のままだ。何か淡野にとって大事なものが入っていることは理解しているだろう。そして、それを自分がうかつに知れば、淡野はあっさりここを捨てて出ていってしまうとでも思っているかのようだ。逆に言えば、ベッドの下にそれが変わらず置かれている限り、淡野はここに居続けると信じているのかもしれない。

しかし、リュックの中に仕舞ってある札束や金塊が自分にとってどれだけ大事なものなのか、淡野は深く考えたことはない。元手がなければ大きな仕事はできなくなるから、有り金がなくなるのは困るが、そうそう数百万の資金を必要とする仕事などない。逆に数十万程度であれば、日々のストックビジネスで手に入るから、リュックの金に手をつけるまでもない。もちろん、シノギが金の獲得を目指して行っているものであるからには、金には至上の価値がある。戦利品であるそれを手にしたときは、淡野もこの上ない満足感に浸ることができる。

しかし、いったんその戦利品を持ち帰り、アジトに置いてしまうと、それはもう、あって当たり前のものになっている。当たり前である以上、それを始終気にすることもない。興味は次のことに向いている。

金はどれだけあっても足らないものだ。子どもの頃、一千万あれば、淡野の人生はまったく違ったものになっていただろう。

けれど今は、それほど金を必要としていないにもかかわらず、一億あれば二億、二億あれば三億と、際限なく稼がなければならないような気になっている。

使う目的がないから、いくら稼いでも終わりがないとも言える。そして、だからこそ、シノギをずっと続けていられるのだ。

〔ワイズマン〕の部屋に、彼だけが開けられる秘密の金庫がある。

引退するまで、俺が預かっておいてやろう……〔ワイズマン〕にそう言われ、淡野は手に余る分を彼に預けている。総額はもう、三億五千万以上はあるだろう。預けた金は、一度も返してもらったことがない。その必要がないからだ。引退というのが、いつやってくるかも分からない。

「ボード、置かせてもらいます」

渉が戻ってきて、車のルーフに載せていたサーフボードを玄関脇に立てかけた。

「いってらっしゃい。気をつけて」

由香里は玄関先まで出てきて、渉にも声をかけた。

淡野は例によって、ジュークの後部座席に乗りこむ。

「ユリさんは相変わらず、どこに行くかとか詮索してこないんですか?」渉が車を発進させながら訊く。

「ああ」

「兄貴がスーツ姿で、俺がサーフィン帰りの短パンにサンダル姿で……どう見てもおかしいですけどね」渉はそう言って笑う。

「彼女は、俺がただちゃんと帰ってくれば、それでいいと思ってる……おそらく」

「そうっすか」渉は由香里の心情を測ったのか、嘆息するように言った。「いつかは兄貴、またユリさんちを出てくんですか？」

「何も考えてない」

「将来、家庭を持ちたいとか、そういう夢はないんすか？」

「ない」淡野はためらいなく言った。

家庭という言葉に淡野は温度を感じることができない。

由香里もその生い立ちからして、感覚は淡野と変わらないだろうと思う。しかし彼女は、夢として想像することはできるようだ。そして、自らの志向をそちらに向かわせるよう努めてもいる。家庭的であろうとしているし、家を買ったのも、もしかしたらその表れなのかもしれない。

淡野が由香里と決定的に違うのは、そうした夢を持つことができないというところだ。

もちろん、夢というのがどんなものかは知っている。子どもの頃は、人並みに夢を見ていた。医者になりたいとか発明家になりたいとか、冗談ではなく警察官になりたいと思っていた時期もあった。

しかし、いつか、目の前の現実がすべてになっていた。現実をどうするか、それは実現可能か不可能か……それが思考の大部分を占めるようになった。どう転ぶか分からないような遠い未来のことは考えても仕方がないし、ましてや家庭などという、何が正解かも分からないようなものに、エネルギーを割いてかかずらう気にはなれない。

以前、由香里と一カ月ほど暮らしたとき、少しだけそんな話をしたことがある。彼女は、結婚したら子どもが二人くらい欲しいし、できなくても幸せならそれで構わないと、ごく普通の夢を語ってみせた。

淡野はそれを聞くだけで、自分からは何の理想も語れなかった。

男の人のほうが夢見がちで、女のほうが現実的だって聞くけど、違うのかな……由香里も自分がそれほど現実離れした夢を語ったつもりはなかったようで、そんな言い方で困惑してみせた。

それ以来、彼女が自分の夢を語ることはなくなった。将来のことは分からなくても、今日はこの家で寝る。淡野はそれで十分だし、淡野がそう思っているならば、彼女もそれでいいと考えているようだった。

「まあ、何も考えてないのは、俺も一緒ですけどね」渉は、取り繕うようにそう言ってから、話を変えた。「今日はどこに行くんですか？」

「仲町台だ」

「仲町台……？」

「都筑区にせせらぎ公園というところがある」

「せせらぎ公園……ああ、これか」渉は信号待ちの合間にカーナビでせせらぎ公園を検索し、地図を見ながら言った。「今日のとこは、どれくらいかかりそうですか？」

「二時間くらいだ」

「二時間⁉」渉は声を裏返らせた。「この前のとこより長いじゃないですか。難しい相手なんすか？」

「いや、契約の話そのものは十五分もあれば終わる。あとは、ばあさんの茶飲み話に付き合う。それで次の契約につながる」

「それで何十万か手に入ると思えば、我慢するしかないっすか」渉は苦笑混じりに言う。

「俺はどこで時間つぶそっかな」

「越村のとこにでも行ってたらいい」

「また将棋でカモられるじゃないですか」渉が笑う。「まあいいや。適当にやってますよ。

でも、俺にも早く、シノギくださいよ」

「ばあさんの話し相手、二時間務められるか？」

「いやあ、それは分かんないですけど」渉は言う。「しかも、やるなら、兄貴みたいに、ちゃんとした格好しなきゃいけないんすよね。髪も染めて」

「言葉遣いも直さなきゃいけない。お前は研修に時間がかかるタイプだ」

「ですよねえ」渉は自分であっさり認めた。「振り込めみたいな電話のやつだったら、ノリで何とでもなる気はするんですけど、対面だとボロが出そうなんだよなぁ……まあ、しばらくは兄貴の運転手でもいいかな」

渉が現地までの送迎を担ってくれたときは、シノギの一割を渡している。カジノの借金が消えたこともあり、今はその小遣いだけでも不満はないということらしい。

あるいは本格的なシノギに手を出すことについて、少し躊躇する思いがあるのかもしれないが、どちらにしろ、今はまだ、淡野としても、彼を使って何かをやるような考えは浮かんでいない。

第三京浜を走って仲町台に着いたのは、午後二時を回った頃だった。途中、引地和佳子に今から行く旨の連絡を入れてみたが、彼女の反応はいつもと一緒で、不審な点はどこにもなかった。

「終わったら電話する」

「了解です」

せせらぎ公園東側の防犯カメラが周りにない場所で車を停めてもらい、淡野は降りた。家の近くでは隣近所の目がある。サーファー風の男の送りで営業マンが訪ねてきたとなれば、さすがに怪しまれ、和佳子に告げ口されかねない。

淡野は眼鏡にマスクをかけている。マスクは和佳子の家の前で外すつもりだ。

公園に入り、西に横切っていく。公園を抜けると、そこはもう勝田南の住宅街だ。

住宅街を西へと進む。七、八十メートル先の四つ角にスーツ姿の人影が現れ、南へと消えた。少しして、違う人影がまたその四つ角を横切っていった。

リフォーム会社の営業が訪問セールスをして回っているのだろうか……淡野は漠然とそんな見当をつけながら歩く。その手前の四つ角で、淡野が左右に視線を振ると、左手の遠方にやはりスーツ姿の男の人影が見えた。

もちろん、スーツ姿の男など珍しくないとはいえ、普段は子ども連れの主婦や老人たちのほうが日中は目につく地域である。公園の中は今日もそうだった。どこかの会社がこの町を重点的に営業しているのだろうが、淡野は和佳子の家まで注意深さを保つことにした。

和佳子の家の前の通りを右手にちらりと見ながら通りすぎた。家の前は特に異状はなさそうだったが、念を入れ、次の通りを右に曲がり、裏手に位置する家越しに彼女の家の様子をうかがった。

庭の一部と二階の窓くらいしか見通せないが、そのひっそりした雰囲気を淡野の防御本能に委ねてみる。

首筋の産毛が逆立つような感覚はない。

大丈夫だと判断し、淡野は和佳子の家の前方に回りこむことにした。

目の前の四つ角を曲がろうと歩みを進めると、不意に、その四つ角にスーツ姿の男が現れた。

それが〔ポリスマン〕だったので、淡野ははっとした。思わず足が止まった。

向こうも驚いたらしく、目を瞠って淡野を見ていた。眼鏡にマスク姿であっても、彼は一目で淡野だと見抜いたようだった。

お互い、無言で顔を見合わせていたが、〔ポリスマン〕が片頰をしかめるようにして、目配せで小さな合図を送ってきた。

警察がこのあたりを張っているのだ……淡野は確信して、無言のままきびすを返した。

どうするか……淡野は歩きながら最善策を考える。駅前に逃げるのはおそらく最悪だ。警察が人数を割いているに違いない。電車で来ていれば、ここに来る間に警察の影を察知できたかもしれないが、今となってはそれを言っても始まらない。

和佳子の家がすぐそばにあるだけに、何食わぬ顔で上がって、二時間ほどほとぼりを冷ます手もあるかもしれないが、和佳子にドアを開けてもらう間に警察に見つかると、袋のねずみになってしまう。

公園まで戻って、渉を呼び、拾ってもらうのが確実ではある。公園なら緑の中に身を隠すこともできる。

ただ、それなりに距離はあり、警察の目をすり抜けてたどり着ける保証はない。

しかし、そうであっても、ひとまず公園を目指すのがいいだろう。

淡野は四つ角を左に折れ、せせらぎ公園に戻る道を選んだ。

その道を十メートルほど歩いたところで、後ろから、「淡野」と呼び止める声がかかった。

その声を淡野は、てっきり後ろから追ってきた〔ポリスマン〕のものだと思いこんでしまっていた。そちらに行くのは危ないと、忠告してきたのだと思考が回り、ではどうするかとまで考えながら、淡野は立ち止まって身体ごと振り返った。

しかし、声の主は〔ポリスマン〕ではなかった。どこの筋から現れたのか、いつの間にか別の男が四つ角に立っていた。

しまったという思いをかき消すように、どうごまかそうかという思考が動くが、答えが出る前に、刑事と思われるその男が顔を強張らせながら、「動くな!」と大声を発した。

男の後ろにもう一人、何事かと加勢に駆けつけようとする影がある。

逃げるしかない。淡野は公園方向に向かって走り出した。

しかし、前方の二、三十メートル先にも誰かが立っている。

「不審者! 逃げた!」

背後から男の大声が飛ぶ。前方にいた人影も異状を察知して、こちらに向かってくる。

淡野はすぐ手前の四つ角を左に曲がる。全力で走ったが、これではどこまで逃げ延びられるか分からなかった。左手に足をかけやすそうな民家の石垣があり、和佳子の家だと気づいた。淡野はその石垣に飛び乗り、その勢いのまま垣根を飛び越え、庭に転がるようにして入った。

生垣のそばに紫陽花が花を咲かせていた。淡野はその陰に回りこみ、伏せるようにして隠れ、無理に息を止めた。

「どこだ⁉」

通りから、追ってきた男の声が聞こえた。

「おい、向こうの通りまで見に行ってくれ！」

男に声をかけられた同僚が、激しい息遣いとともに走り出す音が聞こえる。

「どうしました⁉」

「不審者が消えた！　そのへんの家の玄関脇に隠れてないか、調べてくれ」

心臓が早鐘を打ち、脳天にまで響く。止めていた息を少しずつ吐き、ゆっくりと吸う。身体は一切動かさず、ただ呼吸を落ち着かせることだけに集中する。

「勝田南班から山手本部へ、勝田南班から山手本部へ。先ほど勝田南二丁目住宅街にて〈リップマン〉に似た不審人物に声がけしたところ逃走。行方を見失い、現在捜索中。不審人物は紺のスーツに白のシャツ。銀縁の眼鏡にマスクを着用。黒のビジネスバッグを携帯。『アワノ』の呼びかけに反応、そのまま逃走しました！」

和佳子の家のすぐ前で、男が捜査本部に無線で報告している。

「不審者ですかぁ⁉」

「逃げた！　そのへん回ってくれ！」

加勢の刑事たちが続々集まってくる。

ここではいずれ、垣根越しに調べられるかもしれない。家の裏手に回って、そこに身を潜めたほうがいい……無線連絡をしていた刑事の気配が少し遠ざかったのを機に、淡野は伏せていた体勢から腰を浮かせ、静かに後ずさりを始めた。

音を立てないように後ろを確認する……と、そのとき、庭に面したサッシの向こうに和佳子の姿が見えた。

雄猫のアポロを抱いた和佳子はレースのカーテンをめくり、サッシを開けた。首を出して、騒がしい表通りのほうを見ている。

まさか目の前の庭に誰かが潜んでいるとは思っていなかったのだろう。しかし彼女は間もなく、淡野の気配に気づき、「ひっ」という息を呑んだような声を洩らした。

レスティンピース……諦念が淡野の中に湧く。その一方で、いくつかの対応を考え始めている。

とりあえず、彼女に叫ばせてはならない。淡野はマスクをあごまで下ろして、誰であるかを彼女に伝え、同時に人差し指を口に立てて、静かにというジェスチャーを取った。

この状況で淡野にできることは、それがすべてだった。彼女が叫べば、この庭を突っ切って裏手の家の庭に移り、そこから道に出て逃げる。それだけは決め、そうはならないように、彼女にすがるような視線を向け続けた。

「誰かいますかぁ？」

表の通りから、和佳子に向けたと思しき声が上がった。

「誰かそこにいるんですかぁ？」

刑事は生垣のすぐそばまで近づいてきて、また声を発した。

和佳子は淡野にちらりと視線を送ってから、「何ですか？」と表の刑事に訊き返した。庭に下りてサンダルを履き、淡野の脇をゆっくりと表通りに向かって歩いていく。

「ちょっと足が悪くてね」

彼女はとぼけるように言いながら、生垣に近づく。庭は石垣の分、道路より高く、また生垣もあるので、道路側からは見通せないが、庭側からは生垣近くに立つことで、外の通りを十分、見渡すことができる。

「不審な男が庭に入ってきませんでしたかぁ？」

刑事の口調には鋭さこそなかったが、事態が切迫していることの緊張感が声の張りにもっていた。

「何の騒ぎですか？」和佳子は道に立つ男を覗きこむようにして、問い返した。「おたくは？」

「警察のほうから来ました」刑事は言う。「不審な男が逃げちゃったもので」

淡野が警察に追われていることを知った和佳子が、どういう反応を示すかは、まったく読めないことだった。

淡野は後ろを振り返り、逃走経路を探す。

「まあ、怖いわね」和佳子はそう怯えてみせた。「でも、うちには来てないわよ。おたくらが、わあわあ言ってるから、何事かと思って」

淡野は視線を和佳子に戻した。言葉に嘘っぽさがなく、意外なほどに堂々としている。

「ずっと庭にいました?」

「部屋から外を見てたのよ。この子と一緒に。ねえ、アポロ」

平静を装いながら、刑事に何らかの合図を送っていないか、淡野は注意深く観察するが、その様子もない。

「この道を誰か走っていきませんでしたか?」

「そこまでは見てないわ。この垣根があるんだし」

「そうですよねえ」刑事は納得したようだった。「じゃあ、怪しい人間を見かけたら、警察に知らせてください」

「はいはい、そうですね。分かりました。ご苦労様」

和佳子は追い払うように言い、そのまま相手の様子をうかがうようにじっとしている。

刑事の気配が離れていくのが淡野にも分かった。

和佳子はそれを見届けるようにして、ようやくきびすを返し、戻っていく。小さなテラスにサンダルを脱ぎ、居間に上がる。それからもう一度、首を伸ばして表通りのほうを眺め、無言で淡野を手招いた。

淡野は身を屈めたまま這うように歩き、和佳子の足もとから居間に転がりこんだ。

緊張からひとまず解き放たれ、大きく息をつく。無理に抑えていた反動から、喘《あえ》ぐような呼吸がしばらく続いた。

「まあ、服にべっとり土が付いちゃってるわよ」和佳子が言う。「拭いてあげるから脱ぎなさい。あと、家の中なんだから、靴も脱いでもらわないと」

淡野は身体を起こし、居間の床に座って靴を脱いだ。和佳子がそれを受け取り、玄関へと持っていく。

冷静さを取り戻しつつあった。

警察に追われている姿をさらした今、彼女に対して、どう接するべきかを考える。

彼女は、淡野の素性がこれまで聞いていた通りのものなのかどうか怪しんでいるはずだ。

無理にこれまで通りの、口の滑らかな営業マン的なスタイルで接しても、違和感を与えるだけになりかねない。

ただ和佳子は、すべての事情を察して淡野を匿ってくれたわけではない。これまでの付き合いを通して淡野に好感を持っており、味方になってやらなければと思っての、とっさの対応だろう。淡野が何をやったのかも分かっていないはずだ。社債のセールスが詐欺であることまでは、思い至っていない可能性が高い。

いつまでも雨に打たれた子犬のように震えているだけでは、与えなくてもいい疑念を彼女に与えることになるかもしれない。

「申し訳ありませんでした」和佳子が玄関から戻ってきたところで、淡野は立ち上がり、気まずさを隠すようにして笑みを浮かべた。「お見苦しいところをお見せしてしまって」

和佳子は呼応するように微笑んでみせ、「さあ、服脱いで」と言った。

「いえ、大丈夫です。ちょっと玄関で払わせてください」

淡野は言い、玄関に向かう。

「いやあ、参りました。警察に追われるなんて初めてですよ。こんなことあるんですね。駅前でちょっと小競り合いに巻きこまれたんですよ。変な男とぶつかって勝手に倒れて、スマホが壊れたって大声でわめいて……そういう当たり屋みたいなのがいるって聞いてたんで、相手にしなかったんですけど、警官が近くにいたみたいで大ごとになってしまって。そんなことで警察の厄介になったら、この仕事もクビですからね。もう、逃げるしかなかったんです」

笑い飛ばすように話しながら、ジャケットを脱ぎ、たたきで土を払う。

「大変だったわねえ」

和佳子は洋服ブラシを手にして、淡野のスラックスにそれをかけた。

淡野のコントロール下に置かれた、いつもの空気が戻ってきた。何事もなかったように契約し、金をもらって、二時間ばかり茶飲み話に付き合うのだ。今日はもう少し粘ってもいい。助けてくれたお礼にと言って出前でも取り、暗くなってからここを出れば、警察の網をすり抜けることも難しくはないだろう。

もちろん、ここを訪れるのは今日で最後になるが……。

和佳子の世話を受けながら、そんな思考を働かせていたところに、インターフォンのチャイムが鳴った。

和佳子の手が止まる。

「まだ何か用かしら」

和佳子はそのまま玄関ドアを開けようとはせず、インターフォンの受話器がある台所へと回った。「はい」「はい」と何度か応答の声を発し、すぐに戻ってきた。

淡野はもう、自分の革靴を持って、静かに後ずさりしている。

「奥に行ってなさい」

和佳子は小声でそう言って、スリッパからサンダルに履き替え、ゆっくりとした足取りで玄関を出ていった。

そっとたたきに下り、ドアに耳を近づけてみる。相手はやはり警察の可能性が高いが、男の声が聞こえるだけで、何を話しているかまでは聞き取れない。

淡野はあきらめ、居間に戻った。

和佳子がここで考えを改め、警察に淡野を売る可能性はどれくらいあるだろうか。少しでも可能性がある以上、どうすべきか、考えておかなければならない。

とはいえ、裏手から逃げることくらいしか思いつかない。

窓際からレースのカーテン越しに外の様子をうかがっていると、アプローチの脇にある玉砂利を踏む足音が聞こえた。誰かが庭に回ってくる。

その遠慮のない音から、家の中にいる淡野を静かに包囲する目的ではないとすぐに分かった。

家の裏手に誰か隠れていないか確認させてほしいとでも言ってきたのだろう。

淡野はサッシを施錠すると、すばやく窓から離れた。遮光カーテンを引きたいところだが、外からカーテンの揺れを見咎められてはならない。

裏手に面した奥の部屋へと移る。一度も覗いたことはなかったが、寝室だろうと見当づけていたその部屋には、想像通りベッドが置かれていた。ほかにドレッサーやサイドボード、マッサージチェアなどもある。庭側と裏手側の二面に窓があるが、カーテンが引かれたままで薄暗い。あるいは、和佳子が奥に行ってなさいと言ったのは、外から見えにくいこの部屋を指してのことかもしれなかった。

庭に人の気配がある。一人ではない。数人が動いている。カーテンの端からちらりと覗くと、曇りガラスの向こうを人影が動いているのが見えた。

「異状なし。誰もいません」

裏手を確認した刑事がそんな声を上げた。淡野はベッドのかたわらに佇み、なおも息をひそめる。

「くそっ、どこに消えやがった……」

そんな苛立ちの声も聞こえてくる。

そして間もなく、気配の潮が引き始めた。

ここまで隠匿に回ってくれている以上、和佳子がこの先、裏切ることは考えにくい。

どうやら窮地は脱したようだ……淡野は冷静さをほぼ取り戻した。あとは少し時間を置いてこの家を出ればいい。この町一帯に警察の網がどれくらい残るか分からないが、この家から刑事たちが離れれば、逃げる余地はいくらでも出てくる。それくらいの際どい追跡は、これまで幾度となくあった。それをひらりとかわすくらいはできる。

薄暗い部屋に目が慣れ、淡野はドレッサーの椅子に腰を下ろす。ふと、脇にあるダストボックスに目が留まった。

先週、淡野が彼女に渡した、社債を発行する企業のパンフレットや検討のための資料がそこに捨てられていた。

資料だけではない……淡野はダストボックスからそれらを取り出して気づいた。前々回の訪問時に契約し、先週手渡した社債の証書も一緒に捨てられている。

淡野はサイドボードの上の書類立てを見た。保険の証書や年金関係の書類などは大事にファイルに入れて仕舞ってある。しかし、淡野がこれまで渡した社債の証書や資料はどこにもない。

寝室のドアが開けられ、部屋の明かりがついた。

「淡野くん、もう大丈夫よ」

和佳子は笑みを浮かべて淡野に声をかけてきたが、淡野が手にしている書類と足もとのダストボックスにすぐに気づいたようだった。

「ああ、それね」和佳子が何気ない口調で言う。「妹がときどき遊びに来るんだけど、そういうパンフレットを勝手に見つけて、そんな、どれくらい信用できるか分からないものなんか買っちゃ駄目ってうるさいこと言うのよ。だから、目につかないようにしとこうと思って。

証書は、なくしても再発行できるんでしょ？」

「もちろんです」

淡野は、事情を理解したとばかりに笑みを取り繕って、うなずいた。

一方で、受けた衝撃はまだ収まっていなかった。

和佳子は気づいていたのだ……ずっと以前から、淡野が自分を詐欺にかけていることに。

気づいた上で、相手になっていたのだ。

日常生活で話し相手がいないからか、淡野をそれほど気に入っているからかは分からない。

そんなことは、もはやどうでもいい。

確実に騙しおおせていると思っていた相手が、実はそうではなかった。人のよさそうな老女の手のひらの上で、自分は転がされていた。

「さあ、お茶いれるから、いらっしゃい」

和佳子は、何食わぬ顔で居間に手招いた。

「大変な目に遭ったわね。喉が渇いたでしょう」

そう言ってお茶を出し、淡野がなかなか仕事の話を始めないと、「で、今日のお勧めは？」と水を向けてきた。

「今日はどんな会社を教えてくれるのかって楽しみにしてたのよ。大丈夫。妹の口出しは気にしなくていいから」

詐欺話と知って渡り合いながら、何ら動じるところもない。先ほど応対を受けた刑事たちも、この老女が逃走者を匿っているとは疑いもしなかっただろう。

「ありがとうございます」

淡野は茶番に応じるようにして、先週契約した分の証書を渡し、新しく用意してきた商品の説明を始める。

当然、いつものような調子が出るはずもなく、淡泊な話に終始したが、それでも和佳子はその会社の理念に共感したようなことを言い、戸棚から五十万を出してきて、淡野に渡した。契約書と預かり証を作成し、淡野はまた「ありがとうございました」と頭を下げる。何の達成感もない、詐欺師としては屈辱的とも言える形での成果だが、淡野は甘んじて受け入れることにした。

「今日は水ようかんを買ってあるのよ」

お茶のおかわりとともに菓子を出してもらい、淡野はしばらく、世間話に付き合った。とはいえ、いつものようには話に乗れず、気持ちとしては、すぐにでもここを去りたかった。

「では、そろそろ……」

頃合を見て淡野が言うと、彼女も引き留めなかった。「そうね」と小さくうなずき、少し心配そうな顔を作って表通りのほうを見た。

「もう大丈夫かしら」

彼女は寝室に入り、しばらくしてから戻ってきた。

「お父さんの洋服が残ってるから、これ着ていきなさい」

見ると、寝室のベッドに、ポロシャツや薄手のカーディガンとジーンズが広げてあった。

「スーツはこの紙袋に入れなさい。バッグも一緒に入れちゃえばいいしね」

和佳子はそう言って、淡野を寝室に残し、ドアを閉めた。

淡野としても拒む理由は何もなかった。ジーンズは少し丈が足りないが、靴下を脱げば、今風の着こなしとして通用する。ご丁寧にキャップも用意されてあり、多少野暮ったいデザインではあったが、変装するには十分すぎるものだった。

ここまで気を回されてしまえば、負けを認めざるをえない……茶番的に社債の契約を交わしたときには、屈辱すら感じたが、むしろ今は清々しい気分だった。

服を着替えた淡野は、ドレッサーの鏡で自分の出で立ちを確認したあと、ドレッサーの上に置かれたトレイに目を落とした。

ネックレスやブローチなどが並べられている。一見して高価なものではない。淡野は手首からブレゲのトゥールビヨンを外すと、近くにあったハンカチで汚れを拭き、そのトレイに置いた。

居間に戻ると、和佳子は淡野の姿に目を細めてうなずいた。

「着る人が淡野くんだと、全然違うわね」

淡野はただ、「ありがとうございます」とだけ言った。

「気をつけて帰ってね」彼女はそう言ってから、小さく言い足した。「元気でやりなさい」

淡野がもうここに来ることはないと、彼女は知っているのだ。

「また来ます」

いつもの営業口調でそう言ってみると、和佳子は真意を測るように淡野をじっと見てから、寂しそうな微笑を口もとに浮かべた。

それから彼女は、玄関で淡野が靴を履くのをじっと見ていたが、ふと気づいたように声をかけてきた。

「腕時計はどうしたの？　忘れてない？」

驚くほどの観察眼だ。淡野は内心で舌を巻いた。

「どこかに置いたはずなんですが、見当たりません」淡野は肩をすくめて言った。「まあ、大したものじゃないんで大丈夫ですけど、時間があるときにでも探しておいていただければ」

「そう……じゃあ、見つけとくわ」

和佳子の返事に淡野はうなずき、玄関を出る。

空はいつの間にか雲の厚みが増し、雨が弱く降り始めていた。

「傘は？」見送りに出てきた和佳子が訊く。

「持ってます」

淡野は紙袋に入れたブリーフケースから、折り畳みの傘を出して広げた。

「私以外にも味方がいるわね」

和佳子の言う通りだった。この傘によって、淡野は一段と、警察の目を遠ざけられる。のちに警察が付近の防犯カメラをくまなく調べたとしても、どう逃げたのかはつかめないだろう。

「気をつけて」

玄関から門扉までの石段を下りたところで、和佳子が最後に声をかけてきた。油断は禁物だと念を押すかのようだった。

淡野は振り返り、ひょいと傘を上げて、小さく頭を下げる。

そして、今度はその傘を低く持って、顔を隠すように差し、一時間余り前に逃げまどった通りを静かに歩き始めた。

12

「消えたってどういうことだ？　ただの住宅街で人が消えるわけなどないだろうに」

自然と苛立ったような口調で問い詰める本田に対し、亀川は勧められた指令席の椅子にも座らず、肩を落としたまま立ち尽くしている。

「そうなんですが……実際には消えたとしか言いようのない状況でして」

表情が憔悴し切っているのは、夜遅くまでの捜索の疲れだけではないだろう。彼自身が勝田南の住宅街で不審者を発見、声がけしたものの、逃げられてしまったからにほかならない。

亀川栄一《えいいち》は特殊犯中隊の筆頭中隊長を務める警部であり、この日の勝田南班では現場責任者を任されていた。当時の状況については細かく分析してみないと評価は下せないが、声がけしておいて逃げられるというのは、失態と言っておかしくない話である。捜査幹部たちもそう捉えているし、だからこそ亀川も青ざめた顔をしているのだろう。

「しかし、何でまたそんな、五メートルも十メートルも離れたところから、不用意に声をかけたんだ……捜査官が言ってたのは、そういうことじゃないって分かってるだろ」

亀川は巻島や本田が特殊班を離れてから移ってきた口で、直接の上下関係で仕事をしてきた間柄ではないのだが、事態が事態だけに、本田の言い方も辛くならざるをえないようだった。

「すみません。魔が差したというか、まさかという思いがあったものですから」

「それで、追いかける足も動かず……か」本田のぼやきも止まらない。

加勢の捜査員とともに臨場した秋本が亀川本人から聞いたところによれば、脱兎のごとく逃げ出した不審者に対し、亀川は「動くな！」と声をかけるのが精いっぱいで、すぐには身体が反応できなかったという。まず、応援を呼ぶべきだという頭が働いたのかもしれない。そして、まさか住宅街の中で相手が忽然と消えるとは予想もしていなかったのだろう。二秒か三秒か……その程度ではあったらしいが、しかし、結果的にはその数秒の躊躇が亀川を後手に回らせ、相手の行方を見失う結果を生んでしまった。

「面目ありません」亀川はうなだれるようにして頭を下げた。「何と言うか……向こうも、知り合いに呼びかけられたかのように自然な素振りでこっちを向いたのが、まず思ってもみなかったことでして……それが一転、逃げ出したわけなんですが、今のは何だったのかという戸惑いが抜け切れず……」

「仲間がいたのか……？」

黙って聞いていた巻島は、ふと脳裏に浮かんだ可能性を口にしてみた。

「私も捜索中、それを考えました」亀川は言う。「ですが、その仲間の影も、結局はどこにもなかったわけで……」

「仲間がいようがいまいが、そいつ自身を捕まえてりゃ何も問題はなかったんだよ」

本田がぶすっとして言うと、亀川は、「その通りです」とまた頭を下げた。秋本も、自分が叱られているかのように、苦そうな顔をしている。

「まあ、そうしょげるな」巻島は亀川に声をかけた。「俺も〔ワシ〕を取り逃がしたことがあるから分かる。もっといい手がなかったかどうかくよくよするが、あれこれ考えても始まらない。君はその不審者と近距離で対峙したんだ。それを次に活かしてくれ」

逃がした経緯を取り繕うことなく打ち明けてくるあたり、正直な男だとは言える。歴戦の勲章が多いタイプの捜査幹部ではないが、部下が働きやすいような目配りが利き、上司としての評判は悪くないと秋本からも聞いている。あまり引きずらないよう、巻島はフォローを入れておいた。

「申し訳ありません」

亀川は最後に深々と頭を下げてから、指令席を離れていった。

「こんな小言、捜査官が本部長からもらう大目玉に比べたら、どうってことないだろうに」

曾根からの叱責を確定事項のように言う本田に、巻島は微苦笑を合わせる。その冗談交じりの言い方の中には、自分も好きで絞り上げているわけではないという本音がにじんでいる。もちろん巻島も、自分の代わりに本田が嫌われ役を承知でうるさく言ってくれているのは分かっており、微苦笑にはそれへのねぎらいも含まれている。

勝田南での捜索は範囲を広げて八時間近くに及んだが、不審者を発見できないまま、夜の十時をすぎたところで、巻島は現場に撤収の指示を送った。

捜査本部に帰ってきた勝田南班は、長時間による捜索の疲労と、すんでのところで金星を逃した悔しさで、誰もが悄然とした顔つきを見せていた。

「〔リップマン〕本人であった可能性は濃いだろうな」

巻島は誰に言うでもなく、そう口にしてみる。

「不審者の反応から考えると、そうでしょうね」本田が応える。

巻島自身、AIの出没予測を眉唾に捉えていたわけではないが、これほど電撃的なヒットが見込めるとも考えてはいなかった。運がよければという程度の期待感に留めていたとも言える。ただ、踏みこむことをためらうようなその姿勢がどこか現場の捜査員たちにも伝染《うつ》っていなかったか。まさかという思いが亀川たちにあったとすれば、その責任の一端は指揮官である巻島にもあるような気がした。

もう日付が変わる時刻になっていたが、巻島は何か聞き洩らしている手がかりはないかと、不審者発見当時、現場近くにいた勝田南班のメンバー数人を個別に呼んで、事情確認を試みた。

亀川中隊長と組んでいた飯原は、巻島が所轄署から特捜隊に引っ張ってきた男だ。向こう気が強く、物怖じしない性格の若手である。

「亀川さんのちょっと後ろにいました。不審者とは二十メートルくらいの距離だったと思います。最初は捜査員の誰かに声をかけたのかと思いましたけど、振り向いたマスク姿に『誰だ?』ってなって、亀川さんの『動くな!』っていう声で、反射的に走り出してました。相手は四つ角を北に曲がったんですけど、その角にたどり着いたときは、亀川さんも僕もほとんど同時くらいだったと思います。曲がったらもう、誰もいませんでした」

北に曲がると、次の四つ角までは三、四十メートルはある。普通なら背中を捉えられるはずで、消えたのなら、左右の民家の物陰に身を潜めていると考えるべきである。もちろん、彼らもそう考え、一軒一軒、見て回ったようだが、不審者を見つけることはできなかった。

「人着《にんちゃく》は亀川さんが無線で報告した通りです。眼鏡にマスクをかけてましたし、一瞬でしたし、細かい顔つきまではちょっと難しかったです」

亀川の一番近くにいた男だが、彼が話せるのは、その程度のようだった。

「その前後、その人物のほかに誰か見かけた通行人はいるか?」

飯原は首を振った。

「見かけたと言っても、ベビーカーを押した主婦とか杖をついたじいさんとかですね」

主婦や杖をついた老人が〔リップマン〕と組んで、何らかのシノギに関わっている可能性はあるか……巻島は慎重に考えてみる。皆無とは言えないだろうが、そういうフットワークに難がある人物とあえて組む理由が分からない。

そして、互いに離れて行動していた理由も測りづらい。

特捜隊の青山と小川のコンビも、亀川たちの近くにいたようだった。青山は不審者の姿を遠目から確認している。

「三、四十メートルは離れていたと思いますが、その四つ角に現れたマスク姿の人影を見て、うちの捜査員じゃないな、誰だろうと思って見てました。追ってみようかと思った矢先にまた一人現れて、それは亀川中隊長だと分かりました。それから、中隊長が何か叫んだのが聞こえて、そちらに向かいました」

青山は巻島たちの前で、淡々と当時の状況を説明してみせた。

「青山が立ち止まったまま、全然こっちに来ないんですよぉ。それで、何やってるんだって、ちょっと目を離してたら、いつの間にかいなくなっちゃってて……そしたら、誰かの声が聞こえたんです」

小川は近くにいたものの、不審者の姿を含め、重要なものは何も見ていないらしかった。

「目を離してたらって、お前、何やってたんだ？」本田がにらむようにして訊く。

「いやあ、あのへんグルグル回ってると、どこ歩いてるのか分かんなくなっちゃうんで、スマホのＧＰＳで場所を確認してたんですよ」小川は答えを用意していたかのように言った。

「本当ですよ」

付け加えられた一言に、本田は目をすがめたが、どちらにしろ本題からは離れていることであるだけに、彼もそれ以上は問い詰めようとはしなかった。

付近で気になる通行人は、二人とも見なかったという。

特殊班の戸部と伊勢佐木署の富田の班、機捜の西出と特殊班の箕輪の班、機捜の新山と強行班の久留須の班も、亀川の声を耳にし、あるいはほかの者が走っている姿を見て、不審者が消えた現場に駆けつけている。ただ、異変に気づくまでに、不審者の姿を認めたものはいない。

「仲間がいたとは思えんな」

彼ら現場捜査員を退がらせてから、巻島はそう独りごちる。

「亀川の気のせいでしょうね」

秋本がそう応じる。直属の上司であるだけに、亀川自身がすぐに動けなかった言い訳だとして、厳しめに捉えているようだった。

　ただ、亀川は責任ある立場にありながら、自身の失態を隠さず報告してきた。そういう正直な人間の言葉であるだけに、言い訳というよりは、もっと素直な感覚として留意しておく必要があるのではとの思いが巻島にはある。

「あるいは、現場近辺にシノギの仲間が住んでるか……」巻島は言う。

「そうだとすれば、その人間に匿われた可能性もあるわけで、消えたのも納得できますね」

本田が言う。「そのへんについては明日以降、調べてみましょう」

　巻島は一つうなずいてから続ける。「あとは足取りだな。画像解析の結果からも、勝田南へは仲町台駅から来ていると見ていいはずだが、今日に関しては駅前の網にはかからなかった」

「それですが、ちょうど十四時頃に駅前の張り番をしていた四人がビジネスマン風の男の職務質問に回っていたという報告が上がってきてます」秋本が書類を繰りながら言った。「実際には年格好だけで、〔リップマン〕とは顔つきもまるで違っていたらしいんですが、小川が声がけをして、相手が素直に応じようとしなかったということで、ほかの者たちが加勢に集まった時間帯があったようです」

「またあいつか」本田が苦虫を嚙みつぶしたように言った。

「たまたまそのとき、駅前をすり抜けた可能性はあるか……」巻島は考える。「これまで押さえていたカメラ以外にも数を増やして、駅前から現場周辺にかけての映像を拾ってくる必要があるな」

「そうですね」本田と秋本の返事が重なった。

しかし、不審者が〔リップマン〕だとして、一度取り逃がしたからには、勝田南近辺に再び姿を見せることはしばらく期待できないだろう。それどころか、今までのシノギをいったん打ち切り、ほかの重点監視区域にも現れなくなる恐れも出てきた。

そうなれば、画像解析も出没予測も用をなさなくなってしまう。

そうなったとき、どうするか……半信半疑で繰り出した奥の手に思わぬ手応えがあったのはいいが、捜査はもう次の手を考えていかなければならない局面に進んでいると言えた。

13

「しかし、何でまた、そんな不用意に声をかけちゃったんだろうな」

夜半の捜査本部には指令席に着く幹部連中のほか、日中、勝田南を担当していた警邏班の連中が残っていた。会議室の後方の席には自然と小川の同期たちが集まり、長い捜索の疲れをため息に変える中、河口が声をひそめて亀川の失態に言及した。

「巻島さんがやってみろって言ってたのを真に受けちゃったんだろうな」若手たちから離れたところで一人ぽつんと座ってうなだれている亀川の背中をちらりと見ながら、西出が言う。「声をかけるならせめて、相棒を近くに呼び寄せておかないと。しかも、かけた声に向こうが反応したら、逆にびっくりして動けなかったっていうんだろ。さすがにそれはないよな」

「チキったんだろうな」久留須も横目で嘲《あざけ》るような視線を亀川に送りながら言った。「特殊班の筆頭中隊長なんだから、もっとやり手なのかと思ってたけど、あれじゃあ、戸部さんたちにも舐められるぞ」

散々な言われようである。責任ある立場の人間が犯したミスであり、今後の捜査が見通せなくなったことを思えば、非難の声も仕方がないとも言えるが、小川にしてみれば、少々身につまされる気持ちがある。

このミスを引きずらせてはならない。亀川のみならず、捜査本部全体が次のミスを怖がり、萎縮してしまう。みんなが攻めの気持ちを失わないために、こういうときこそ自分が一肌脱ぐべきだと思い、小川は立ち上がった。

手をたたきながら、亀川に近づく。

「ドンマイ、ドンマイ！　ナイストライ！　狙いはいいっすよ！」

そう声をかけると、亀川は沈んだ顔から一転、鬼のような形相になり、小川をにらみつけてきた。

「うるせえ!」

何が気に障ったのか、小川は一喝された。

「馬鹿……」

後ろの同期たちから、そんなささやき声が洩れた。

14

勝田南の一件があった週の終わり、巻島は県警本部に出向いて、十一階にある刑事総務課の部屋を覗いた。

これから本部長室を訪れ、捜査の進捗を報告することになっていた。勝田南の一件については報告書を上げていて、それについて直接話しに来いと声がかかった形だ。おそらくは、本田が亀川に向けた以上の叱責が用意されているであろう。そうした予想がつくにもかかわらず、刑事総務課長の山口真帆は、私も同席しますと名乗りを上げた。巻島は彼女と軽く打ち合わせたあとに本部長室に向かうべく、まずは刑事総務課を訪れたのだった。

見ると、彼女は、自分の席で捜査一課長の若宮と何やら打ち合わせをしている様子だったので、巻島はそれが終わるのを待った。

やがて、話を終えたらしき若宮が真帆のもとを離れた。軽く会釈してすれ違おうとしたところ、若宮は足を止めて巻島を見た。

「誘拐事件の残党を捕まえるのに苦労してるようだが、うちの連中のせいにしてもらっても困るぞ」

巻島は眉をひそめて彼を見返した。

「そんなことは何も」

「文句があるなら、うちの人間は引き上げさせてもいいんだ。特捜隊と所轄だけでやればいい」

「一課の面々の献身的な働きには大変助けられていますし、若宮課長にも感謝申し上げなければと思っていたところです。彼らは捜査に欠かせない戦力ですので、引き続きご協力願えればと思います」

ふんと、若宮は鼻を鳴らした。

「だったら、本田なんかに、あんまり偉そうな顔させとくな」

若宮はそう言うと、ぷいと視線を外して、刑事総務課の部屋を出ていった。

相手が捜査一課長であるだけに、こちらから報告もしていない捜査本部の内情が知られていることに関しては、仕方ないと割り切るしかないが、若宮の言い方にはこれまでと違う色が混じっていて、巻島にはそれがかすかに引っかかった。

特殊犯中隊は捜査一課に所属している部署だが、巻島がその力を借りようというとき、若宮はこれまで、お前の古巣なんだから勝手に使えばいいという態度を見せていた。ある意味、特殊班は、自分の持ち駒に違いないものの、心情的には距離を置いているというのが、彼の姿勢であるように見えていた。

ところがここに来て若宮は、特殊班の中隊長である亀川の失態を、うちの連中のせいにするなとかばいに回った。特殊班の人間は自分の部下だと、巻島に対してことさら主張するようなことは、今までなかったと言っていい。

そう考えると、この春、強行班の何人かが特殊班に移ってきたのも、若宮のそうした意識が根底にあるという見方もできる。特殊班は自分の持ち駒だという意思表示だ。

それが、村瀬の異動を要望し、あるいは事あるごとに特殊班の力を借りている巻島への、若宮なりの返答ということなのかもしれない。

巻島自身、特殊班が捜査一課の一部隊であるという認識は当然、頭にあるものの、自分の古巣であり、担当課長代理の秋本がかつての自分の部下であったというよしみから親近感は強く、それがために遠慮なく力を借りていられるという現実はある。そこにくちばしをいれられると、何ともやりにくいのは確かだ。

　今の捜査本部には、特殊班はもちろん、強行班も加わっており、彼らの力が必要なのは言うまでもない。これまでのように、遠慮なく使いたいところである。

　結局のところ、亀川の失態を曾根にまで報告するのは勘弁してやれと言いたかったのだろう……巻島は若宮の言葉をそんなふうに限定的に捉えることにし、あまり重くは考えないようにした。


「付近のカメラからは、ほとんど収穫がなかったみたいですね」

　山口真帆の席に行くと、彼女はここ二、三日の捜査について切り出してきた。

「ええ、それに、付近をだいぶ聞きこんだんですが、シノギの仲間と見られるような人物はもちろん、シノギの相手だと思われる人物も見つかりませんでした」

　勝田南周辺にある防犯カメラを目につく限り押さえ、〔リップマン〕と見られる不審者が現れた当日の映像データを取ってきて調べたのだが、思った以上に成果がなかった。

　当の不審者と見られる人物が映った映像は、あるにはある。ちょうどせせらぎ公園側から不審者が見つかった勝田南二丁目に通じる北西方向への通りだ。スーツを着たマスク姿の男が歩いている様子が、二、三のカメラに収まっている。

しかし、逆に言えばそれだけであり、どこから来てその通りに現れたのかがまるで分からない。仲町台の駅前は執拗に映像データを集めて調べさせたが、不審者の姿は捉えられていない。二時頃、駅前で職務質問が行われていたときに、その横をすり抜けていったのではないかという声から、その時間帯の駅周辺を細かく見させたのだが、やはり該当する人物はおらず、そうした読みは空振りに終わった形となった。

状況から考えて、もっとも自然な見方は、車を使ってこの場所にやってきたというものだ。しかし、主要なタクシー会社に問い合わせても、心当たりのある運転手は見つからない。仲間が送り届けた可能性もあるが、その場合、その仲間は、逃走する不審者を車で拾いに戻ってきているはずである。不審者は逃走現場周辺で忽然と消えている。状況から見て、車に拾われたとしか説明がつかないのだが、そうした車の通行は、付近の防犯カメラにも捉えられていない。二時頃に勝田南周辺の主要道路を通り、その後、二時間以内に戻ってきた車両をNシステムで洗い出したりもしてみたが、特段マークすべき対象は浮かんでこなかった。

あとは、考えられるとすれば、現場付近に仲間の家があり、そこに長時間匿われたということである。翌日現場に投入した聞きこみ担当の捜査員には、その可能性を徹底的につぶしながら回るように言い渡した。聞きこみ先には、当日誰かの訪問予定がなかったかどうかの確認から始めて、家族構成なども入念に聞き取り、家族の誰かが〔リップマン〕とつながっている余地があるかどうかまで見極めさせた。場合によっては、その家の夫や息子が帰ってくるのを待ち、人物を確かめさせたりもした。

だがそれも、収穫と言えるようなものは何も得られることなく終わった。

現場では対象区域を広げて、聞きこみ作業などを続けているほか、ＡＩが予測したほかの重点監視区域での警邏も続行している。

ただ、客観的に見て、画像解析や出没予測のシステムを使った一連の捜査は暗礁に乗り上げたと言ってよかった。

「じゃあ、行きますか」

そんな中での本部長への報告である。同行に名乗りを上げた真帆も、半分以上は職務上の責任感からのことであり、本心では御免こうむりたいところだろう。そんな気持ちが声にも出ている。

本部長室では、巻島たちの報告を聞いている間、曾根が椅子の背もたれに身体を預け、白けたような顔を二人に向け続けていた。

「結局、いくらコンピュータが優秀でも、それを使う人間が無能なら、何にもならないという、教訓のような話だな」曾根は二人をにらみつけながら、吐き捨てるように言った。「金かけて、最先端気取って、何やってんだ、まったく」

「申し訳ありません」真帆が頭を下げる。「狙いはよかったと思うんですが、現場は紙一重のところで動いていまして」

「逃がした相手がどこに消えたかも突き止められずに、紙一重もくそもあるか！」

曾根に一喝され、真帆は首をすくめた。

「それで、どうするんだ？」

「とりあえず、逃走現場周辺での聞きこみやカメラの解析を続けています」

巻島の返答に、曾根は何の期待もできないというように首を振った。

「同時に、ほかの監視区域の警邏も怠らず、〔リップマン〕の出方を待つほかないかと」

真帆が口にした言葉にも、曾根は話にならないと言いたげに首を振った。

「見えてる罠に、わざとかかりに来る獲物がいるか」曾根は馬鹿馬鹿しそうに言った。「それは、お手上げと言ってるのと同じことだ。違うか、巻島？」

「次の手を考えるに当たっては、少々お時間をいただきたいと思います」巻島は言った。

「十分時間はやった」曾根は言った。「その〔リップマン〕らしき男を逃してから今日までに、次の手が浮かんでいないということは、何も策がないということだ」

曾根の言う通り、時間をもらったところで妙案が生まれるかどうかは難しいところだった。勝田南の過去のカメラ映像を改めて精査することで、現在捜査本部が手にしている以上にクリアかつ、正面からなど多角的な顔の画像は手に入るかもしれない。それをもとに、何か新しい仕掛けが作れないかという漠然とした思いはある。逆に言えばそれだけであり、そこからどう〔リップマン〕の追跡に結びつけるかという手立ては、今のところ何もまとまっていない。

巻島からの反論がないのを見て、曾根は人差し指を突き立ててみせた。

「一つ教えてやる」曾根は言った。「またテレビに出ればいい」

〔バッドマン〕事件の成功体験から来るのだろう。あるいは、事あるごとにその案を持ち出すのを見る限り、それはもうほとんど、曾根の趣味と言っていいのかもしれない。

巻島としては、〔バッドマン〕事件の狂騒を思い出し、少々うんざりした気分が湧かないでもない。

しかし曾根の話には、続きがあるようだった。

「ただし、〔バッドマン〕のときのような、普通のテレビじゃない。面白いのを見つけてきた」曾根は言った。「ネットテレビだ」

そう言われても、巻島はぴんとこない。真帆だけが、呑気なのか追従なのか、ほうと感心したような小声を洩らした。

「〔ネッテレ〕というのがある。〔AJIRO〕の傘下で、会社はみなとみらいにある。影響力はまだ地上波テレビほどじゃないが、SNSなんかを使った拡散力は馬鹿にできないし、世間体を気にする既存メディアより、よほど使いやすい。〔リップマン〕が少しでもネットに慣れているなら、お前の呼びかけに反応することも十分期待できる」

テレビを使った公開捜査は、二つの収穫を見込んで行う。一つは視聴者からの情報提供である。犯人逮捕に直接つながるような情報が得られれば言うことはない。

もう一つは、当の犯人からの反応である。メッセージのやり取りを交わす間に、向こうの隙が生まれ、手癖が見え、居所の特定につながる手がかりが得られる可能性が出てくる。〔バッドマン〕事件では幸運にも目論見が嵌まったが、果たして〔リップマン〕にもそれが通用するのか……巻島には分からない。

しかし、現状では、彼の提案を押し返すに足る次の一手があるわけではなかった。

曾根はもう、巻島に引き受けさせる気でいる。

やるしかないようだと、巻島は腹を括ることにした。

「またテレビ出演ですか」

捜査本部に戻って指令席の面々にその話をすると、本田が呆れ半分の声を上げてみせた。

捜査手法として決して王道とは言えないだけに、同じ手がそうそう何度も当たるとは思えないと、彼も考えているようだった。

「でも、私は面白いと思いました」巻島と一緒に捜査本部に顔を出した山口真帆が、明るい声で言った。「話題になれば、思わぬ情報が入ってくるかもしれませんし、やってみる価値はあると思いますよ」

「課長は、〔バッドマン〕のときを知らないから言えるんですよ」本田が言う。「捜査官は、犯人びいきだとか、スタンドプレーだとか、方々からたたかれたり逆恨みされたりして、大変だったんですから」

「でも、結果的には、それで〔バッドマン〕逮捕にこぎ着けたわけでしょう」真帆は意に介さないように言った。「今回は視聴者も、そんな単純には受け取りませんよ。どうやって〔リップマン〕を捕まえるのかって、期待感を持って観てくれますよ」

「まあ、俺のことはどうでもいい」巻島は言った。「問題はそのテレビ出演を、どう捜査の進展につなげるかってことだ」

「まあ確かに」本田が言う。「ただ私、その〔ネッテレ〕なるものが、そもそも初耳ですからね」

「え、知らないんですか？」

真帆は意外そうに言ったが、指令席に座る幹部たちは、みな同様らしかった。

「〔ＡＪＩＲＯ〕くらいは聞いたことありますけど、どんなことをやってるかまでは正直……」

秋本がそう白状し、ほかの面々も感覚的には大差なかったようで、顔を見合わせての苦笑が生まれた。

「〔ネッテレ〕っていうのは、こういうのです」

真帆はユーザーであるらしく、自分のスマホをバッグから取り出して、アプリを起動させた。

動画が液晶画面に映し出される。

「いろんな番組があるんですよ」

真帆が画面をスワイプすると、チャンネルが次々に替わっていく。格闘技の番組があり、落語の番組があり、将棋の対局の番組がある。

「私は寝る前に、この猫チャンネルを観るのが日課なんですよ」

猫の動画を流しているチャンネルで手を止め、真帆は楽しそうに言った。

「ほおう」

ほかに反応のしようもなかったのか、本田が適当な調子の相槌を打ち、それが妙なおかしさを生んで、巻島たちはふっと笑った。

「これが報道チャンネルですね。たぶん、出るとしたら、このチャンネルになると思います」

肘かけ椅子を二つ並べただけのシンプルなスタジオで、評論家らしき男二人が政治討論をしている。

「このキャラクターみたいなのは何ですか?」本田が訊く。

出演者二人を囲むようにして、いくつもの漫画チックなキャラクターが画面上に映し出されている。時折、その中の一つが大きくなり、吹き出しが出てきて、あれこれコメントが表示される。

「視聴者のアバターですよ。私はそこまでやってないですけど、登録してアバターを作ると、画面にコメントが出せるんです。課金すれば何回も出せますし、出したコメントが出演者に読まれることもあります」

「そういうやり取りを通して、視聴者から新しい情報が得られる可能性はあるわけですな」

本田が言う。

「そうです、そうです」

「あるいは、〔リップマン〕がそこに参加してくる可能性も……」本田はそう言いつつも、自分で首を振った。「ただ、登録しなきゃいけないとなると、わざわざ足が付くような真似をしてくるわけはないか」

「でも、登録って言っても、ＩＤ代わりのメアドがいるだけですから、そんなのどうとでも作れますし、〔リップマン〕はシノギでトバシ携帯はいくらでも持ってるはずですから、容易に正体をつかませない形で表に出てくる可能性は十分あると思いますよ」

「そこが期待できないと、テレビで仕掛ける意味もありませんしね」秋本が言う。「ただ、〔バッドマン〕は自己顕示欲から顔を出してくれましたけど、〔リップマン〕がそういうタイプかどうかですよね」

「今年を誘拐ビジネス元年にするとか、自分たちを〔大日本誘拐団〕と名乗るあたり、はったりには長《た》けてるから、のこのこ出てきてもおかしくはないかもな」巻島は言う。「ただ同時に、警察に尻尾をつかまれそうになったら、すぐに姿を隠すという習性も、振り込めなんかのシノギで培われてるはずだ。だから、出てきたとしても、そこからどう尻尾をつかむかは、また考えなきゃいけない」

「まあ、〔バッドマン〕のときと同じで、出たとこ勝負というところでしょうね」本田はそう言いながら、表情にかすかな困惑の色を残していた。「しかし、本部長は意外とこういう方面に明るいんですな。〔ネッテレ〕なんてものを知ってるなんて」

「みなとみらいに会社があるらしい」巻島は言った。「スタジオもそこにあるそうだ」

「なるほど、それで」

「それだけじゃなくて、私、小耳に挟んだ話があるんですよ」

真帆は身を乗り出し、女友達と内緒話をするかのように、少し声のトーンを落とした。警察庁の先輩から聞いた話らしい。

「今、国のほうでIR――いわゆるカジノを作って観光客を呼ぼうっていう計画が進んでるじゃないですか……横浜も誘致合戦に加わって。その事業を監督するのに、カジノ管理委員会っていう組織が立ち上がるんですけど、警察庁もそこに一枚嚙もうとして動いてるんです。具体的には、委員に誰か送りこもうと考えてるみたいで、それが誰かというと、曾根本部長らしいんですよ」

「ほう」本田が声を上げた。「捜査官からしたら、明日にでも行ってほしいところでしょうな」

本田の茶々には短い失笑で応え、巻島は真帆に訊く。「それと〔ネッテレ〕に何の関係が？」

「そのカジノ計画の事業者に〔AJIRO〕が名乗りを上げてるって話ですよ。もうシンガポールのカジノ会社と組んで、新会社も立ち上げてるとか。もともと横浜財界はカジノ誘致に反対してて、候補地からの撤退も議論されてたらしいんですけど、若手経営者からの推進の声が強くなって、今に至ってるそうなんですよ。で、その若手経営者の動きの中心にいたのが〔AJIRO〕の社長だって噂されてるんです」

「だとしたら、ちょっとした策謀家ですね」と秋本。「そのカジノ計画の推進運動の中で本部長とも知り合って、〔ネッテレ〕のことを話したんですかね。公開捜査に使われれば世間が注目して宣伝にもなるし、そのへんの計算高さも感じますね」

「民間の人って、自分の会社や業界の利益優先だから、国の仕事をしても、そういうところはありますよね」真帆が言う。「ただ、うちとしても別に損する話じゃないから、そこがうまいですよね。ある意味、ウィンウィンなんで。本部長にしても、地元のメディアと組んで何が悪いんだって言えるでしょうし」

いろんな思惑が周囲に渦巻いていそうだが、この捜査には関係ないことだと言えた。

「こちらとしては、〔リップマン〕の逮捕につなげられれば、それでいい」

巻島がそう口にすると、指令席に座る者たちは呼応するようにうなずいた。

「じゃあ、私のほうで向こうに連絡を取ってみます」真帆がそう言って、立ち上がった。

その夜、巻島は少し早めに捜査本部を出て、官舎に帰った。娘のいずみが遊びに来ていると聞いていた。

「お帰りぃ」

巻島が帰ると、いずみが笑顔で出迎えに出てきた。心臓に持病があるが、ここ最近は体調に問題はないようだ。

「今日は早く帰れたんだね」

「ああ、何とかな」

いずみは月一程度の割合で一平《いっぺい》とともに顔を見せに帰ってくるが、巻島が不在のときが多い。というより、捜査本部が立って巻島が自宅になかなか帰れない日々が続くと、それを園《その》子《こ》からのメールなどで知ったいずみが、母の話し相手になりにやってくるのだ。だから必然的に、巻島はいずみ親子とすれ違ってしまうわけだが、今日はちょうど捜査が端境《はざかい》に差しかかっていたこともあり、早く帰宅することができたのだった。

台所では園子がカレーを作っていた。一平がダイニングテーブルに着いて、何やらタブレット端末に見入っている。

「ただいま」

「一平、おじいちゃん帰ってきたよ」

いずみの声に一平は顔を上げ、「おかえりなさい」と挨拶した。

この春、小学校に通い出した一平は、しばらく見ないうち、すっかり物心がついたような、落ち着きのある目つきを見せるようになっていた。

「元気か？」巻島はネクタイを外しながら、一平に話しかける。「学校は面白いか？」

「うん……いがいと」一平はタブレットに目を戻して答えた。

「意外とか」巻島はくすりと笑う。

「ひねくれた言葉使うでしょ」いずみも笑っている。「どこで覚えてくるんだか」

巻島が着替えをしているうちに、夕食も調ったようだった。

「さあ一平、ご飯食べるから、それ仕舞いなさい」

いずみがタブレットを取り上げようとするのに対し、一平が「もうちょっと」と、タブレットをつかんで放さない。

「駄目。食べてからにしなさい」

「何を観てんだ？」

一平の隣に座り、タブレットを覗いてみる。何かのアニメ番組らしい。

「今、ネットで簡単に昔のアニメとか観られるのよ」

いずみが、お父さんはそんな世の中の事情など知らないだろうと決めつけるような口調で話す。

「〔ネッテレ〕とかか？」

巻島がそう言ってみると、いずみが目を丸くしてみせた。

「へえ……〔ネッテレ〕知ってるの？」

「意外とな」巻島はそう言ってやる。

「おじいちゃん、〔ネッテレ〕知ってるんだって。すごいねえ」いずみは一平にそんなことを話しかけながら、どさくさに紛れるようにして、タブレットを取り上げた。

「ああ、もう」一平は頰をふくらませている。

「この子を三十分くらいおとなしくさせとくには打ってつけだから、ついつい許しちゃうんだけど、最近癖になっちゃってね」

「いずみも小さな頃はテレビっ子だったから、厳しいことは言えないな」

巻島が言うと、いずみは目を見開いてムキになった。

「普通のテレビとネットのテレビは、似てるようで違うのよ。テレビは、子どもながらにスケジュールを組み立てて、その時間にテレビの前に座って観ないといけなかったけど、ネットは場所を選ばない上にアプリ開いたら何かしらやってるから、隙間時間にどんどん入りこんじゃうの。その分、生活の一部になりやすいし、中毒性も高いんだから。観るのやめさせる一番の方法、何だか分かる？　ゲーム機で遊ばせるの。笑い話にもならないでしょ」

巻島は園子と顔を見合わせた。

「いずみと一緒じゃないか。さっきまでテレビを観てたと思ったら、今度はゲームをやってる。『早く宿題やりなさい』っていう母さんの声を何回聞いたか」

園子も笑いながら、「一平くん、ママとそっくりだって」と一平に話しかけている。

「私、そんなんじゃなかったから」

いずみは強引に否定するしかないようだった。

「そうだ……今度また、テレビに出ることになるかもしれん」

食事が始まったところで、巻島はそう報告をしておいた。

「また？」去年の狂騒がまだ頭にあるのだろう、いずみが少し鼻白んだような反応を示した。

「今度は地上波じゃない」巻島は言った。「〈ネッテレ〉だ」

「それでか」いずみが先ほどの話題と結びつけ、納得したように言った。「警察も時代を追いかけるのに大変だね」

「そういうことだ」巻島は苦笑しつつも否定はしなかった。「まあ、去年のようなことはないと思うが、念のため、気をつけておいてくれ。不審なことがあったら、すぐ言いなさい」

〈バッドマン〉事件では、テレビ出演の騒動の余波で、一平が誘拐される事態が発生した。

一平に深刻な心的外傷が見られないのが救いだが、今思い出しても冷や汗を禁じえない出来事だった。いずみたち一家も事件後、神社にお祓いに行ったり、住まいを変えたりと、彼らなりに生活を落ち着けるのに大変だったようだ。

今回の事件では、巻島と因縁を持つ人物が介在しているとは思えない。そういう意味では〔バッドマン〕事件とも性格が異なるが、捜査の網が迫る中で、〔リップマン〕がどんな反応を見せてくるかはまだ読めない。注意を払っておくに越したことはない。

「お父さんも気をつけてよ」いずみが逆に気遣うようなことを言った。「ネットのこと、どれだけ詳しいのか知らないけど、今でも神奈川県警の巻島で検索したら、いくらでも動画とか出てくるんだから。犯罪者を相手にしてる人が自分の名前や顔を世間にさらすって、けっこう危険なことだよ」

「まあ、それは分かってる」巻島は言った。「お父さんは心配ない」

しかし今度は、いずみと園子が顔を見合わせ、肩をすくめてみせるのだった。

「お互い、気をつけなきゃね」園子がカレーをスプーンですくいながら言う。

「そうだな」巻島はそう応えておいた。

15

庭の畝を雨が静かにたたいている。

淡野は居間の窓際に座り、網戸越しにそれをじっと眺めている。

ここ数日、淡野はただそうやって日中をすごしていた。

「雨、やまないね」二階のアトリエから下りてきた由香里が、一緒になって外を眺めながら言う。「予報だと昼前には上がるって言ってたけど」

雨が続いているから、淡野が外出しないと思っているのかもしれない。昨日、一昨日と由香里に紫陽花見物に誘われたが、淡野はこの窓辺から動かなかった。

これまで、週の半分は横浜や川崎へと出かけていた。対面営業のアポがあったからだ。

それが一転、これまで細々と続けていたシノギをすべて打ち切り、由香里の家から動かなくなったのは、もちろん雨のせいではなく、警察の網にすんでのところでかかりそうになった一件があったからである。

それまでも、警察の影が近づいているのを察したときは、シノギを手仕舞いしてしばらく息をひそめておくのが、淡野のやり方だった。そういう意味では、今回もそれと同じである。

しかし、心境としては、これまでとは違うとも言えた。

勝田南での一件があった次の日も、渉は日課のようにこの家を訪ねてきたが、淡野は、仕事はないと言って帰した。その口調が今までとは違うことを彼は感じ取っただろう。引地和佳子から受け取った五十万も渉にくれてやった。彼は多くは訊かず、それから四、五日経つが、顔を見せには来なくなっている。

勝田南の件について、淡野は一部始終を話したわけではないが、警察に追われたことくらいは、渉も知っている。あの日、あのあと、淡野はそぼ降る雨の中、せせらぎ公園から緑道を北上し、横浜市営地下鉄グリーンラインの東山田《ひがしやまた》駅まで歩いた。それから日吉《ひよし》で東急東横線に乗り換え、自由《じゆう》が丘《おか》駅で降りたところで、ようやく渉に電話をかけた。

どうして自由が丘にいるのかと、渉は驚いていた。淡野もできれば、せせらぎ公園あたりで拾ってほしかったが、Nシステムなどで渉の車が洗い出される恐れが出てくる。駅前で淡野の姿を確認できないとなると、警察は当然、車での移動を疑うだろう。淡野が勝田南に出没した少し前に付近を通った車が、数時間してまた戻ってきたとなると、警察はもちろん、その車を怪しむに違いない。

自由が丘まで逃げたのは、神奈川県警の防犯カメラのデータ収集が横浜と川崎市内に限定されていると［ポリスマン］から聞いていたからだ。東京にまで手を広げるには警視庁にも一言断りを入れねばならないだろうし、淡野の足取りがそちらに向かったという確証がない限り、そこまでの手間をかけてくるとは思わなくていい。

そうやって用心を重ねて逃走経路を消し、ようやくの思いで渉の車に拾われた。

「こういうこともありますよ」

渉も自身が中華街で職務質問されたことで、予感めいたものがあったのだろう。淡野が警察に追われたことを知って、気遣うような言葉をかけてきた。

「でも兄貴、逃げ切ったのは、さすがっすね。服装が全然変わってて、最初、誰かと思いましたよ」

そんなふうに笑い飛ばすようなことも言っていたが、淡野が生返事しか返さなかったことで、彼もその窮地がどのようなものだったか察したらしく、口数が少なくなっていった。

だから翌日淡野が、仕事はないと告げたときも、ほとぼりが冷めるまで、当分仕事をする気はないようだと理解したはずである。

その見方は間違っていないが、淡野の感覚は少し違う。

この稼業から足を洗う時期が来たのではないか……そんな思いがにわかに強まっている。

〔大日本誘拐団〕の事件後とは心境が明らかに変化している。

あのときは確かに、ほとぼりを冷ますという思いだった。だからこそ、個人でのシノギを細々と続けていた。しばらくしたら、また何かしらの大きな計画を立て、人を集めて一勝負打ちたいと思っていた。

そのときのどろりとした野心は、今の淡野のどこにもない。それは、警察にあわやというところまで追われたことで気持ちが怯んだから、ということではない。

和佳子を騙していたつもりが、そうではなかった。すべて見透かされていた……そう気づいた、あの家での時間が大きかった。

ダストボックスに捨てられた証書を見るまで、淡野はそれに気づかなかった……そうした観察眼の曇りも、あのときに思い知らされた。

焼きが回ったとは思いたくないが、シノギがルーティン化し、鋭敏であるべき感覚が鈍ってしまったのではないかという自身への問いかけに、淡野は否定の言葉を持たなかった。

さらに言えば、何とかして否定しようとも思わない自分への失望も加わっている。

気づけば自分は、詐欺稼業を何が何でも続けていこうという気持ちをいつからか失っていたのだ。

やめてもほかにやることがないから続けていた……結局はそういうことだったのだと今は分かる。もちろん、そういう心境に至ったところで新たにやりたいことが見つかるわけでもないが。

だからこうして日がな一日、ぼんやりと外を眺めている。ただ、そうしている間にも、稼業から足を洗うという思いは日に日に強まり、今やほとんど固まったと言ってもよかった。

午後になって、ようやく雨が上がった。厚みを消した雲の間から薄日が差す空模様となった。

「紫陽花、見に行くか」

昼食を終え、居間の窓辺に戻って空を眺めていた淡野は、お茶を持ってきた由香里に声をかけた。

由香里は待ってましたとばかりに、にこりとうなずいた。そんな気になったのは、淡野なりの気持ちの変遷があってのことだが、彼女は単純に、雨が上がったからだと思ったかもしれない。

よそ行きの白いワンピースに着替えた由香里と家を出た。海岸通りを由比ガ浜のほうにゆっくりと歩いていく。

由香里は小さな日傘を差した。「入る?」と淡野に冗談ぽく言葉を向けてくる。陽射しは強くないが、もともと真っ昼間から活動的に外を出歩く生活はしてこなかったので、空の明るさに目を細める癖がある。

「あの帽子、かぶってくればよかったのに……似合ってたし」

彼女はからかうような口調でそう言った。和佳子の家から逃げるときにかぶってきた帽子だ。つばがやけに平らで大きく、かぶってみると妙に不格好なのは淡野にも分かっていた。帰ってきた淡野を見て、由香里は真っ先に、「その帽子、どうしたの？」と首をかしげて訊いてきた。今となってみれば笑い話のようでもあるが、あのときの淡野は、そんな不格好な帽子にすら、自分の命運を託す思いがあった。

「今度、もっと似合うの、買ってあげるよ」由香里が言う。

「いや、いい」淡野は言う。「髪を伸ばす」

口にした淡野自身もどれだけ本気か分からない言葉に、由香里は吹き出した。

「渉くんみたいに？」

「そうだ」

「ますます、見分けつかなくなっちゃう」彼女はそう言って笑う。

由比ガ浜の海岸通りを長谷《はせ》まで歩き、紫陽花の名所として知られる寺に足を向けた。雨がやんだばかりだからか、見物客はそれほど多くはない。紫陽花は満開で、散策路に沿って咲き誇っている。由香里は「わあ」と感嘆の声を上げながらスマホを取り出し、何度もシャッターを切っている。

淡野は、その光景をいつまでも楽しめるような感受性は持ち合わせていない。見慣れれば、どこかの公園を歩いているのと感覚は変わらず、弾むようにして歩いている由香里の背中を追っているだけだ。

それでも、どこかさばさばとした、吹っ切れたような気持ちが自分の中にあるのは確かだった。

「ねえ、一枚、一緒に撮ろうよ」

由香里がスマホをかざして淡野に言う。

今までなら、取り合わなかっただろう。もともと写真で過去を振り返る趣味はないし、普段から営業先一つを選ぶにしても、インターフォンのカメラに撮影機能がないかどうかを一番の判断基準にしているだけに、カメラはなるべく避けるものという思いが習性のように染みついてしまっている。

しかし淡野の今の気持ちは、そうした習性からも距離を置いたところにあった。

「ああ」

淡野が軽く言って応じると、由香里はまた嬉しそうな顔をして、紫陽花を背に淡野と肩を並べ、カメラのシャッターを切った。

「どう？」

写り具合が気に入ったらしく、彼女はスマホの画面を淡野に見せてきた。

「人に見せるなよ」

「うん」

彼女は「どうして？」とも訊かず、素直にうなずいた。自分だけのものと考えれば、余計満足感が高まるとでも思っているのかもしれない。

寺を出て、近くのカフェで少し休んでから帰路についた。

由香里の差す日傘が、気分よさそうに揺れている。

「また来ようね」彼女はことさら軽い口調で言った。「来年も」

「ああ」

淡野が応えると、彼女はその返事にどれくらいの真実味があるのか探るように淡野の顔を見つめ、それから口もとに笑みを覗かせた。

「今日は優しいね」

「いつもと変わらない」

淡野は言うが、由香里は小さく首を振る。

「目つきも優しいし」

妙な褒め方をされて淡野は決まりが悪くなり、小さく肩をすくめた。

嘘を言っているつもりはない。シノギから手を引けば、あちこち拠点を移すような生活もしなくてよくなる。おそらく来年も由香里の家にいるだろうと思うのだ。

ただ、由香里の家にいたまま、自分が何をやって暮らしているのかは、まるで分からない。今の一時期はともかく、自分が何もしないで、じっとしていられるタイプではないという自覚はある。

だから、先のことが分からないという気持ち悪さはあるのだが、人生の転機というのは得てしてそういうものなのだろうと思えば、それで済む気もするのだ。

道すがら、何をやって暮らしていくのか考えたが、当然のように答えは出なかった。少し考えたくらいで名案が見つかるような問題でもない。あきらめた頃、由香里の家に着き、そのガレージにはサーフボードを載せたジュークが停まっていた。

「二人でお散歩ですか」渉と一緒に縁側に座ってアイスクリームを食べていた絵里子が、待ちかねたように声をかけてきた。「珍しい」

電話をかけたらしいが、スマホをバッグに入れて歩いていた由香里は気づかなかったようだ。

「淡野っちが近寄りがたいほど元気なくしてるって聞いたから、様子見に来たのよ」

「元気ないかな？」由香里がきょとんとして淡野に視線を向ける。「ないような……むしろ、あるような」

「ないですよ」絵里子が立ち上がり、淡野の目の前まで来て、由香里と一緒にじろりと見つめながら言った。「前はもっと目力があったもん。今は何か腑抜《ふぬ》けみたい」

「腑抜けって」由香里が笑う。「優しくなったって言ってあげて」

「いやあ、淡野っちは、もっとぎらついてないと」

淡野は二人からの視線をやりすごし、渉に声をかけた。

「波乗りはこれからか？」

「これからっす」渉は言う。「絵里子をユリさんに預けて、ちょっと乗ってこようかなって」

「リコちゃん、子守りが必要なお子ちゃま扱いね」由香里がそう言って笑う。

「だってこいつ、陽灼けするのが嫌とかうるさいんすよ。大して色白でもないのに」

「あんたがあちこち引っ張り回すから、色白になれないんでしょ」絵里子が文句を言う。

「俺を連れてけ」淡野は言った。「ちょっと、乗ってみたい」

渉が目を丸くする。「まじっすか」

「珍しい」由香里もそんな言葉を洩らした。

「意外と元気あるんだね」絵里子は理解しがたそうに、そう言った。

その日は陽が落ちるまで、渉と海に出た。渉のウエットスーツを借り、ボードも借りて、波に向かった。もちろん、最初からサーフィンらしき動きができるはずもない。ボードの上に寝そべり、腕で漕ぎながら波間を進む、パドリングと呼ばれる動作をひたすら繰り返すだけだ。

次の日も、その次の日も、淡野は渉と海に出た。梅雨の合間の強い陽射しが浅瀬に降り注いでいた。パドリングでスムーズに移動ができるようになると、少し沖に繰り出し、波を待って立ち上がる、テイクオフの習得に入った。ボードを波に乗せ、立とうとしては転び、海に落ちて波に呑まれる。体力が簡単に奪い取られ、くたくたになるものの、淡野はその挑戦を何度も繰り返した。面白いのかどうかは、自分でもよく分からない。夢中になっている自覚もない。ただ、シノギのことをはじめ、日常のあれこれを考えずにはいられた。

薄日が差していた初日から、淡野の顔と腕は陽灼けでうっすらと赤くなったが、二日目からは灼け具合が際立ってきた。もともと色白でいられたのも、太陽の下を好んで歩くような生活をしてこなかったからであり、こういう遊びを続ければ、人並みには肌も灼ける。

四日目、五日目になると、何回かに一回はテイクオフで膝を立てられるようになった。すぐにパーリングと言われる、サーフボードの先が水面に突き刺さる状態で海に投げ出されるのだが、波がそれほど大きくないときには、波に乗れたと思えるくらいにはボードの上で粘ることもできた。

「兄貴、さすがっすねえ」

そんな淡野を、渉はことあるごとに褒めちぎった。

「そんな何回もパーリング食らってたら、普通、乗るのが怖くなってテンションも下がっちゃうもんですけどね。兄貴は全然怖がってないし、いい意味で、そういうとこ鈍感っすよね」

パーリングを起こせば、頭から海に投げ出され、波に揉まれ、ボードが容赦なく身体にぶつかってくる。その瞬間は前後左右も分からなくなり、自然の力学にもてあそばれるだけで、人間らしさなど何も保てない。しかし、淡野が鈍感なのかどうかは分からないが、それが怖いこととは思わなかった。

「うわあ、ますます本当の兄弟みたいになってきたね」

夕方、サーフィンから帰ってきた淡野たちを由香里が出迎えた。淡野の肌は、激しい赤みが収まりつつあり、同時に、色素が肌に沈着し始めていた。

「すっかり、サーファーっぽくなってきましたよね」渉はそんな淡野を見ながら、嬉しそうに言う。「一カ月もやれば普通に乗りこなせるようになるんじゃないかってくらい、がんばってますよ」

「へえ」由香里は感心したような声を上げながらも、疑わしそうに淡野を見た。「そんなに続くかな?」

「いや、兄貴、意外と根気あるんすよ。普通はボードの上に立てないまま、やめてくやつがほとんどっすからね」

「そうなんだ」

「じゃあ、兄貴、明日も迎えに来ますから」

「明日はまた天気悪くなるらしいよ」

由香里がそう言ったが、渉は明るい口調のまま、「そんなの関係ないっすよ」と言い残して帰っていった。

翌日、鎌倉には朝から梅雨空が戻り、天気予報は午後から雨が降るだろうと伝えていた。

しかし、渉は昨日宣言した通り、朝食を終えた頃、絵里子を伴って、淡野を迎えに来た。

「うわあ、淡野っち、灼けたねえ」

久しぶりに淡野を見た絵里子は、そう言って目を丸くしてみせた。

そんな絵里子を出迎えた由香里は、申し訳なさそうに口を開いた。

「ごめん、リコちゃん。急ぎの仕事が入って、今日、あんまり相手できないんだけど」

「えーっ」

絵里子は淡野たちが海に出ている間、由香里とすごすつもりで付いてきたらしい。

「じゃあ、二人も今日は、海に出るのやめなよ」せっかくの土曜日に一人だけ取り残されそうになり、絵里子はそんなことを言い出した。「どうせ雨が降るんだし、サーフィンなんてやめて、どっか行こうよ」

「海に出るのに雨なんて関係ないんだよ」

渉は、金の心配さえしなくていいのなら、一年中海に出ていたいと思っているような男である。

「ねえ淡野っち、横浜行こうよ」絵里子は渉相手ではらちがあかないと見るや、淡野に話を向けた。

「馬鹿、やめろ」

渉が低い声で制した。横浜に出れば警察の目があることを心配してのことらしい。絵里子もはっとした顔をしてみせたが、かといって不満も収まらなかったようで、頬をふくらませている。

「兄貴、気にしないで行きましょう」

それほどサーフィンに夢中になっているわけではないが、女連れでどこかに出かけたいという気持ちがあるわけでもない。

淡野が懲りもせずに毎日サーフィンを続けているのは、波に揉まれ、肌を陽にさらしているうちに、見た目の変化ばかりでなく、内面そのものも洗われ、一皮むけていくような感覚が味わえる気がしているからだ。変わったと自分でもはっきり分かるか、あるいは逆に、今のままでいいと思えるようになるまで、とりあえずは続けてみようと思っている。

そんな思いから、淡野は渉の誘いにうなずき、二階の寝室に戻って、海に出る支度を始めた。

ところがそこに、電話があった。淡野が持っている五つほどの携帯のうち、越村とつながっている一つが鳴った。

〈〔ワイズマン〕がたまには顔を見せろとさ〉

越村は用件を短く伝えて、すぐに電話を切った。

淡野が自分の中で気持ちを固めて以来、ある意味、待っていた連絡だとも言えた。〔ワイズマン〕に裏の稼業から足を洗う意思を伝えなければならない。

「予定変更だ」一階に下りて、淡野は渉たちに言った。「横浜に行く」

「え？」と口を開けた渉の横で、絵里子が「やったー」と万歳した。

サーフボードを下ろした渉の車に乗り、横浜へと向かう。淡野はいつもの後部座席に座り、助手席には絵里子が乗った。

「絵里子、連れてっていいんすか？」

渉がハンドルを握りながら、淡野に訊く。

「もう乗ってるのに、いいも悪いもない」淡野は言う。

「何？」絵里子が訝しげに淡野と渉に視線を向けた。「何か変なことしでかそうとしてるんじゃないよね？」

「こんな土曜の真っ昼間から、変なことなどしでかせるわけがない」淡野は言った。「君らは元町あたりをぶらついてればいい」

「淡野っちはどこ行くの？」

「人に会いに行く」

「渉くんの知ってる人？」

「いや、渉も知らない相手だ」

「あれ、越村さんじゃないんすか？」渉が訊く。

「違う」淡野は言う。「オーナーだ」

「オーナーって、例の？」渉が訊く。

「そう。いわゆるボスだ」

「へえ、どんな人なんですかね」渉が興奮気味に言う。「俺も会いたいな」

「何、ボスとか……怖い怖い」絵里子が逃げ出したそうな声を上げた。

「怖くはないが、どちらにしろ、会わせられないから、君らには関係ない」

淡野が言うと、渉ががっかりしたような声を洩らした。

「関係なくてよかった」絵里子が苦笑気味に言う。「でも、淡野っちも気をつけなよ。何やったか知らないけど、警察に追われてるでしょ。薄々知ってんだから」

「やめろ」

渉が左手をハンドルから離し、絵里子の肩を小突いた。

「私はユリさんを悲しませたくないから言ってんの」

「余計なお世話なんだよ」渉が口を尖らせて言う。「兄貴は兄貴でいろいろ考えてんだからよ」

知ったようなことを言う渉の様子が淡野には少しおかしかった。渉に今の思いをつぶさに教えたことはないが、このところずっと一緒にいて、彼なりに感じ取っているものがあるのだろう。

裏稼業から離れれば、それだけ警察に捕まるリスクは減るし、生活は自然、鎌倉に腰を落ち着けたものになるだろう。それはつまり、由香里を喜ばせることにつながるわけで、淡野は淡野なりに考えているということになる。

しかしそれも、〔ワイズマン〕に断りを入れないことには始まらない。淡野はそれを考え、少しだけ緊張している自分を意識した。

横浜に入ると、淡野はまず、黄金町に車を回してもらって、アジトで服を着替えた。綿のパンツにボタンダウンのシャツ。麻のジャケットは脇に抱える。訪ねる先はみなとみらいのオフィスビルであり、あまりカジュアルすぎると土曜日とはいえ人の目につきかねない。かといってIT企業なので、スーツでは悪目立ちしがちだ。〔ワイズマン〕のもとを訪れるときは、たいていこんな格好になる。

再び車に戻り、元町に向かう。越村の事務所を訪ねると、彼はいつかと同じように、タブレット端末で〔ネッテレ〕の将棋番組を観ていた。

「よっぽど息をひそめて生きてんのかと思ったら、けっこうはっちゃけてるみたいだな」

越村は陽に灼けた淡野の顔を見て、薄い笑みとともに言った。

「まあな」淡野は適当に返事をする。

「お、渡辺くん、一局指そうじゃないか」

彼は渉を認めると、嬉しそうにそう誘ってきた。

「渡辺くん?」横で絵里子がきょとんとしている。

「この二人はお出かけだ。邪魔してやるな」淡野は言い、越村にチップとなる一万円札を渡した。「オーナーにアポ取ってくれ」

「はいよ」

越村は肩をすくめてテーブルの上に三つほど転がっていた携帯の一つを取り、それを操作した。

「どうも。淡野くんが今から向かえるそうです……了解」

短いやり取りで話を終えた越村は、親指を立てて携帯を置いた。

「君ら、二、三時間ぶらついて気が済んだら、ここに戻ってこい。その頃には俺も戻ってる」

淡野が言うと、渉が「了解っす」と請け合った。

「疲れたらすぐ帰ってこいや。コーヒーでもお茶でも、何でも出してやるからな」

越村の甘い言葉には、渉は苦笑いで応じていた。

越村の事務所を出ると、雨が降り始めていた。街を歩くには好都合だ。淡野は傘を差し、駅のカメラをやりすごすためにサングラスもかけて、堀川沿いを元町・中華街の駅へと向かった。

「じゃあ、俺たちこっち行くんで」

向こう岸に中華街の朱雀門が見えたところで、豚まんが食べたいという渉たちと別れた。一人になり、再び堀川沿いを歩く。川とは反対側、ちらりと見やった元町の表通りは相変わらずの賑わいで、色とりどりの傘が波を作っている。

「アワノ？」

不意に後ろから声をかけられた。

淡野は振り返らなかった。どこか間延びしたような声で、知り合いではないと、一瞬のうちに判断していた。

無視して歩いていると、後ろから回りこんできた人影が前に立ちはだかった。男が傘の下から覗きこむように淡野を見た。

「すいません。ちょっと警察のほうから来たんですがぁ」

こんな刑事がいるのかと思うような、緊張感のない顔をした男だった。表通りにつながる先ほどの道にいたような気もするが、何の警戒心も起きず、首筋の産毛もまったく反応していなかった。

「これからどちらに行かれるんですかぁ?」

刑事は身分証をちらりと見せたあと、そんな問いかけを向けてきた。

「駅ですが」

かわせるか。

あるいはどこかのタイミングで逃げるか。

淡野は相手の出方を慎重にうかがいながら、ぼそりと答える。

「そのサングラス」刑事はさらに淡野の顔を覗きこんできた。「格好いいですね」

「そうですか」

陽が差しているわけでもないのにと訝っているようだが、下手に言い訳をすればやぶ蛇になる。淡野はさらりと受け流した。

「よかったら、一瞬だけ取っていただけませんかねえ」刑事は申し訳なさそうに手を合わせた。「このあたり、警戒中でして」

淡野は言われるまま、サングラスを取った。光に弱いとばかりに、少し目を細めてやる。

刑事はじっと淡野の顔を見ている。淡野もその目の動きを、盗み見ていたが、刑事がぴんときているのかどうかは読み取れなかった。

「何か身分証のようなものがあったら、見せてほしいんですが」刑事は言う。

「あいにく、手もとには」

淡野がそう言って首を振ると、刑事は「はあ」と困惑気味の声を出した。

「そうですかぁ……どうしよっかなぁ」

刑事が思案している。かわし切れるかと思ったが、簡単には解放してくれそうにない。

「ちょっと待ってくださいね」

刑事が淡野から目を離した。同僚を呼ぶのだなと思った。

逃げるか……。

「また、あんたか！」

そのとき、不意に後ろから女の声が聞こえた。

振り返ると、橋を渡っていたはずの絵里子が駆け寄ってくるところだった。

「あんた、この前も呼び止めてきたじゃん！」

「あ……」刑事も何か思い出したようだった。「この前の人？」

「憶えてるでしょ？」

そう言って、絵里子が詰め寄る。

「いやあ」刑事は困惑気味に頭をかきながら、淡野を見る。「確かに陽灼けしてるし、あれっとは思ったんだけど、何か違う気もして……」

「髪、黒くしたからでしょ」絵里子は決めつけるように言った。「ほら、この前も見せた、彼の免許証」

絵里子はそう言って、渉のものらしき免許証を刑事に突き出してみせた。

渉は橋のたもとあたりで隠れて見ているのだろう。

「ああ、藤沢の」刑事はそれを見て、納得したようだった。「確かに」

「毎回毎回、横浜に来るたび声かけられて、迷惑なんだから、いい加減にしてよね」

「ですよねえ」刑事は笑ってごまかすように言った。

「まったく」絵里子は刑事をひとにらみしてから、淡野の肘をつかんだ。「行こ、渉くん」

「お気をつけてぇ」

駅に向かって歩き出した淡野の背中に、刑事の呑気な声が投げかけられた。

元町・中華街駅の改札で絵里子と別れた淡野は、そのまま電車に乗り、みなとみらい駅で降りた。

再び地上に出て、海岸方面に少し歩く。砂山健春が入院しているという病院が目の前にある。少し前から、病室での事情聴取が始まったと聞いている。そろそろ退院と同時に、改めて逮捕され、本格的な取り調べが行われる頃かもしれない。

あれが最後だったか……淡野はそんなことを少しだけ感傷的に思った。

思えばあの頃すでに、振り込め詐欺などのシノギには飽きを感じ始めていたのかもしれない。それと同時に、世間をあっと言わせるような大きな事件で自分の力を試してみたかった。

結果的にそれは、成功したとは言えない。淡野自身は目論見通りの報酬を受け取ったが、砂山兄弟は捕まってしまった。

それを考えると、不完全燃焼な思いは残る。もう一度、何かの計画を立てて、警察の鼻を明かしてやろうと、あの事件の直後は思っていたはずだった。

しかし、今はそんな思いなど夢の中のものだったかのように、実感がおぼろだ。

あれが最後だったのだ。

目当てのオフィスビルにたどり着き、淡野はサングラスを外しながらエントランスに足を踏み入れた。広々としたロビーにベンチが並び、反対側には受付嬢が座るカウンターがある。

淡野は受付を素通りして、セキュリティーゲートを通る。ゲートはＩＤカードをかざす方式だが、顔認証でも通れるようになっている。会社の役員や重要な取引相手はそれを使っているらしい。越村や〔ポリスマン〕も同様で、いわゆる顔パスだ。

エレベーターに乗り、最上階の十八階で降りる。無機質な通路を歩くと、強化ガラスのゲートが立ちふさがっているが、淡野の顔を認識して静かに開いた。

淡野は一番奥のドアまで歩いていき、こつりと小さなノックの音を一つ立ててから、そのドアを開けた。

ガラスの向こうに海が望める広い部屋の中、〔ワイズマン〕は執務席に着いていた。リクライニングチェアに背中を預け、足を机の上に投げ出している。何か考え事でもしていたような格好だ。

〔ワイズマン〕。

〔AJIRO〕グループ代表・網代実光。

その名前は知り合った当初から知っていたが、出会った頃を除いて、淡野が彼をその名前で呼ぶことはない。

いつしか、「オーナー」と呼ぶのが習慣になっていた。振り込め詐欺がシノギの柱になってからだ。その前は「先生」と呼んでいた。犯罪の世界の師匠と言ってもいい存在だったからだ。〔ポリスマン〕は昔は彼を「兄貴」と呼んでいたが、いつからか、「ボス」と呼ぶようになった。ほかには「代表」と呼ぶ者もいたし、マフィアを気取って「ドン」と呼ぶ者もいた。

名前を呼ぶ者がいなかったのは、それだけ〔ワイズマン〕が淡野たちの間で神格化されていたことの表れである。そして、配下として働きながらも、自分たちとは住む世界が違う人間であることを肌で感じていた。彼は淡野ら配下の者たちには働きやすいように渡世名を与えながらも、自分自身は頓着せず、何の偽名も使おうとはしなかった。それだけに、淡野たちが自然と気遣って、彼の名を隠すようにしていたのだ。

住む世界が違うという思いは、今も続いている。〔ワイズマン〕がＩＴ企業を買収し、表の世界で急浮上を見せてから、淡野は彼との連絡に越村を介すようになった。淡野は裏の世界に浸かりすぎていたし、何かあれば、自分はトカゲの尻尾になるのだという割り切りくらいはできていた。

「ずいぶん灼けたな……悟志」

〔ワイズマン〕は目を細めて愉快そうに言った。

彼は淡野のことを名字で呼ぶこともあれば、下の名前で呼ぶこともある。下の名前で呼ぶときは、概して機嫌がいいときだ。

「鎌倉で毎日サーフィンをしていました」

〔ワイズマン〕に促され、淡野は彼の机の近くにあった椅子に腰かけた。

「お前が？」〔ワイズマン〕はくすくすと笑う。「どういう風の吹き回しだ。乗れるようになったのか?」

「まだ一週間もやってないんで、そこそこです」淡野はそう答え、十代の頃は毎日のように湘南《しょうなん》で遊んでいたという〔ワイズマン〕に言ってみた。「オーナーが教えてくれれば、早くうまくなるんでしょうが」

「時間があれば、そうしてやりたいとこだけどな」〔ワイズマン〕は応じながら、淡野の手もとに視線を落とし、小首をかしげた。「自慢のブレゲはどうした?」

相変わらず、隙のない目をしている……淡野は思いながら、軽く肩をすくめてみせた。

「電池が切れたもので」

「電池……?」〔ワイズマン〕は一瞬、きょとんとした表情を浮かべてから、大声で笑い始めた。「何だ、あれは電池で動くやつだったのか」

「ええ」淡野も一緒に笑う。

「やりやがったな、こいつ……俺に一杯食わせるとは」彼はそう言ってから、付け加えた。

「まったく、お前らしい」

笑いを収めた〔ワイズマン〕は、机の上から足を下ろし、代わりに身を乗り出すようにして肘をついた。愛弟子に向ける目は優しく、淡野の中に張り詰めていたものも、ゆっくりと溶けていくような気がした。

「警察に追っかけ回されたらしいな」

〔ワイズマン〕はからかい口調でそんな話を持ち出してきた。

「お恥ずかしい話で」

「しかし、薮田がさすがだと言ってた。白昼の住宅街で忽然と消えたと」

「社債の客に匿われてました」

「なるほど」〔ワイズマン〕はくすくすと笑いながら言う。「じいさんかばあさんか知らんが、それだけ、お前の普段の営業が相手の気持ちをつかんでたということだな。運だけじゃない」

言葉にすれば〔ワイズマン〕の言う通りではあるが、しかしそれは、淡野がコントロールしたものではなかった。それを思うと、やはり苦い気分が残る。

「まあ、何にしろよかった」

淡野の微妙な感情を嗅ぎ取ってか、〔ワイズマン〕はねぎらうように言った。

「そろそろ名前を替えたらいい」彼は言う。「俺が付けた名前だからと、お前はいつまでも使ってるからな。そこから足をすくわれかねないし、いずれにしろ、心機一転するためにも替えたほうがいい。そうだな……波野《なみの》でどうだ」

「オーナー」

返事をすることなく呼びかけた淡野に対し、〔ワイズマン〕は小さく眉を動かした。

その彼に淡野は切り出す。

「実は、そろそろ足を洗おうかと思ってます」

〔ワイズマン〕はただ淡野を見返しているだけで、どんな感情もその顔に浮かべようとはしなかった。

「そうか」しばらくして、彼は淡々とそう言った。「そういう日が来たか」

誘拐事件も日々の社債詐欺も、淡野が勝手にやったことであり、〔ワイズマン〕は何も関わっていない。社本の店が摘発されて以降、〔ワイズマン〕の号令のもとで行われるシノギは休業中だった。

それだけに、淡野がこのまま引退したとしても、それは〔ワイズマン〕にとっても今の状態が続くだけのことであり、決断を尊重してもらえるのではないかという思いがあった。

実際、〔ワイズマン〕の反応は、淡野が予想した通りと言ってもいい、落ち着いたものだった。しかし、いざその様子を目の当たりにしてみると、そこには寂しさを覆い隠そうとしている跡が見える気がして、淡野は何とも言えない気分になった。

淡野が〔ワイズマン〕に出会ったのは、十六歳になったばかりの頃だった。

それまで二年ほど、淡野は大阪や広島や名古屋といった人の多い街を転々とする生活を送っていた。小遣いは同年代の不良少年たちがそうしていたように、引ったくりや窃盗といったもので賄《まかな》っていた。

日本海側の寂《さび》れた港町で生まれ育った淡野にとって、同じ港町であっても横浜の洗練された華やかさというものは、どこか据わりが悪く感じられた。

ただ、どれだけ華やかであっても、街の底のほうには、淡野にも馴染みがある空気が沈殿していることに、少しすると気づいた。

その頃、淡野が夢中になって手がけていたのは、車の窃盗だった。当時、盗難防止装置のイモビライザーがちょうど、高級車を中心に標準装備として行き渡り始めていたのだが、淡野はそれを無効化するイモビカッターという装置を名古屋にいたとき手に入れた。それを駆使して、高級車を盗んではパキスタン人のブローカーに売り渡すことを覚え、得意になって繰り返していた。十五、六の身で、自分が外国人窃盗団顔負けのシノギを行っていることには、ある種の快感もあった。

横浜は名古屋ほどに自動車盗のシノギが盛んでなく、売りさばくルートを探すだけでも苦労したが、夜の街を補導員の目をかいくぐるようにしてあちこち嗅ぎ回り、中華街近くに住む郭《かく》という男と知り合った。

郭は母国中国のほか、日本車が人気の中東に売りさばくルートも持っていた。

そうした国々では、砂漠などの悪路で活躍するSUVが高く売れる。普通車であれば、盗んで持っていっても十万程度の買値しか付かないことが多いが、人気のSUVだと百万の値が付くこともある。淡野はそうした車に狙いを定め、夕方、自転車で住宅街などを物色しては、夜が更けてから盗みに上がるという生活を横浜でも始めた。

あるとき、鶴見の住宅街の中のマンションの駐車場に人気のSUVが停まっているのを見つけた。駐車場所は道から奥まったところで、解錠などの作業も人目につきにくい。淡野はこれをもらおうと思った。

ただ、ブツを見つけたからといって、すぐ盗みにかかるわけではない。段階がある。

まずは下調べだ。ハンドルロックなどの余分な盗難防止装置が仕掛けられていないかどうか、車の中を覗いてみる。そうした装置が付いていると、レッカー車などを使う窃盗団でもない限り、手を出さないほうが賢明ということになる。

見たところ、そのSUVに過剰な盗難防止装置はなく、イモビライザーさえ解除できれば、問題なく盗めそうだった。

次に淡野は、このSUVの横っ腹に体当たりを試みた。車上荒らしなどを撃退するために、異常を感知して周りに知らせるオートアラームが備え付けられているかどうかを確かめたのだ。

案の定、ＳＵＶは、甲高い警告音を鳴り響かせた。

淡野が向かいに停められた車の陰に隠れて様子を見ていると、マンションから男が出てきて、あたりを訝しむように見回しながら、オートアラームを切った。夜でもあり、相手に気づかれないようにした上での観察だったので、細かい顔つきまでは分からなかったが、二十代のごく平凡なカタギの男という印象だった。特別、警戒しなければいけない相手には見えなかった。

翌日の夜も淡野は鶴見に出かけていき、目当てのＳＵＶに体当たりして、アラームを鳴らした。その次の日も、また次の日も、淡野はそれをするためだけに、鶴見へと通った。

車の持ち主はアラームの音を聞いて、何事かと駆けつけるが、そこには誰もおらず、車には何の異常もない。それを繰り返すと、持ち主は装置に問題があると見なし、警告音が近所迷惑になることもあって、とりあえず装置を切っておこうと考える。淡野はそれを待っている。

五日目、ＳＵＶに体当たりしたものの、アラームは鳴らなかった。持ち主が切ってくれたようだ。

淡野は早速、手袋をして作業に入ることにした。

車のナンバーに偽造ナンバーのカバーをかぶせ、ピッキングツールでドアロックを解錠する。ピッキングは名古屋でシノギをものにするために散々練習したので、一分もあれば解錠できるようになっていた。

ドアを開けてもアラームは鳴らない。身体を車の中に滑りこませ、運転席に座る。すでにもう、この車を手にした気分だった。

バッグからイモビカッターを取り出す。イモビライザーはIDが一致するキーでないとエンジンがかからないようにするセキュリティー装置だが、対するイモビカッターは、車に登録されたキーのID情報をリセットしてしまう。これをハンドルの下にあるソケットに差しこむだけで、用意してきたほかのキーでエンジンがかかるようになるのだ。

エンジンは苦もなくかかった。

あとは、根岸《ねぎし》にある郭のヤードまで、道に迷うことなく、そして事故を起こさず、乗っていくだけだ。運転免許を持たない淡野にとっては、ある意味、盗み出す段階より神経を遣う作業でもあったが、この頃にはさすがに慣れてきていた。

持ち主の趣味らしい、八〇年代のアメリカンポップスを聴きながら、淡野はSUVを走らせた。

しかし、いくらも行かないうちに、後部座席から何かの気配が伝わってきた。

「どこに行くんだ？」

何だと思う間もなく、淡野は右の首筋にひやりとした金属の感触を覚えた。

「動くなよ」男が落ち着いた声で言った。「血が噴き出しても知らねえぞ」

ラゲッジで待ち伏せしていたらしい。後部座席に移ってくる気配は感じたものの、運転中ではどうすることもできない。

刃物を首に当てられるのは初めての経験だった。持ち主には違いないようだったが、下調べのときに外灯の明かりで見たカタギ然とした男の姿と、窃盗犯を待ち伏せしてその首筋に刃物を当てるという大胆さのギャップを消化し切れず、それが恐怖の度合を募らせていく。

下手に動けば自分の血を見るのは確実であり、淡野は相手の言う通りにするしかなかった。

「そこを曲がれ」男はもう片方の手で淡野の髪をつかんで命令した。「ゆっくり左に寄せて停めろ」

淡野は人気《ひとけ》のない公園の前で車を停めさせられた。

男が淡野の髪を引っ張り、顔を上げさせる。外灯がほのかに照らした淡野の顔をルームミラーで確認したらしく、「悪いガキだな」と彼は言った。

刃物はドア側の右首筋に当てられていて、隙をついて外に逃げ出すということもできそうにない。

「すみません……」

淡野はルームミラー越しに、後ろの男に謝った。近くで見ると、男の目は意外なほど鋭く、淡野のような少年一人を制圧することなど造作ないことだと物語っているようだった。

「頼まれたんです。頼まれて仕方なく……」

淡野はとにかく、適当な言い訳を並べて、この場を切り抜けるしかないと思った。今は動けないが、警察に突き出すとすれば、それまでには必ず、相手に隙ができる。それを待って逃げるのだ。

「誰に頼まれた？」

相手の男の、修羅場に慣れているような目つきから、淡野は下調べで抱いていた印象を捨てた。カタギであったとしても、裏の世界をそれなりに知っている男だと踏んだ。

「〔財慶会〕の片平《かたひら》さんっす」

淡野は盗難車のブローカーを探す中で得たにわか知識でもって、横浜を縄張りにしている暴力団幹部の名を出し、自分自身は口調に下っ端感を覗かせてみせた。

「片平本人がお前に命令したのか？」

男はやはり、片平の名を知っているようだった。

「いえ、その下の」

片平がどういう人物かはよく知らなかったが、名の知られたやくざが自分のような少年を直接使うのは不自然だろうと思い、適当に答えた。

「その下の、誰だ？」

「吉田《よしだ》さんっす」

ありふれた名前をとりあえず口にすると、男も判断つきかねたらしく、束の間、黙りこんだ。

「俺の名を教えられたのか？」男が訊く。

「いえ」男の名は知らない。「住所と車種だけです。それで、盗ってこいって」

「盗って、どこに持っていけと？」

「本牧《ほんもく》にあるヤードです」

敵が待っているだけだから、わざわざ乗りこんではいかないだろうと、淡野はこれについても適当に作った。

「それで？　お前の仕事はそれだけか？」

「いえ、車をまた元の駐車場に戻すよう言われてました。ヤードで何か、車をいじることになってたんじゃないっすかね」

多少、落ち着きを取り戻し、作り話にも調子が乗ってきた。

「いじる?」

「いや、分かんないっすけど、車乗ってエンジンかけたらドカンみたいな……」

「だったら、お前が駐車場に戻すときに爆発するだろ」

「いや、もちろん、俺が最終的なセッティングをするんでしょ。細かいことは聞いてませんけど。でも、GPS付けるくらいだったら、わざわざヤードまで運ばないでしょうし、何かヤバい仕掛けなのは確かですよ。お兄さん、片平さんに何か恨み買ってるんすか?」

とにかく現状を複雑にして、男を悩ませようと思いながら、淡野はそれらしく話を転がした。

狙い通り、男は考えこんだ。

やがて彼は、淡野の髪をつかんでいた手を離し、携帯で誰かと話し始めた。

「もしもし、網代だが、ちょっといいか」

彼は低い声で電話の相手にそう名乗った。

「例の印刷会社の件で、〔財慶会〕の片平が横やり入れてきたかもしれないんだが、何か心当たりあるか?」

彼――〔ワイズマン〕は電話の相手とああでもないこうでもないと、やり取りを重ねた。

具体的な名前など、話の本筋は分からなかったが、どうやらどこかの会社の役員を相手に強請《ゆすり》をかけていて、その相手方か、あるいは自分たちが使った下っ端に片平の息がかかった人間がいるのではと考えているらしかった。

今考えれば、電話の相手は、横浜の裏の人脈にも詳しい越村だったのだろう。ただ、どう考えても、彼らはどこかで片平の尻尾を踏んだという感触がないと見え、これという答えには行き着かないようだった。

「いや、でも、ただのガキなんだが、嘘をついてるようには見えないんだ」

〔ワイズマン〕は口調に困惑の色さえ覗かせ、そんなことを言った。

その頃になると、刃物は淡野の首から離れ始めていて、彼の意識が手に向いていないことは明らかだった。身を屈めるようにしてドアを開け、外に転がり出れば逃げられるだろう……淡野はそのタイミングをひそかにうかがった。

「分かった。また電話する」

そんな言葉のあと、〔ワイズマン〕が携帯の終話操作をするのをルームミラーでちらりと確認し、淡野は行動を起こそうとした。

が、そのわずかな動きを見咎められた。

刃が喉もとに食いこんできた。血が噴き出さないのは、当てられているのが刃の背だからに違いなかったが、だからといって強引に動くのは自殺行為だと言えた。

「嘘だな?」〔ワイズマン〕は訊いた。

「嘘じゃないっすよ」淡野は答えた。

「今、逃げようとしただろ」

「してませんよ。ティッシュを取ろうとしただけです」

淡野は垂れかかっている鼻水を見せて、そう言い訳した。

もっともらしい言い訳が自然と口をついて出てくるのは、淡野の資質のようなものだ。それどころか、完全な嘘だとしても、それを口にすることに何の抵抗も感じない。その場を言い逃れる理由であれば、淡野にとっては真実も嘘もまったく同等だった。

子どもの頃から、父親の理不尽な暴力を逃れる最大の武器は、嘘をつくことだった。家に帰るのが遅かった、物をなくした、汚した、壊した……父にとって気に入らない出来事に端を発して始まる暴力に対し、淡野は具体的な嘘をいかにもそれらしく切実に訴えて、それを回避することを続けてきた。

嘘をつくことに罪悪感はなかった。逆に自分がついた嘘で状況をうやむやにし、父親の勘気を封じこめたときは、自分のすべてを正当化できる気持ちになった。

もちろん、のちのち嘘がばれることも多く、そんなときは狂気としか思えない暴力が待っていた。しかし淡野は、嘘にさらなるディテールを加えて言い張ることはしても、撤回して謝ることはしなかった。父親も、バレバレの嘘をつき続け、あたかも本心からそれが事実と信じこんでいるような息子には薄気味悪さを覚えるのか、ヒステリックな暴力のあと、不意にそれがやみ、まるで得体の知れないものを見るような目を淡野に向けてくるときがあった。そんなときは、父親のほうが常識人を気取っているようでもあり、淡野にしてみれば心外だったが、自分の嘘が彼の狂気を上回ったと思うことにしていた。

淡野はそうやって嘘で自分を守ってきた。それは昆虫が自分の身を保護色で守るようなものであり、もはや心身と一体化しているものだと言えた。

〔ワイズマン〕が淡野の首に刃物を当てて問い詰めながら、興味を覚えたのはそのことらしかった。

彼は淡野の話が嘘でしかないという結論にすでに達していた。しかし、それが真実だと言い張る淡野の口に束の間とはいえ翻弄された思いが消えず、命の危険さえあるこの場をひたすら嘘で切り抜けようとする少年を面白いと感じ始めていたのだ。

「本当のことを言ったら、今日のところは見逃してやる」

彼はそう持ちかけてきたが、淡野は、自分は本当のことしか言っていないと言い張り続けた。

その結果、淡野は両手を粘着テープで拘束され、後部座席に転がされることになった。しかし、淡野の父と違い、淡野の嘘に暴力で制裁を加えようという気が〔ワイズマン〕にはなかった。

その足で連れていかれたのは、今もトバシ携帯や空き部屋の調達などで取引がある、道具屋の〔槐屋《さいかちや》〕だった。〔槐屋〕は今は息子が本牧界隈を転々としながら店舗を営んでいるが、その頃は槐老人が健在で、新山下《しんやました》に小さな倉庫を持ち、裏の世界で使う道具を取りそろえていた。

「おいおい、まだ子どもじゃないか。こんなの捕まえて、どうしようってんだ」

槐老人は手を縛られ、襟をつかまれて引っ立てられてきた淡野を見て、顔をしかめた。

「いや、ちょっと面白いガキなんだ」

〔ワイズマン〕は意に介さない口調で言い、淡野を奥のソファに座らせた。

〔ワイズマン〕が槐に持ってこさせたのは、ポリグラフ——嘘発見器だった。指などにセンサーを装着し、脈拍や発汗などの生理的変化があると針が振れ、ロール紙にそれが記録される。

〔ワイズマン〕は全部「いいえ」と答えるように淡野に指示し、質問をいくつか重ねた。

「お前は十五歳か?」「十六歳か?」「十七歳か?」

「お前は〔財慶会〕の片平と知り合いか?」「お前は〔財慶会〕の吉田と知り合いか?」

「お前は〔財慶会〕の吉田に頼まれて車を盗もうとしたのか？」「お前は誰にも頼まれず、自分の小遣い稼ぎで車を盗もうとしたのか？」

ロール紙に刻まれた記録を眺めていた〔ワイズマン〕はふっと笑い、槐と顔を見合わせた。

「この器械、壊れてないだろうな」

「いやいや、それはないが」槐は首をひねっている。

ロール紙の記録は淡野にも見えた。針はほとんど一定にしか動いていなかった。

ポリグラフは厳密に言えば、犯罪を実証してみせるほどの正確性はなく、裁判などで使えるような証拠にはなりにくい。ただ、捜査の取っかかりとして使う分には効果的だと考えられているようで、捜査側が対象人物への心証を固める際に好んで使われると聞く。

そうした機器が、淡野の前では何の役にも立たないのだ。

「末恐ろしい子だな」槐はそう言うしかないようだった。

「いや、気に入った」〔ワイズマン〕は上機嫌でそう言った。「お前、一人でコソ泥なんてしてないで、俺の下で働け。いいもん食わせてやる」

そんないきさつから、淡野は〔ワイズマン〕のシノギに加わるようになった。

〔ワイズマン〕は最初、淡野の本名を訊きもせず、「水野」と適当に名づけて、シノギの用事があるときは付き人のように連れ回した。のちに淡野が故郷を捨ててきたと知ると、〔槐屋〕に頼んで、新しい戸籍さえ用意してくれた。

淡野の人生は変わった。十代のうちは下働き程度の役回りだったが、二十代に入ると、〔ワイズマン〕の計画を実行に移す仕切り役をこなすようになり、時には淡野の才覚で計画に色をつけ、〔ワイズマン〕の目論見以上の成果をもたらしてみせた。

〔ワイズマン〕のもとで働いて、今までと大きく変わったのは、自分が肯定されることだった。子どもの頃も嘘は淡野の武器だったが、それはやむをえない防衛手段でしかなかった。そして、その武器は父親をはじめとする周りの人間から否定され続けた。

〔ワイズマン〕のもとでは、文字通りの攻撃的な武器になり、〔ワイズマン〕は、そんな淡野を肯定し続けた。

シノギはどれだけヒリヒリとした緊張感を伴おうと、淡野にとっては甘美な世界だった。

しかし、とうとう、そこから手を引くときが来たのだ。

「長い間、よくやってくれたな」

〔ワイズマン〕は執務机の向こうから、ねぎらいの言葉を送ってきた。

それから彼は椅子を壁のほうに引き、淡野を手招いた。

「お前のこれまでの稼ぎを見せてやる」

彼はそう言って、壁にかけられた額縁の絵に手を当てた。

絵が収まっているガラス面が静脈認証装置になっている。　壁が音も立てずにずれ始め、隠し金庫の扉が姿を見せた。

〔ワイズマン〕はパスワードを打ちこみ、その扉を開いた。芝居がかった仕草で、口を開いた大きな金庫に手を振ってみせる。

そこには、〔ワイズマン〕に預けてある三億五千万以上の札束が入っているはずだった。

しかし、淡野は眉をひそめそうになった。

実際には、ちょうどひとつかみできる程度の金――五百万ほどしか入っていなかった。

〔ワイズマン〕はくすりと笑い、いたずらっぽく淡野を見た。

「悪いが、金は貸してもらった」

一瞬、狐につままれた気になったが、借りたということなら、文句を言う筋合いはない。淡野自身、今すぐ金を必要としているわけではない。

「俺の手持ちも注ぎこんだ」〔ワイズマン〕は言う。「市長選がある。現職の門馬を何としても勝たせなきゃいけない。今、対抗馬の井筒孝典の弱みを徹底的に調べさせてる。それだけじゃなく、女を何人か近づけて、方々からハニートラップを仕掛けさせてる。いずれは何らかのスキャンダルが世間を賑わせて、清廉なイメージの井筒もボロボロになるだろう。門馬の選挙費用と合わせて、そういう工作に億単位の金を回してる」

〔ワイズマン〕はもちろん、企業家として大きな財産を得ているが、上場企業のトップであるだけに、表の金の動きには慎重さを要求される。一方で彼は、こうした政界工作や財界の人脈作りに以前から積極的に乗り出していて、そうした活動資金をシノギの上がりから充てていた。

「市長選のあとには総選挙も待ってる。これもすでに、徳永派に億単位の金を回す手筈をつけている。事後承諾で悪いが、お前の蓄えも貸してもらうことで、これらの金は手当てした」

「どうぞ」淡野はさらりと応じた。

〔ワイズマン〕は返答を予想していたように小さくうなずき、話を続けた。

「しかし、それだけじゃ足りない。秋には民和党の総裁選が控えてる。徳永大臣も候補に名乗りを上げるだろう。党内の切り崩しには実弾が飛び交う。この弾集めも今から手当てしておかなきゃいけない」

ここ数年の裏稼業での稼ぎをすべて投入しても、まだ足りないのか……淡野は政界という巨大な生き物が持つ胃袋の無尽蔵さを思った。

「悟志……最後にもう一仕事してくれないか？」

長年の労をねぎらいながら、返す刀でこちらの蓄えを取り上げ、もう少し稼いでくれと言う……普通に考えれば、これほど図々しい話はない。

しかし、相手は長年、淡野のシノギのモチベーションそのものであったと言ってもいい〔ワイズマン〕だ。淡野はその図々しささえ、自分が頼りにされている証だと受け取ってしまう。

「お前は俺の最高傑作だ」彼はためらいのない口調でそう言った。「俺を頼ってきたやつは、みんな、それなりに可愛がってきたつもりだ。真っ当には世の中を渡っていけないやつばかりだった。例えば、七、八年前に俺が佐川《さがわ》と呼んでいた男を憶えてるか？」

うっすらとした記憶しかない。大学を辞め、とにかく金が欲しいと言っていた男だった気がする。淡野は二度ほど顔を見ただけだ。

「俺のところに来て、二週間ほどで離れていった。そんなやつでも俺は忘れないし、思い出すと懐かしくなる」

〔ワイズマン〕は目を細め、楽しげにその男の話を続けた。

「とにかく口だけはでかいやつでな。数十万のシノギの下働きをさせてたら、もっと、一千万、二千万のでかいシノギをやりたいなんて言いやがる。シノギなんてそんな簡単なもんじゃない。そんなに言うんなら、一千万、二千万をものにするシノギを自分で考えてみろって言ったら、数日経って、自信満々の顔でアイデアを持ってきた。子どもを誘拐して身代金を奪うという、昔ながらの手口だ。味噌は、雑踏の中を受け渡し場所に指定することで、人混みに紛れれば、警察の動きも観察できるし、受け渡し人にも近づきやすいし、金を受け取ってすぐ行方もくらましやすいということだった。例えば、新宿の駅前とか、竹下通りのど真ん中とかな」

どういうシノギなら実現可能か……〔ワイズマン〕は淡野ら弟子たちとそれを議論することを好んだ。彼はそうやって、シノギの実践的なテクニックだけでなく、大局観や創造力を弟子たちに身につけさせようとした。

佐川とのやり取りもそうした一環だったのだろう。

「彼の計画は、狙いとしては面白いが、ある種単純で、これでは警察の裏をかけないだろうと思った。お前がこの前、〔ミナト堂〕の社長に仕掛けたような二重構造にもなっていない。俺はあいつに訊いた。新宿の駅前を受け渡し場所にするとして、お前は張りこみの刑事とただの一般人をどうやって見分けるんだ。竹下通りに刑事が張っていないかどうか、お前はどうやって見極めるんだと」

淡野も〔ワイズマン〕の洞察力の前に、自分の思考の甘さを思い知らされることが多かった。しかし、そうした犯罪学校の先生と生徒のようなやり取りを重ね、計画を何度もブラッシュアップして実現の可能性を高めていくやり方は、今や、淡野がシノギをこなす上での基礎になっている。

「あいつはいろいろ答えをひねり出したが、俺を納得させるようなものじゃなかった。そこで俺は議論を深めるために、一つの案を提示した。新宿駅前や竹下通りは受け渡し場所に指定するとしても、フェイントとして使うべきだ。身代金の受け渡しは警察が張っているのを前提に考えなきゃいけない。だからそこでは接触せず、警察を振り回して、最後にこという場所に受け渡し人を連れていく。そこはただの人混みじゃない。何かのイベントをやっている場所がいい。普通の観客なら、そのイベントに目が向いている。そうでないなら警察の人間だと分かる。イベントが終わって、観客が帰り始める時間帯が接触のチャンスになる。警察の人数が少なければ、その混雑に紛れて、金を受け取るチャンスも十分出てくる……と」

どんなイベントなら可能か……淡野は無意識に考え、しかしすぐに、そういう誘拐事件が過去にあったことに気づく。

「あいつはそれを宿題として持ち帰った。お前だったら、その案に対する具体的な回答を考え、含まれる弱点を補強した改善案まで出してくるだろう。あいつは俺の案に目を瞠っていたから、そういう手応えのある反応が返ってくるんじゃないかと期待した。だが結局のところ、あいつは回答を持ってこないまま、俺のもとから消えた」

〔ワイズマン〕は何かに思いを馳せるような沈黙を挿んでから続けた。

「それから数カ月後に、横浜の花火大会を受け渡し場所にした誘拐事件が起きた」

淡野は横浜で起こった犯罪事例として記憶にとどめている。誘拐された子どもは殺された。単独犯であるがゆえに、子どもの扱いに困ったのだろうというのが淡野の読みだ。

あれは佐川の犯行だったのか。彼は〔ワイズマン〕の示唆に対し、花火大会の会場を受け渡し場所にすることを思いついた。しかし本来ならば、さらに案を練って、実現の可能性を高めなければならないところだ。特に、犯行に当たってどれだけの人手が必要なのかは、緻密な計算が要求される問題である。

佐川は花火大会の会場を受け渡し場所にするというアイデアを思いついた時点で、行けると踏んだのだろう。その先を〔ワイズマン〕に相談することなく、一人で突っ走ってしまった。

犯行は子どもが犠牲になるという悲惨な結果を残した。ただ、佐川は捕まっていない。逃げ延びた分だけ、ましだったと言えるか……淡野はそう思ったものの、〔ワイズマン〕のどこか残念そうに見える表情を目にすると、それほど単純ではない裏がその先に横たわっているようにも感じられた。

しかし、〔ワイズマン〕が彼の犯行に言及したのはそこまでだったので、淡野もあえてそれ以上を訊こうとはしなかった。

「あいつはあいつで、自分の才覚を世に問うことで、目の前を切り開こうとしたんだろう。育て損ねたという意味では、ああいうやつも忘れがたい」

〔ワイズマン〕はそう言うと、物思いにふけるような顔つきから戻って、淡野を見た。

「ただ、悟志……お前とのつながりはそんなもんじゃない。お前の成長は、俺の期待以上だった。この十年のシノギのほとんどは、俺とお前がそれぞれ腕によりをかけて作り上げた作品だ。俺は誇りに思う」

ここまで言葉を尽くしたねぎらいは、今までにもないことだった。自分の才能と積み上げてきた結果が、彼にこれだけ評価されていたのだと思うと、淡野は胸が熱くなる思いすらした。

「ちょっと前まで、お前はまだまだ飢えてたな。俺が少し休めと言っても、嬉々として、新しい嵐を世の中に巻き起こそうとしてた。それだけ脂が乗っていたということなんだろう。それが一転して、今度はこの世界から足を洗うと言う。正直に言えば、残念だ。だが、こういうときは来る。俺は潔く受け入れる。これまでの労に報いて、鎌倉あたりに何か会社を作って、役員に収めてやってもいい。細かいことはじっくり考えなきゃいけないが、俺はそうしてやりたいと本当に思ってる」

〔ワイズマン〕は隠し金庫からひとつかみの札束を取り出し、机の上に置いた。

「ただ、その前に、もう一稼ぎしてほしい」

金庫に残っていた札束は、最後の一仕事に対する運転資金なのだと分かった。そして、こういう言い方をするからには、どんなシノギをすべきかも、〔ワイズマン〕の頭の中に用意されているのだろう。

「何をしろと?」

淡野の問いを前向きな反応と受け取った〔ワイズマン〕が、口もとに小さな笑みを作った。

「〔ネッテレ〕でお前を追う番組をやることになった」

淡野は眉をひそめ、その意味を目で問いかけた。

「神奈川県警に巻島というスター捜査官がいる。以前、川崎の連続児童殺人事件の捜査で〔ニュースナイトアイズ〕に出演した男だ」

「電話で少しだけ話をしたことがあります」

淡野が応えると、〔ワイズマン〕は目尻に笑い皺を刻み、「そうか」と言った。「その巻島が〔ネッテレ〕に出て、〔リップマン〕――つまりお前を捕まえるために情報を募ることになった」

〔ワイズマン〕の笑みに釣られるようにして、淡野も少し笑った。

犯人を捕まえるために、何も知らず、その親玉と組むわけか……何とも悪い冗談だと思った。

そうした手法で警察がどこまで自分に迫ることができるのか、気にならないとは言わないが、逆に言えば、そういう手を使わなければならないほど、捜査が行き詰まっている証拠でもある。それ自体を脅威に感じる必要はないだろう。

「せっかくだから、悟志には、いいところでアバターとして出てきて、番組を盛り上げてもらいたい。〔ネッテレ〕はまだまだ黒字化に時間がかかる状態でな、これを機に知名度が上がれば言うことはない」

〔ネッテレ〕にアバターを作って参加するとなれば、それ用のスマホなりタブレットなりを〔槐屋〕に用意してもらう必要がある。位置情報をたどられないよう、作業場所にも注意を払わなければならない。

ただ、気をつけるのはそれくらいだ。

「それだけですか？」

ほとんど消えかかっていた火を、〔ワイズマン〕は強烈な風で煽《あお》ってきたはずだったが、肝心の燃料が淡野にとっては、完全燃焼するに十分なものとは言いがたかった。

そんな淡野を、〔ワイズマン〕はやはり愉快そうに見ている。

「もちろん違う」彼はそう言い、もったいぶるような間を置いてから続けた。「その裏で、警察に取引《ディール》を仕掛ける」

帰りは念のため、根岸線を使って、石川町駅から越村の事務所に戻った。

事務所には、渉と絵里子がすでに帰ってきていた。

「兄貴、越村さんから一万円、取り返しましたよ」

また懲りもせず、賭け将棋をやっていたらしいが、今日は渉が勝ったようだった。

「この姉ちゃんが、とんだ食わせもんだったよ」越村が、ひどい目に遭ったと言わんばかりに顔をしかめている。「何も知らねえような顔して、鬼殺しを仕掛けてきやがるし」

「実はちっちゃい頃、おじいちゃんと指してたんだぁ」

絵里子はしてやったりの顔で言い、その笑顔を淡野にも向けた。しかし、淡野に向けられた彼女の笑みに、すぐに小さな強張りが混じった。

「やだ、何か、淡野っちの目力が戻ってるんだけど」

「え？」

絵里子の言葉を訝しむようにして淡野を見た渉も、一瞬はっとしたような目を見せた。

「ほら、ぎらついてる」

絵里子が同意を求めるように言ったが、渉はそうするのが自分の務めであるかのように、「そうか?」ととぼけた。

「何かいい話でもあったかい?」

越村が将棋の駒を片づけながら、興味深そうに訊いてきた。

「まあな」

実際、〔ワイズマン〕の計画は、淡野が引退の決意を翻すに十分すぎるほどのものだった。〔ネッテレ〕で神奈川県警の巻島の相手をし、その裏で、大金を取る計画を進める。

その計画の何が面白いか?

大金を取る相手も、神奈川県警だというところだ。

〔ワイズマン〕の大胆な構想力にはやはり驚かされる。

そして先見性も。

面白い情報を持ってきたのは、〔ポリスマン〕だという。

〔ワイズマン〕は、警察の捜査動向を押さえておけばシノギも格段にやりやすくなるという意図から、〔ポリスマン〕を警察官にさせたはずだった。しかし、今となってみれば、今回の話を得るために、そうさせたのではないかとさえ思えてくる。

これが正真正銘、最後のシノギとなる。自分の才能を買ってくれた、この世界の親とも言える存在に、それが正しかったことを見せつけるのだ。

その自信を自分の中に意識し、淡野は小さな笑いを口に忍ばせた。

絵里子がそんな様子を見て、表情をさらに強張らせた。

16

「ああ、ここで……」

〔AJIRO〕グループのオフィスビル十六階にあるスタジオに通されたところで、巻島に同行していた山口真帆が感嘆気味の声を上げた。

「至ってシンプルでしょう」

案内役の〔ネッテレ〕報道局プロデューサー・倉重《くらしげ》将典《まさのり》が言う。四十代半ばの年格好で、ひげを生やしている。

さして広くないスタジオだが、海が見える大きなウィンドウに面していて、開放感がある。セットは一人がけのソファ二脚にローテーブルとちょっとした飾り物くらいである。あとは番組によって使うと思われる、ホワイトボードやフリップなどの小道具が壁際に寄せられている。普段は主に政治や社会問題をテーマにした討論番組などで使われるセットだという。

東京の汐留《しおどめ》にも、ニュース番組の配信に使っているスタジオがあるらしい。どちらでも好きなほうをと倉重に言われ、まずみなとみらいのこのスタジオを見に来た。

まだ簡単な打ち合わせをしたばかりだが、〔ネッテレ〕のスタンスは、巻島のやりたいようにやらせるという点で際立っていた。自分たちの流儀に合わせてもらわなければ困るという地上波テレビとは、そこからして違っている。

「汐留のほうは、三台のカメラを使ってまして、比較的、地上波の番組に近い作りになってます。一方、こちらは基本、一台のカメラで賄ってます。もちろん、カメラマンに頼めば、カメラを動かしたり、アップにしたりということはできますけど、出演者二人の上半身が収まるくらいのアングルで十分表情は分かりますし、視聴的にも不自由はないと思ってます」

「まだ汐留のニューススタジオを見てみないと分かりませんけど」山口真帆が言う。「でも、〔ネッテレ〕の報道チャンネルは、対談番組のほうが名物だったりするんですよね」

「そうですね」倉重が応じる。「ニュース番組は素材の料理の仕方一つ取っても、地上波に一日《いちじつ》の長がありますからね。お金のかけ方も違いますしね。対談ものは視聴者も積極的に参加してきますし、うちでは人気がありますよ」

〔ネッテレ〕ではニュース番組である〔ネッテレ・ファイル〕の一コーナーではなく、特別番組として巻島の出番を用意するということだった。巻島の相手には、〔ネッテレ〕の対談番組で聞き手役を務めることが多いフリーアナウンサーの竹添舞子が予定されている。その特別番組は生配信のほか、次回までに何度かアーカイブ配信を行い、視聴者の裾野を広げていくことも考えているという。

視聴者が参加できるのは、初回の生配信だ。番組が話題となってSNSなどで拡散されれば、それはやがて〔リップマン〕の目に留まるだろう。彼にいくらかでも自己顕示欲があれば、アバターを作って番組に現れることも期待できると思っている。

「こちらのスタジオでいいでしょう」巻島は言った。「通いやすいこともそうですが、視聴者からのコメントをなるべく拾いたい」

倉重はうなずいた。「アバターのコメントは、カメラの前に置いたモニターに表示します。これを拾っていくと、自然、視聴者との間に一体感が生まれるというか、相互で番組を作っているという空気になりますよ。〔ニュースナイトアイズ〕に巻島さんが出演なさっていたのも観てますが、あれとはだいぶ雰囲気が違うものになると思います。もちろん、どんなコメントを拾うかというのは、巻島さんと竹添さんの判断になりますけど、例えば視聴者は『好きな食べ物は何ですか?』というような、捜査に関係ない質問を投げかけたりしてくる。

そういうのもたまには拾ってあげると、視聴者との距離がぐっと縮まります。一つ、参考にしてください」

「余裕があれば考えましょう」巻島はそう応じた。

「SNSで呟かれた有力情報をハッシュタグで集め、プリントアウトしてお渡しします。アバターのコメントには載らない話も、もしかしたらこちらに出てくるかもしれません」

「よろしくお願いします」

「ほかにもご要望があれば申しつけください。網代からも、ぜひ、公開捜査を成功に導くようにと、発破をかけられてますので」

「ありがたいです」巻島はそうとだけ言っておいた。

「じゃあ、戻りましょうか」

打ち合わせの詰めを行うため、顔合わせをした会議室に戻りかけたとき、スタジオのドアが開いた。

巻島たちを先導するようにそのドアに向かいかけていた倉重が足を止め、ほとんど飛びのくように脇へと退いた。

倉重より少し若い、四十歳そこそこの男が入ってきた。

見た目は若いが、肩をそびやかして、まっすぐ巻島に向かって歩いてくる姿を見れば、倉重より立場が上の人間であることはすぐに分かった。目つきに隙のなさを感じさせる一方、引き締まった口もとが男を理知的に見せている。片手にタブレット端末を持っている。

「ようこそ、山口さん、巻島さん」

男は巻島の前まで来たところで、相手の上下関係をしっかり把握しているように、まず真帆のほうに一瞥を向けた。それからすぐに巻島に視線を戻し、巻島には握手を求めてきた。

「網代実光です」

「巻島です。このたびはご協力に感謝いたします」

巻島の手を力強く握ってきた網代は、巻島たちを引き戻すように、対談セットのほうに手を振って促した。巻島たちをソファに座らせ、自らは倉重にキャスター付きの椅子を持ってこさせて、それに腰かけた。

「菊名池公園の籠城事件は、うちの報道チャンネルでも生中継してましてね、私も固唾《かたず》を呑んで観てましたよ」網代はにこやかに話し始めた。「犯人逮捕の場面こそ大勢の刑事さんの人垣にさえぎられてしまい残念でしたが、巻島さんがふらりと建物の前に現れたところや、巻島さんの呼びかけで犯人たちが出てきたところなんか、映画の一場面《ワンシーン》を観ているようでしてね、まさしく画面に釘づけになりましたよ」

「おかげさまで、何とか収束させることができました」巻島はさらりと応じた。

「ああいう現場で、犯人たちとどういう会話を交わしたかなんてこともね、番組で裏話的に披露していただくと、視聴者も喜ぶと思いますよ。巻島さんが出演される目的からは逸れるかもしれませんが、世間の注目を集めることは何より重要でしょうから」

「注目を集めることの重要性は承知しているつもりです」巻島は言った。「現場での話は、話せること話せないことありますが、まあ、考えてやっていきたいと思います」

「手っ取り早く注目を集めるには、ネットで炎上するのが一番ですけどね。さすがにお勧めはしませんが」網代は冗談っぽく言いながら、思い出したように付け足した。「いや、巻島さんは〔ニュースナイトアイズ〕のときに、けっこう炎上してましたか」

「意図したわけではありませんが」

巻島が応えると、網代は声を立てずに笑った。

「あのときは〔バッドマン〕。曾根本部長から少し聞きましたが、今度は〔リップマン〕というのを追っているそうですね」

「ええ」巻島は言う。「〔バッドマン〕は犯人が自ら名乗ったものですが、〔リップマン〕はうちの連中が勝手にそう呼び始めました。ただ私も電話を通してですが、相手に『〔リップマン〕』と呼びかけたことがありますので、相手もそう呼ばれていると知ってるはずです」

「犯人と電話で話しているんですか」網代は少し驚いたように言った。「それで捕まえられないのは、もどかしいですね」

「まったくです」巻島はうなずく。「手がかりも不十分で、こういう手に打って出ざるをえないのが現状です」

「うちの番組が犯人逮捕の突破口になれば、これに勝る喜びはありません」

網代はそう言ってから、おもむろにタブレットの操作を始めた。

「私も曾根本部長の相談を受けてから、どうやったら巻島さんの出演が事件の解決につながるだろうかと、いろいろと考えましてね。一つはやっぱり、〔バッドマン〕のときのように、犯人からの反応を待って、それを糸口にするという道があると思うんです」

彼は巻島たちの思惑を冷静に把握しているようだった。

「幸い、〔ネッテレ〕には視聴者が参加できる、アバターのコメント機能があります。犯人がこれを使ってきたら、段階を一つクリアしたと言ってもいいんじゃないかと思います」

彼はタブレットの画面に一つのアバターを出し、巻島たちに見せた。

「うちのデザイナーに作らせてみました」

白の覆面に黒のサングラスをかけた男を戯画化したアバターだった。覆面の額には「RIP」の文字が赤く描かれている。

「誘拐事件の被害者の証言で、犯人たちは覆面にサングラスをしていたという話がありましたから、それを参考にしました」網代は言う。「これを〔リップマン〕本人だけが使えるアバターとして、用意したいと思います。普通、アバターというのは、ユーザー登録して作ります。使うときは毎回、ユーザー名とパスワードを打ちこみます。今回は、我々のほうで、〔リップマン〕本人だけが知りうるワードをパスワードに設定することで、なりすましを排除して、〔リップマン〕本人が確実にこのアバターを使えるようにしたいと考えています」

「本人だけが知りうるワード……」巻島は呟く。

「ええ。正確に言えば、捜査本部と本人の間で通じるワードですね」網代は言う。「例えば、〔リップマン〕という呼び名は、世間にも公表しますから使えません。同じように名前で言うと、逃走した犯人は被害者に大下と名乗っていたらしいことが報道されてますから、これも使えません。そのほかに、何かつかんでいる名前なり呼び名なりがあれば、それは使えるかもしれない。私が今、設定しますから、外に洩れることはありません」

そこは協力関係を築く以上、網代を信用するしかないだろうと思った。

「であれば、犯人の通り名にしましょう」巻島は言った。「おそらく本名ではないと思われますが、犯人が振り込め詐欺などのシノギで使っていた名前があります。大下とは違い、マスコミには流れていません」

「ほう」網代は興味深そうにうなって、先を促した。「それは？」

「アワノと言います」巻島は言った。「ローマ字の小文字で『ａｗａｎｏ』をパスワードに設定してください」

「分かりました」

網代はタブレットを操作し、満足そうにうなずいてから、顔を上げた。

「準備は整いました。あとは巻島さんの手腕に期待しますよ」

「ありがとうございます」

巻島は静かな意気込みを礼の言葉にこめてみせた。

番組出演までの一週間の間に、巻島は一度、みなとみらいのスタジオで竹添舞子と顔合わせをした。そのときのカメラテストの映像を使い、三日前になると、〔ネッテレ〕が自身の報道チャンネル内のほか、公式サイトや公式ツイッターで巻島の出演の予告を始めた。

「必ず捕まえます」

「〔リップマン〕はとんでもなく頭の切れる男です」

「安らかに眠らせるつもりはありません」

雑談で口にした巻島の言葉が乱れ打つようにして、予告は出来上がっていた。

その予告に対するネットニュースも上がり、有力ポータルサイトのトピックスに取り上げられると、各マスコミからの反響も起こり始めた。

「今度は何をやるんだって、早速、探りの声が届いてますよ」

捜査本部に顔を見せた山口真帆は、嬉しそうにそんな報告をしてみせた。

〈巻島さん、水くさいじゃないですか。テレビ出演なら、一言うちに相談していただければよかったのに〉

〔バッドマン〕事件の際に出演した〔ニュースナイトアイズ〕の座間《ざま》プロデューサーからは巻島に直接、苦情とも取れるような電話がかかってきた。〔バッドマン〕事件のときには世の中の声を敏感に嗅ぎ取って、一時は巻島と距離を取ろうとする姿勢も見せた番組側だが、結果的に巻島の出演は犯人逮捕に結びつき、反響も事件報道としては異例のものがあったことで、その舞台をほかに譲ることには不本意な感情があるらしかった。

それらの声を巻島は真帆とともに適当にあしらい、出演の日を迎えた。


番組当日、巻島は夜八時からの出演に間に合うよう、〔ＡＪＩＲＯ〕の本社を訪ねた。アシスタントスタッフの出迎えでスタジオがある十六階フロアの控室に通され、出番を待った。

八時に近づくと、またアシスタントスタッフが呼びに来て、スタジオへと移動した。スタジオの中は竹添舞子のほか、カメラマンとディレクターが一人ずついるだけだった。副調整室には何人か詰めているのだろうが、〔ニュースナイトアイズ〕のときに感じた異空間のような趣《おもむき》はない。

「よろしくお願いします」

先にセットのソファに着いていた竹添舞子が立ち上がり、巻島を笑顔で出迎えた。

竹添舞子は大阪準キー局のアナウンサー出身で、当時は夕方のニュース番組のキャスターも務めていたという。三十歳を前にフリーに転身、大学生活を送った東京に戻ってまだ二年ほどらしいが、キー局の情報番組でアシスタントMCを任されているほか、〔ネッテレ〕の仕事も精力的にこなしている。

「私、名奈《なな》さんの後輩なんです」

顔合わせのときに彼女は自己紹介にそんな話を添えてきた。〔ニュースナイトアイズ〕のキャスターを務めている早津《はやつ》名奈の大学時代の一年後輩で、同じアナウンス研究会に所属していたという。

「名奈さん、〔バッドマン〕の事件のときは、自分やお子さんのことで脅迫されたこともあって、犯人が逮捕されたときは、ほっとしたって言ってました。やっぱり、犯罪を犯した人間が捕まらないと、新たな被害の不安が消えませんし、何としてでも捕まえたいですよね。私も微力ながら、巻島さんをサポートできるよう、がんばらせていただきますので、よろしくお願いします」

竹添舞子は、早津名奈のように結婚や離婚、出産や子育てといった経験を経ながら、仕事でも成熟した実力で人気報道番組のキャスターを務めているという、揺るぎなさを持ったアナウンサーではない。フリーの立場で業界を渡り歩いていくには、それなりの度胸と覚悟が必要なのだろうが、それよりは何も大きなものを背負っていない軽やかさが今の彼女の印象の大部分だと言ってよかった。

そして、その軽やかさが、この素朴な手作り感が漂うネット番組に合っているように思えた。

アシスタントスタッフが巻島の上着の襟にピンマイクをつけ、ディレクターが本番一分前を告げた。

「はい、本番始まります。五、四、三……」

ディレクターがキューを出すのは〔ニュースナイトアイズ〕のときと同じだが、雰囲気がまるで違い、当時の感覚はよみがえってこない。

気づくと、前に置かれた大きな液晶画面に、「特別報道番組〝リップマン〟に告ぐ！」という番組タイトルが映し出された。

そのタイトルが消えたところで、竹添舞子が話し始めた。

「みなさんこんばんは、竹添舞子です。今夜は特別番組として『〝リップマン〟に告ぐ！』と題し、今年四月に発生しました〔ミナト堂〕社長親子誘拐事件の特集をお伝えしたいと思います。本日はこの番組のため、事件の捜査責任者でいらっしゃる神奈川県警特別捜査官の巻島史彦さんに、スタジオにお越しいただきました。巻島さん、どうぞよろしくお願いします」

「よろしくお願いします」巻島は小さく頭を下げる。

「巻島さんと言えば、昨年、地上波のニュース番組に出演され、〔バッドマン〕と名乗った連続児童殺害事件の犯人を見事逮捕されたことを憶えていらっしゃる視聴者の方も多いんじゃないかと思うんですが、また大変大きな事件の捜査を指揮されているんですねえ。今回の〔リップマン〕というのは……？」

「はい、〔ミナト堂〕社長親子誘拐事件では、主犯格とみられる男が現在も逃走を続けており、行方が分かっていません。この男については共犯者らの供述などからいろいろ調べを進めているんですが、いまだ身元もはっきりしないというのが現状です。そのため、うちの捜査本部では、この男を〔リップマン〕と呼んで、行方を追っているんです」

「〔リップマン〕……」竹添舞子は抑揚たっぷりにその名を口にしてみせた。「もちろんそこには何かの由来があるんでしょうが、それはおいおいお聞きするということで、まずはその

〔リップマン〕が関わったと見られている一連の事件を、誘拐事件も含めて振り返ってみましょうか。VTRを作っていますので、ご覧ください」

社本の振り込め詐欺の店舗の摘発から丹沢で遺体が発見された向坂の殺害事件、そして〔大日本誘拐団〕の二つの誘拐事件……それらを、ニュース素材を使いながら簡潔にまとめたVTRが流れた。

巻島はモニターでそれを確認する。すでに画面の脇には視聴者のアバターが賑やかに集まっており、〔リップマン怖えー〕〔早く捕まえろ〕などというコメントが上がっている。

「これらの事件に〔リップマン〕はことごとく関わっているわけですか」

VTRが終わると、竹添舞子は驚きを禁じえないという調子で口を開いた。

「我々はそう見ています。〔リップマン〕は詐欺集団を組織し、手法を指南する知的犯罪者である一方、殺しなどの凶悪犯罪も場合によっては厭わない。極めて警戒すべき人間であり、何としてでも捕まえなければならない相手です」

「これら一連の事件の黒幕と言っていいわけですね？」

「いえ、これがこの手の犯罪の複雑なところでして、黒幕は別にいます。振り込め詐欺の場合ですと、金主と呼ばれる黒幕が頂点にいて、その下に詐欺の実行部隊がいます。〔リップマン〕は実行部隊を指南する立場の男で、詐欺の計画立案なども担っていますが、その上にさらに金主がいると見られています。最終的にはこの金主も捕まえたいところですが、例えば振り込め詐欺で捕まえた社本にしても、誘拐事件で捕まえた砂山兄弟にしても、金主が誰かということはまったく知らないわけです。そこに手を伸ばすためにも、まず〔リップマン〕を捕まえないといけないのです」

「なるほど、黒幕を突き止める上でも、〔リップマン〕が鍵を握るわけですね」

竹添舞子は巻島の話にそう応じながら、手にしているタブレット端末に視線を落とした。

視聴者のアバターから、［どうしてリップマン?］［くちびる男］というコメントが出ている。

「はい、視聴者のみなさんからも、どうして〔リップマン〕って言うの？　という疑問が寄せられていますので、それをお訊きしましょうか」そう言って、彼女は巻島を見た。「〔リップマン〕という呼び名は、どこから来ているんですか？」

「リップというのは、唇のリップ、LIPではなくて、RIPのほうです。『R．I．P．』は、英語で言うところの『レスト・イン・ピース』を略した言葉で、意味としては、『安らかに眠れ』という、ある種の弔いの言葉です。そして〔リップマン〕は、この『レスト・イン・ピース』というフレーズを好んで使うことが分かっているんです」

画面に映るアバターがざわざわと動き出した。アバターはコメントのほか、動揺や興奮といった感情をユーザーの操作で表現できるようになっているらしい。〔R.I.P.〕とおうむ返しするようなコメントが乱れ飛び、〔完全に殺す前やん〕〔絶対に言われたくない〕などという感想がそれに続く。

「それはいったい、どういうときに使うんですか？」竹添舞子が訊く。

「実際に私自身、〔リップマン〕からそのフレーズを聞いています」

巻島が言うと、彼女は目を丸くした。

「え？　巻島さんは〔リップマン〕と話したことがあるんですか？」

「ええ、実はあります」巻島は言った。「先ほどの一連の事件を振り返った映像でも出てきましたが、菊名池公園で管理事務所に籠城していた砂山兄弟を逮捕したときの話です。逮捕直後、兄弟が落とした携帯に電話がかかっているのに気づいて、私が出たところ、相手は〔リップマン〕でした。兄弟は我々が捕まえたところだと伝えると、何とも残念そうでした。しかし、一方で、声は不気味に落ち着いてもいました。私が名乗ると、彼は私のことを知っている様子で、『巻島、レスティンピース』と、宣戦布告するように言ったのです」

「えー、先ほど映像で出ていた現場で、そんなやり取りがあったんですか」竹添舞子は興奮した口ぶりで言った。

このあたりの空気が、昨年のニュース番組に出演したときとは違っていた。彼女は無理に抑制を利かせることなく、あたかも世間話を繰り広げているかのように、素の反応を心がけているようだった。

画面のアバターもざわざわしている。〔リップマンはテレビ中継を観てなかったのか?〕とか、〔リップマンはどこにいたんだ?〕という疑問の声がコメントとして出ている。

「はい、私が話した感触では、〔リップマン〕はテレビ中継を観ていなかったと思われます」巻島はコメントを拾って、それに答えた。「ただ、砂山兄弟が警察に追われていることは知っていたようです。砂山兄弟の供述から考えると、そのときは、逃走手段を用意するために連絡を取ったのではないかと見ています。〔リップマン〕がどこにいたのかは分かりませんが、我々が監禁場所である彼らのアジトを包囲しようとしたとき、彼はたまたま外から我々の動きに気づき、兄弟に包囲されかけている旨を電話で伝えたということも分かっています。そのときも兄弟に、『レスティンピース』という言葉を使ったそうです」

竹添舞子が大きく息をつくようになった。

「気障《きざ》というのも変かもしれませんが、こういう事件を起こす犯人として一般に思い描くタイプとは、また違った人間のようですね」

「そうですね。もちろん凶悪性も忘れてはいけませんが、会話を交わして感じたのは、非常に落ち着いていて、現状認識に優れた人間だということです。さらに言えば、用意周到で、緻密な計画を練ることができるインテリジェンスを持った人間であることも、その犯行計画を検討すれば分かります。私自身、数多くの犯罪者を見てきましたが、こういうタイプはなかなかいるものではありません」

〔見かけは？〕〔写真ないの？〕〔芸能人だと誰に似てる？〕などのアバターのコメントをちらりと見ながら、竹添舞子が話を進める。

「なるほど……視聴者のみなさんもかなり〔リップマン〕の人物像に興味を持たれているようですが、そのほかに何か分かってらっしゃる特徴的なことはありますか？」

「はい、年齢は二十代後半からせいぜい三十代半ば、身長は百七十五センチ前後、細身で色白、黒髪で耳に軽くかかる程度の短髪。見かけはオフィス街にいるビジネスマンと何も変わらない男だというのが、水岡社長の証言です。社長はまた、会話を交わした印象として、やはり、知的でクールな人間だという感想を持ったということです」

「ちょっと整理しましょうか」竹添舞子はそう言って、フリップを手に取り、巻島が述べた〔リップマン〕の特徴を手書きし、復唱してみせた。「そのほか、顔立ちに関しては、どんなタイプだとか、誰に似ているとか、分かっていることはありますか？」

「はい、実は、うちの似顔絵係に、〔リップマン〕の横顔を描いてもらいました」

捜査本部が入手している〔リップマン〕の横顔の写真は不鮮明であり、視聴者に見せるレベルに拡大するにも無理がある。

また、過去の仲町台駅周辺の防犯カメラデータを、画像解析のヒット状況と照らし合わせながらつぶさに拾っていったところ、〔リップマン〕と思しき男の姿がいくつか確認できた。中には顔を正面から捉えていて、例の横顔写真よりは人相が分かりやすいものもある。

しかしそれらは、完全に〔リップマン〕と断定できない以上、公開することはできない。今のところは捜査本部内だけで使える手がかりでしかない。

そのため今回は、似顔絵捜査などで筆をとることが多い山手署の女性刑事に、横顔の写真を簡単な絵にしてもらった。

「これです」

巻島は用意してきたスケッチブックを前に出し、カメラに絵を向けた。

「この男ですか」

予断を与えないように、目などの不鮮明な部分はそのまま曖昧に描いてもらったため、見方によっては消化不良を起こしても仕方がない絵だが、眼鏡が似合う理知的な雰囲気や、どことなく冷ややかに映る印象といったものは、なかなかうまく表現されているように思える。

「こうやって見ると、確かに、どこかの大手企業に勤めているエリートサラリーマンという見かけですね。本当に誘拐や殺人などの凶悪事件を起こした男とは思えません」

「ただ、水岡社長の話を聞くと、その見かけにしても、単純に普通の人間っぽいと言い切れる男でもないということです。どこかやはり、目つきにしろ、佇まいにしろ、裏の世界で生きている人間特有の陰があるという印象は持ったようです」

「そう言われてみると、この似顔絵からも、何となく陰のようなものが見えてくる気がしますね」竹添舞子は巻島の言葉を調子よく受け、話を進めた。「さて、この番組で〔リップマン〕についての捜査情報を公開した目的の一つに、視聴者のみなさんから広く情報提供を求める狙いがあると思うんですが」

「そうですね」巻島は言う。「手がかりは少ないんですが、もし身近に〔リップマン〕がいるとしたら、この横顔や口癖といったものにぴんとくる方はいるんじゃないかと思います。もしかしたらという心当たりがあれば、我々に教えていただきたい」

竹添舞子は番組公式サイトと県警の公式サイトを紹介し、メールなどによる情報提供を呼びかけたほか、「#リップマンに告ぐ」としてSNSで呟くことによって、捜査本部がコメントを拾う態勢になっていることも紹介した。

「それから、昨年の〔バッドマン〕事件のときは、巻島さんのニュース番組の出演に反応して、当の〔バッドマン〕から手紙が届くという展開がありました。今回も、そういった犯人側からのアプローチを期待しているんじゃないかと思うんですが？」

「もちろん、捜査の進展とは別に、〔リップマン〕が今、何を考えているのかということを純粋に知りたい気持ちはあります。彼とは一度、電話で話していますし、お互いを知らない関係ではありません。そして、警察の捜査を恐れて、ただ隠れ続けるだけの男だとも思っていません。誘拐事件のときには、自分たちの計画が日本の犯罪を変えるとまで口にしていたと聞きます。その主張を、私は直接、〔リップマン〕から聞きたいと思っています」

「はい……そこで実は、この番組では、〔リップマン〕のアバターを用意しました。画面に出てきますでしょうか」

やがて、視聴者たちのアバターを押しのけるようにして、〔リップマン〕のアバターが画面に出現した。

「このアバターは誰もが使えるものではありません。本物の〔リップマン〕専用です。もし〔リップマン〕が巻島さんに何らかのメッセージを送りたいと考えたならば、このアバターを使うことで、それが可能になります。使い方はまず、ログインボタンをタップしてから、「リップマン」とカタカナでユーザー名を入力します。もう一つ、パスワードがいるんですが、これは巻島さんが設定したということで……」

「はい」巻島は言う。「〔リップマン〕には、捜査本部がつかんでいる名前があります。偽名の可能性が高いんですが、詐欺グループの仲間からはそう呼ばれている。これはマスコミにも流れていませんので、〔リップマン〕がアバターを作る際のパスワードにしました。苗字をローマ字の小文字で打ちこむと、それがパスワードになります」

「はい、今後、このアバターが出てきたときは、本物の〔リップマン〕が番組に参加しているということになります。いやあ、想像するだけで、ドキドキしてきました」竹添舞子は高揚した口調で言った。「じゃあ、巻島さん。改めて、〔リップマン〕に呼びかけてもらえますか？」

そこまで打ち合わせをしたわけではないが、彼女も〔ニュースナイトアイズ〕に巻島が出演したときの模様を観ていて、そういう演出があるべきだと思ったのだろう。

巻島は「分かりました」と応じて、カメラを見た。

「〔リップマン〕に告ぐ。早晩どこかで、私がこの番組に出ていることを知るだろう。ここに出てきて、私と話をしようじゃないか。君が警察の影に怯え、身を潜めるのに汲々としているなら難しいかもしれないな。だが、私と電話で言葉を交わしたときの、あの余裕ぶりからすれば、その心配はないと思ってる。ぜひ、元気な様子を見せてくれ。心待ちにしている」

〔ネッテレ〕の番組出演に対する反響は、初回からそれなりのものがあり、県警の公式サイトにも一晩で千通を超えるメールが寄せられた。多くは似顔絵を見ての反応であり、早速、一件一件の情報を確認する専属班を作る必要があった。

「視聴数は二十万くらいだったんですけど、SNSで『巻島』や『リップマン』がトレンド入りしましたし、すぐにネットニュースに取り上げられたことで、いい広がり方をしたみたいですね」

翌朝の幹部会議において、山口真帆は出演の効果を満足げに語ってみせた。

「巻島さんも普段はニヒルに構えてらっしゃるけど、意外とサービス精神旺盛なんですねえ。『休みの日は何をやってるんですか?』なんて質問にも律儀に答えてたりして」

彼女の率直な感想の前には巻島も形なしだった。聞いている本田たちもくすくす笑っている。

初回の番組では、さすがに視聴者からすぐに有力情報がもたらされることはなく、番組後半は取りとめのない質問に対して巻島が答える時間となった。視聴者とのそういったコミュニケーションも大事だという話を聞いていたこともあり、巻島は率先して、好きな食べ物の話から休みのすごし方、はたまた好きな刑事ドラマや髪の手入れの仕方といったことまで、アバターから投げかけられた質問に答えていった。竹添舞子からも、放送後、「これほどノリよく質問に答えてくれるとは思いませんでした」という感想をもらったほどだ。それだけに、番組に対する評判も上々のようだった。

「それにしてもやっぱり、捜査官はカメラ映えしますね」本田はそう感心してみせた。「私や秋本が出たとしても、ただの警察の人間が、あんなふうに注目は集められないですよ」

秋本もうなずいている。「〔ニュースナイトアイズ〕のときと比べると、番組の作りはシンプルなんですけど、それでも観入ってしまう力があるんですよね」

「ですよね」真帆も同意する。「でも、『〔リップマン〕に告ぐ』って言ったとこは、ぐっと巻島さんのアップになったじゃないですか。普通の対談番組の作りだったからこそ、そこの効果もあったと思うし、〔ネッテレ〕もなかなかやるなって思いましたよ」

巻島としても、すべてが仰々しかった〔ニュースナイトアイズ〕に比べ、〔ネッテレ〕は構える必要がなく、また制約がほとんどないこともあって、やりやすく感じたのは確かだった。

「まあ、どちらにしても、〔リップマン〕の反応次第ですね」

それまで出演の評価を下すのは早いという意味で巻島がそう口にすると、真帆もその通りとばかりにうなずいた。

「でも、この感じだと、期待できる気がしますよね」彼女はあくまで前向きな口調で言った。

一週間後、巻島は二回目の番組に出演した。

当初は一週間に二度ほどのペースで出演していくことを考えていたが、似顔絵に対する情報が想定以上に多く、東京と神奈川からの情報に絞り、帳場の半分以上の捜査員をその確認作業に回してもなかなかこなし切れないことから、二回目の放送を遅らせてもらったのだった。

「巻島さん、前回の放送の反響はいかがだったでしょうか?」

番組が始まると、竹添舞子はそんな問いかけを向けてきた。

「ええ、とてもありがたいことに、たくさんの情報を電話やメールでお寄せいただいております。特に〔リップマン〕の似顔絵を見て、似た人物を知っているとする内容のものが多いので、捜査本部でも一件一件慎重に確認作業を進めているところです」

「今のところはまだ、これはという人物は挙がってきてませんか?」

「そうですね。捜査状況を説明しますと、まず今のところ、〔リップマン〕が身を潜めている場所として可能性が高い、東京および神奈川の情報に限定して対応しています。そして、対象人物については周辺捜査を十分に行ってから、〔リップマン〕の可能性があるかどうかを検討し、捜査段階を進めていく形にしています。そういうわけですので、まだ確認途中のものも多く、今現在お寄せいただいている情報の中に本物の〔リップマン〕に関するものが入っている可能性は十分残っています」

「これからの捜査次第ということですね」

「その通りです。もちろん引き続き、似顔絵に関する新たな情報があれば、遠慮なくお寄せいただきたいと思います」

そうしたやり取りを経て、この日も〔リップマン〕の番組参加についての話題に移った。

「それから、前回の放送では、〔リップマン〕専用のアバターを番組で用意し、このアバターを使って〔リップマン〕に参加してほしいと呼びかけました。私は今日、〔リップマン〕のアバターがいつ画面に出てくるかとドキドキしながら、この番組を進めているんですが……」

「私も同様です」巻島は応える。「ただ、私がここで番組に出ていることが〔リップマン〕の耳に入るまでには、多少の時間が必要かもしれません。あるいは、すでに今、この番組を観ていることも考えられますが、その場合でも、出るタイミングを見計らい、我々を焦らしてくるでしょう。今のところは待つしかないですね」

「なるほど」竹添舞子は軽く相槌を打って、巻島に問いかける。「一つ気がかりなのは、昨年の〔バッドマン〕の逮捕が、やはり巻島さんのテレビ出演に応えて手紙を出したことがきっかけになってますよね。〔リップマン〕があれの二の舞を恐れて、出てくるのをためらう可能性はありませんか？」

「確かにそれは考えられるんですが、今回は手紙を出してくれと言っているわけじゃありません。アバターでこの番組に参加するにはスマホが必要ですが、〔リップマン〕は振り込め詐欺などで多用されるトバシ携帯と言われるものを持っているはずです。これは横流しのプリペイドSIMなどを使っていて、持ち主をたどるのが非常に困難な携帯です。〔リップマン〕がこの番組に参加したからといって、それがすぐに、彼の身元や居所を突き止めるカギになるかというと、まったくそういうものではないんです」

「そうすると、〔リップマン〕が仮に出てきたとして、巻島さんはそれをどう捜査に活かそうと考えているんでしょうか？」竹添舞子はそうストレートに訊き、それから自分で苦笑してみせた。「ここでは言えないことなのかもしれませんけど」

「いえ」巻島は言う。「明確に何かを狙っているわけではないんです。私はとにかく、〔リップマン〕との接点を増やすことが大事だと思っています。彼とコミュニケーションが取れれば、彼の考え方や行動基準といったものが分かってくる。それがもしかしたら、捜査上のヒントになるかもしれないということなんです」

「とにかく今は、捜査上のヒントを得たいということですね」

「そうです。〔リップマン〕と接点を持つことによって、それは生まれると思っています。

これは初めて公にする話なんですが、先月の下旬、うちの捜査員が横浜市内のある住宅街を巡回中、〔リップマン〕によく似た男と遭遇しています。職務質問をしようと呼び止めたところ、男は突然逃走し、行方不明となりました」

「えっ、そんなことがあったんですか？」

「はい。結果を見れば残念な事態ではあったんですが、これも接点の一つと見れば、我々の捜査は前進しているわけです。現に、その周辺の防犯カメラを過去にさかのぼって解析することで、〔リップマン〕らしき男の画像を我々は手に入れました。以前に入手したものより鮮明に映っています」

「えっ、そんな画像があるんですか？　それをここで公表することはできないんですか？」

「そうですね。現場の状況から見ても、我々は九割方、その不審人物が〔リップマン〕だと見ているんですが、完全には断定できない以上、公表することは難しいんです」

「そうですか」竹添舞子は残念そうに言った。「でも、そうした手がかりがいくつかあれば、捜査にも光が見えてきますね」

「はい。今後再び、我々のパトロールに〔リップマン〕が引っかかる可能性も十分あると見ています。そして、そういう手がかりを、この番組を通じても増やしていきたいと思っているわけです」

アバターから、［狙いをぶっちゃけたら、リップマンは出てこなくなるんじゃね］という
コメントが出され、巻島はそれを拾った。
「〔リップマン〕が、わざわざ危険を冒してまで私の呼びかけに応じる必要があるのかと、
思われる方も多いかもしれませんが、これをある種のゲームだと捉えれば分かりやすいかも
しれません。私の呼びかけに応じて、なお捕まらないことで、彼は我々警察に勝ち誇ること
ができます。我々は〔リップマン〕にコケにされ、世間に対し面目を失うリスクを承知で、
こうしたゲームを仕掛けているわけです。我々警察が必ず得をするという話ではないんで
す」
　犯罪捜査の一環を〝ゲーム〟と言い切った巻島の言葉に、アバターたちがざわざわと動い
て反応した。［面白くなってきた］［巻島さんがんばれ］というコメントも上がった。
「なるほど、警察は大きな勝負を挑んでいるわけで、〔リップマン〕にはぜひともそれに応
じてほしいということですね」
　竹添舞子は巻島の話をそうまとめ、初回のように〔リップマン〕専用アバターの使い方を
説明してから、本人への呼びかけを巻島に促した。
「分かりました」と巻島はカメラを見る。
「〔リップマン〕に告ぐ。私が仕掛けたこのゲームの対戦相手は君しかいない。視聴者は、

こんなやり方で本当に警察は〔リップマン〕を捕まえられるのかと疑っている。それでも出てこないとするなら、それは臆病風に吹かれているということだ。君がここに出てこなくても、我々は地道な捜査を続けて、ある日、どこかの路上で君を発見し、捕まえるだろう。臆病な逃走犯として、君の顔はこの世にさらされることになる。君に多少の勇気とプライドがあるなら、この勝負に乗ることを勧めたい。君が出てくるのを、私は楽しみに待っている」

巻島の発言は早速、ネットニュースが取り上げ、「『これはゲーム』、捜査官が犯人に番組参加を呼びかけ」と、たぶんに誤解を招きかねない見出しでこの一件を報じた。それに反応した一部からは、「被害者の苦しみをよそに、捜査をゲーム感覚で行おうとするのは不謹慎すぎる」という声が上がった。

「巻島さん、炎上してますよ」

そうしたネット上の声を紹介する山口真帆はどこか嬉しそうだった。

「地上波のニュース番組でも〔ネッテレ〕の映像を使ってこの公開捜査を報じるところも出てきましたし、世間の認知度も飛躍的に上がってきてると思います。〔リップマン〕の耳にもさすがに入ってるでしょう。そうなれば、自分のことだし、番組を観ておこうと思うはず……そろそろ期待できそうな気がしますよね」

炎上といっても、巻島自身がネットに上がっている声をつぶさに拾うわけではないので、実感は何とも薄い。ほかのメディアへのフォローも含め、番組出演の反響への対応は真帆が如才なくこなしてくれているので、巻島としては神経を煩《わずら》わせる必要もなかった。

視聴者から寄せられる情報も増え、捜査員を割いて裏取りに当たらせているが、有力な情報と言えるものはまだ出てきていない。

やはり、〔リップマン〕を番組に誘い出すのが現状を打破する一番の道だと言えた。

翌週、巻島は三度目の番組出演に臨んだ。

17

梅雨が明けた夏空の下、淡野は波の上にいた。

「兄貴、すっかり様になってきましたねえ！」

〔ワイズマン〕から新しいシノギの計画を言い渡されたあとも、淡野はしばらく、渉と一緒にサーフィンに興じる日々を続けていた。そのうち簡単に海に放り出されることも少なくなり、普通の波であれば安定した体勢で乗りこなせるようになった。

「淡野っち、意外と飽きないんだねえ」

横浜で目つきの変化を見せてからも、日々の生活は一見何も変わっていない淡野を見て、絵里子はそんなふうに言う。

もちろん淡野は、ただ遊んでいるだけではなかった。

時機を待っている。

〔槐屋〕へは、トバシ携帯や車などの発注を済ませた。計画自体も頭の中では固まった。そして、神奈川県警の巻島が出演する〔ネッテレ〕の番組も始まっている。

〔ワイズマン〕は番組の開始に当たって、淡野に絶妙なアシストを寄越してくれたようだった。彼は巻島との打ち合わせを言葉巧みにリードし、〔リップマン〕に使わせるアバターのパスワードを「ａｗａｎｏ」に設定させた。

これにより、巻島は番組で淡野の名を公表できなくなった。〔大日本誘拐団〕で使った「大下」という名前は公表されたところで何も困らないが、「淡野」を公表されてしまうと、若干面倒ではある。例えば今の環境で言えば、早晩、由香里や絵里子の耳に入ることを考えなければならない。

しかし〔ワイズマン〕のお膳立てによって、そうした些事を気にする必要はなくなった。淡野とすれば、計画の遂行に集中すればいいのだ。

巻島が出演した番組は、タブレットを寝室に持ちこみ、一人で観た。アーカイブ配信でも、一度観直した。

番組では、淡野の横顔の似顔絵が披露されていた。ドライブレコーダーに映っていたという横顔を元にしているのであろうから、雰囲気は捉えている。ただ、淡野を知っている者がみな、これを見てすぐに淡野だと気づくかどうかというと、そこまではっきりした絵ではない。

〔リップマン〕専用アバターの説明も、もちろん淡野は確認している。遠からず、その呼びかけに応じる予定にはなっているが、タイミングは慎重に見極めなければならない。

そのうち梅雨が明け、巻島の番組も三回目を迎えた。

この公開捜査は、世間でそれなりの反響を呼んでいるようだった。仮に淡野が巻島の〔ネッテレ〕出演を聞いていなかったとしても、すぐに知るところとなっただろう。居間でテレビニュースを漫然と観ているときにも、この件が取り上げられた。一緒に観ていた由香里には、そのとき、さりげなく違う話題を振って気を逸らしたので、彼女は公開された似顔絵もはっきりとは見なかったはずだ。

そろそろ動き出す時機か。

横浜市長選の告示から一週間が経っていた。

市長選は予想通り、現職の門馬敦也と、リベラル系勢力に担がれた新顔の井筒孝典が立候補し、一騎打ちの様相となっている。選挙戦初日には門馬の応援演説に徳永一雄をはじめ国政の与党幹部が駆けつけたが、一方で井筒孝典も精力的な選挙活動を展開しており、行く先々で婦人たちの黄色い声援を浴びながら爽やかな笑顔を振りまく姿がテレビで報道されている。

大方の予想では、新しい風の前に二期目の実績も地味な門馬は苦戦必至というところであり、勝敗の行方は〔ワイズマン〕がかねてから仕掛けている工作がこの二週間の選挙期間内に間に合うかどうかという点にかかっていると言えた。

そんなニュースをテレビで観たあと、淡野は午後のひとときを渉と一緒に波の上ですごし、陽が傾いた頃、浜辺から引き上げた。

服を着替え、ジュークの後部座席に座った淡野は、バッグからタブレット端末を取り出した。

「渉、ちょっと後ろに来い」

運転席に座ろうとしていた渉に声をかけると、彼は「はあ」と生返事をして、後ろに移ってきた。

淡野の隣に座った渉は、淡野の声音から何かを嗅ぎ取ったらしく、サーフィンを楽しんでいたときの明るさを表情から消し去っていた。

「何すか?」好奇心と警戒心が入り混じった口調で彼は訊く。

「一仕事始めようと思ってる」

淡野がそう口を開くと、はっとしたように身体を小さくのけ反らせ、しかし、強気な言葉で応じた。「待ってましたよ」

「参加するかどうかはお前の自由だし、考えて結論を出せばいい」淡野は言う。「どちらにしても、由香里や絵里子には言うな」

「分かってますし、当然やりますよ」渉が威勢よく応じ、わずかに上目遣いになった。「シノギでしょ? 刃物使うような、物騒な話じゃないんでしょ?」

「物騒な話じゃないが、捕まる可能性がないとは言えない」

渉は首筋の汗をタオルで拭きながらも、不敵に笑ってみせた。

「そんなことでビビってたら、何もできませんよ」

淡野はその返事に満足し、タブレットを操作して、〔ネッテレ〕のアプリを開いた。

「これをちょっと観てみろ」

報道チャンネルでは、ちょうど「〝リップマン〟に告ぐ!」第二回のアーカイブが配信されている時間だった。

「これ、何すか……ちょっとエアコン入れていいっすか?」

車内に充満した暑気を冷やそうと、渉は汗を拭いながら車のエンジンスターターを手にしたが、画面に映る似顔絵を見て、「えっ？」と動きを止めた。

巻島とインタビュアーの竹添舞子が〔大日本誘拐団〕の事件について話をしている。

渉はもう、汗を拭うのも忘れ、画面に観入っている。

やがて巻島たちは〔リップマン〕のアバターの話を始め、竹添舞子が促す形で、巻島が〈〔リップマン〕に告ぐ〉とカメラに向かって呼びかけた。

その呼びかけが終わったところで、淡野はアプリを閉じた。あとは番組終了まで、視聴者のたわいない質問に巻島が答えるやり取りが続くだけだ。

渉は荒い息を吐いている。

「まじっすか……」ぽつりとそう洩らした。

「エアコン入れろ」淡野は言った。「頭が茹だってるだろ」

「ああ……」渉は我に返ったような声を出して、スターターでエンジンを始動させたが、すぐにまた放心したような顔に戻った。

「観た通りだ」淡野は言う。

「何かしでかして追われてることは分かってましたけど」渉が言う。「まさか、こんなどでかい事件だとは思いませんでした。そりゃ、警察が必死になって捜すはずですよね」

「そういうことだ」淡野は言った。「サーフィンなんかやってる場合じゃない」

涉がふっと、呆れたように笑った。「本当ですよ」

「ちょっと前まで、警察の捜査網は横浜と川崎市内に限定されてた。鎌倉は安全地帯だった」

「でも、こんな番組をやられちゃ、そうも言ってられなくなるでしょ」

「まあ、そうだ」淡野は言う。「ただ、今のところ、似顔絵もそれほどはっきりしたものじゃない。それに、俺の名前も公開するつもりはないらしい」

「アバターのパスワードって言ってましたもんね。あれは『awano』と打つわけですか」涉はそんなことを吐息混じりに口にしてから、ゆるゆると首を振った。「でも、ネットでニュースが広がったら、絵里子なんか、そのうち気づいてもおかしくないっすよ」

「そのときはそのときだ。気づいたら、お前に相談するだろ」

「まあ、ユリさんに言うより先に、俺に言うだろうから、そのときは何とかしますよ」涉は仕方なさそうに言う。「けど、こんな状況なら、まだまだほとぼり冷まさないと。次のシノギとか考えてる場合じゃないっしょ」

「だが、やることにした。最後のシノギになる」

「最後か何か分かんないっすけど、兄貴もオーナーには頭が上がらないんすね」

「面白い計画だからだ。うまくいけば、この件もうやむやにできる可能性がある」

「うやむやって、どういうことですか？」渉が眉をひそめる。「兄貴が逃げ切るってことですか？」

「警察に手を引かせる」

「そんなこと……どうやって？」

「取引だ」淡野は言った。

淡野が計画のあらましを話す間、渉は大法螺《おおぼら》話を聞くように、口を半開きにしたままでいた。しかし、目はくりくりと動き、ときには鋭く光り、神経そのものは大きな刺激に反応しているのがうかがい知れた。

淡野の話が終わると、彼はとてもすべては消化し切れないと言いたげに、驚きを大きなため息に変えた。

「オーナーって何者なんですか？」彼は言い、首を振る。「いや、教えてもらわなくていいっすけど」

淡野はもちろん答えない。

「警察の上層部……ってことはないですよね？」

る人間だ」

「警察の話は別の人間が持ってきてる。そいつもつまりは俺と同じ、オーナーの下に付いて

「例の〔ポリスマン〕って人ですか。警察に知り合いがいるって話かと思ってましたけど、兄貴のグループの一員なんですか？」

無言を答えだと受け取った渉が、また大きな息をついた。

「まずは巻島の呼びかけに応じて、アバターを出す」

「その裏で、取引とやらを進めるわけですか……」

渉の口調には、どこかやはり、計画が大胆すぎるがゆえ、成功を確信できないという疑心が覗いていた。その分、本音では計画の参加に二の足を踏む気持ちが残っているようだった。

「報酬だが」その彼に、淡野は言う。「お前が一枚嚙んだとしても、とりあえずは小遣い程度のものしか渡せない」

「え……？」

「今回の上がりは、オーナーの全取りだ。それで話が決まってる」

渉の表情は、火が消えたようになった。「最後なのに……？」

「そうだ」淡野は続ける。「ただ、成功した暁には、会社が用意される。何のいかがわしさもない、ちゃんとした会社だ。俺たちは役員に名を連ね、月々、給料を受け取る。別に働く

必要はない。遊んで暮らせる」

「え……」渉は絶句し、まじまじと淡野を見た。「本当っすか？」

「言ってみれば後払いのようなもので、今度の仕事はそれくらいの価値があるということだ」

渉は考えこむような素振りを見せたが、その顔つきにみるみる生気が戻ってきたのは分かった。計画に対する疑心も、表情からはすっかり消えている。

「遊んで暮らせるったって、兄貴は実際、やることないと困るんじゃないっすか？」渉は冗談めかして、そんなことを言った。「俺には夢みたいな話ですけど」

「俺も十分働いた」淡野は言った。「サーフィンだけじゃ飽きるかもしれないが、適当に何か探せばいいだけだ」

「いや、ここだけじゃなく、ハワイとかグアムとか飛び回ってたら、飽きることなんてありませんよ。二人で遊びまくりましょうよ」

「じゃあ、やるのか？」淡野は訊く。

「当たり前っすよ」渉が答えた。「俺は最初からやるって言ってるじゃないっすか」

翌日、淡野は渉が運転する車で横浜に行った。

埠頭にほど近い南本牧の倉庫群の中に小さな貸し倉庫があり、そこが今の〔槐屋〕の店舗になっている。

倉庫は二つあり、半分シャッターが開いた倉庫はただのガレージだ。渉が車を頭からそこに入れると、暗い倉庫の中、槐が壁際のパイプ椅子にぽつんと一人座っているのが見えた。扇風機が寂しげに回っている。

「最近、親父さんに似てきたな」

車を降りて槐に声をかけると、彼は心外そうな顔をした。

「さすがにまだ、あそこまでは老いぼれてねえよ」

そう言い返してくる通り、槐はまだ五十代の半ばというところだが、先年、胃を切ったこともあり、痩せて、往年の槐老人に風貌が似てきた。身のこなしもゆっくりとしている。しかし、それでいて、頼んだものはすべて期日までに注文通り用意されている。その信頼性も父親譲りと言えば父親譲りだ。

「弟の渡辺くんだ」

淡野は車から降りてきた渉を槐に紹介した。

「おお、君が将棋指しの子か。一局指そうじゃないか」

越村から何を聞いたのか、槐はそんなことを言った。

「いや、それはたぶん俺じゃなくて……」

「謙遜はいい。俺は越村と違って、鬼殺しなんかは食らわんぞ」

「いや、まじで勘弁してくださいよ」渉は閉口するように言った。

「そんなことより、品物をくれ」

「相変わらずせっかちだな」

槐はぶつぶつ言いながら、のっそりと立ち上がって歩き出した。裏口から出て、隣の倉庫の裏口を開ける。

電気を灯し、作業着やスーツ、女物のワンピースなどがラックにかけられた衣装部屋のような一角を抜ける。

リサイクルショップをきな臭くしたような空間だ。大型家電は置かれていないが、盗聴器付きのリモコンやコンセントタップなどは豊富にそろっている。自動車部品や修理用の溶接器具なども壁際の棚に並んでいる。

槐は倉庫の中央にある木製の丸テーブルの前で立ち止まった。

「スマホ、タブレット、プリペイドSIM十枚、車の鍵……」

槐は手袋をして、それらの品物を淡野の前に出した。帽子やサングラスなど、変装道具も新たに用意してくれている。

「車はどこに置いた？」

「大和《やまと》にした」槐は月極駐車場の場所を記したメモを寄越した。

「半年借りた。横浜と川崎以外だってことだから、文句ないだろ。偽造ナンバーも後ろに入れといた」

「さすがだ」

淡野は札束が入った封筒を槐に渡した。

「また追加で必要なものが出てきたら頼む」淡野はそう言ってから、付け足した。「一応、今回で俺は最後にするつもりだ」

槐は眉を動かした。

「足を洗うのか？」

「そうだ」

「オレオレが下火になったとしても、あんたなら新しいシノギを考えて、やっていけるだろうに」

「もう十分やった」

「そうか……寂しくなるな」槐が感慨深げに言った。「俺は足を洗うなんていう感覚は分からん」

若い頃から父親の下で品物の調達に走り回り、今は二十代の息子を同じように走り回らせて、この店を営んでいる。彼ら家族にとっては裏の世界がすべてであって、言ってみれば、それが表のようなものなのだ。

「辞めてどうする？」

「どうもしない」淡野は答える。「ただ、やることがないからといって、また戻ってくるつもりもない」

「それも一つの道か」槐は言う。「けど、こっちの世界ときっぱり手を切るのは、案外難しいぞ。〔ワイズマン〕自身、表であれだけ成功しても、裏に片足を突っこみ続けてるんだからな」

「俺がいるからだ」淡野は言う。「俺がいなくなれば、オーナーもシノギの上がりを当てにしようなんて気持ちもなくなる」

今回の計画は別として、ここのところ淡野のシノギには見向きもせず、〔ネッテレ〕など表のビジネスを軌道に乗せることに注力していた〔ワイズマン〕の態度を見る限り、彼が裏の世界に見切りをつけるのも時間の問題であるように思えるのだった。

「どうだかな」槐はあくまでも懐疑的な見方を崩さなかった。「あの人もいろいろ、手をつけたがるたちだからな。本業だけでおとなしくしていられるかどうか……」

〔ワイズマン〕は将来、政財界のキーマンを操り、大きな事件の裏で暗躍するようなフィクサーになるつもりじゃないか……かつて、越村がそう話していたことがあった。

そうであれば、裏社会と距離を置くどころか、一本独鈷《どっこ》を捨てて、〔財慶会〕のような組織と手を結んでもおかしくないという見方になる。政財界の厄介事に首を突っこもうとするなら、裏社会との人脈も必要になってくるからだ。

〔ワイズマン〕が本当に、そういう化け物のような存在になろうとしているのかどうかは、淡野には分からない。

「そうだとしても、俺にできることはこれ以上、何もない」

「足を洗うとなりゃ、そうだな」槐は言う。「ひっそりと生きて、今までのことは墓場まで持っていくだけだ」

淡野は静かにうなずいた。今回の計画のあと、そういう生活が自分に待っていることは、もはやリアルな肌触りに近い形で想像できることだった。

「どのへん走ります?」

大和市中央林間《ちゅうおうりんかん》の月極駐車場に置かれていたデミオに乗り換えた渉が、ちらりと後部座席を振り返って淡野に訊く。

「とりあえず、八王子《はちおうじ》あたりに行ってくれ」

巻島の三回目の番組出演が予告されている夜だった。

「了解です」

渉が車を発進させる。

渉は黒いキャップを目深にかぶり、黒いTシャツを着ている。髪も黒く染めさせ、短く切らせた。

巻島の番組への参加は、車の中で行うことにした。商業施設などで人に紛れて通信することも頭に浮かんだが、そういう場所は防犯カメラが多すぎる。行き帰りの足取りを消すにもいろいろ手をかけなければならない。

車での移動ならば、機器が特定され、電波の発信場所を調べられても、Nシステムなどのデータと照合する必要が出てくる。偽造ナンバーを使い、主要道路を避けることで、十分煙に巻けるはずであり、仮にNシステムの画像までたどり着かれても、帽子を目深にかぶった若い男が運転手という以上の情報を与えることはない。

車は町田の裏道をゆっくり北上していく。

相模原《さがみはら》を抜け、八王子に入ったあたりで、淡野はタブレット端末にプリペイドSIMを入れて起動させた。

初期設定を手早く施し、〔ネッテレ〕のアプリをダウンロードする。

ダウンロードしたアプリを開き、報道チャンネルに合わせる。

しばらく〔ネッテレ・ファイル〕というニュース番組が流れていたが、八時になったところで「〝リップマン〟に告ぐ！」が始まった。

〈みなさん、こんばんは。竹添舞子です。今夜は巷《ちまた》でも話題となっております、『〝リップマン〟に告ぐ！』第三回の配信をお送りしたいと思います。スタジオにはすっかりお馴染みとなりました、神奈川県警の特別捜査官・巻島史彦さんにお越しいただいております。巻島さん、本日もよろしくお願いします〉

〈よろしくお願いします〉

淡野はタブレットの画面に映る、長髪の捜査官を静かに見つめた。

自分を追っている捜査の指揮をとる男。

長い髪がそう見せるのか、警察という公的機関に属している人間としては、何となく異端児的な雰囲気を漂わせている。

実際、県警の刑事部門の中では、非主流派の最たる存在と言ってよく、主流派からはその活躍ぶりも冷ややかな嫉《そね》みでもって受け止められているという。

今回の計画を実行するにあたり、〔ポリスマン〕と町田で落ち合って、そのあたりの話を聞いた。

主流派の頭目は、捜査一課長の若宮だ。彼も実力がないわけではなく、それなりの切れ者として知られているようだ。何より、捜査一課という捜査の中枢部署を治めている立場であるのが大きい。だからこその主流派である。

このパワーバランスが、今回の計画にどう影響するか……想定以上の収穫も期待できる気がして、淡野は想像するだけで愉快になる。

「始まりましたか？」ハンドルを握る渉が声をかけてきた。「俺にも聞かせてくださいよ」

淡野はタブレットの音量を上げてやった。

〈実は前回の配信で、私は〔リップマン〕に小さなトラップを仕掛けておきました〉

〈え、それはいったい何でしょうか？〉

〈はい、前回の配信で私は、視聴者の方々からもたらされる情報について、とりあえず神奈川及び東京のものに限定して、チェックを進めているという話をさせていただきました。それからまた、捜査本部では〔リップマン〕と思われる有力な画像を入手していて、公開はできないものの、我々のパトロールにおいて、〔リップマン〕を発見する可能性は十分あるという話もさせてもらいました〉

〈はい、そういう話をお聞きしましたね〉

〈前回の配信をもし、〔リップマン〕が観ていたとしたら、果たしてどう動くでしょうか。

私が〔リップマン〕なら、とりあえず、神奈川と東京からは出ていきます〉

〈確かに、そうすれば、現時点で設定している捜査範囲と言ったらいいんでしょうか、そこから外れるわけですからね〉

〈そうです。逆に言えば、この一週間のうちに、神奈川県内、東京都内から忽然と姿を消した人間がいたら注意が必要です。もちろん、人相がかねてお伝えしている〔リップマン〕に近いことが前提ですが、その上で、ここ数日、行方が分からなくなったというような人物が周りにいる場合、我々に一報を寄越してほしいと思います〉

〈なるほど、〔リップマン〕は巻島さんの仕掛けたトラップに引っかかっているかもしれないというわけですね〉

〈もちろん、県外、都外に逃げた〔リップマン〕を追うのは難しいことですが、それまでの居所を突き止めることで大きな手がかりを得られますし、〔リップマン〕が実生活でどんな人間関係を築いていたかが分かれば、足取りを追える可能性も広がってきます。そうした意図もあって、前回は〔リップマン〕をあえて動かすような発言をしてみました〉

〈いやあ、そんな狙いがあったとは驚きました。〔リップマン〕もこれを観ていたら、今頃、背筋を寒くしているんじゃないでしょうか〉

渉が馬鹿馬鹿しそうに笑い声を上げた。

「警察も必死っすねえ。兄貴は何も動じてないってのに」

淡野も薄く笑う。

前回の放送での巻島の話は、淡野ももちろん憶えている。少々、捜査方針などを簡単に明かしすぎているような気はしていた。

ただそれは、〔リップマン〕を引きつけるには有効であるとも思った。警察の捜査網をかいくぐる上で、捜査動向を把握できるかどうかは大きな問題である。淡野でなくとも、これだけ捜査事情が明かされるのが分かっていれば、犯人は必ずこの番組を観るだろう。

しかし、トラップなるものには、苦笑を禁じえない。それほど警察の影に敏感に反応する人間であれば、とっくの昔に首都圏を離れているだろう。

勝田南のときのように、行動地域をピンポイントで特定され、そこに網を張られてしまうと、淡野としても窮する羽目に陥ってしまうが、神奈川及び東京という漠然とした範囲で、多少面影がうかがえる程度の似顔絵を掲げてどうだと攻めてこられても、大して脅威には感じない。

世の中には鮮明な顔写真が公開された指名手配犯が数多くいるものの、ほとんどは捕まることなく逃げ続けている。

各テレビ番組で写真が公開され、連日キャンペーンを張られれば、それなりに圧迫感を覚えるだろうが、今はまだその段階ではない。

この程度のはったりですごすご逃げる人間を犯人像に想定しているなら、巻島はなかなかおめでたい捜査官だと言ってやりたいところだ。

〈しかし、実際のところ、〔リップマン〕は私のトラップには引っかからず、居所も動かしてはいないだろうと思っています〉

ほう……淡野は冷静に語る巻島の顔を見た。

〈と言いますと？〉

〈〔リップマン〕は、誘拐事件後も横浜や川崎市内を行動圏にしていると、我々は見ています。単純に警察の動きだけを考えたら、そこから離れたほうが、彼にとっては安全に決まっているのですが、そうしないのは、おそらく、仕事上の理由でしょう。いわゆるシノギと呼ばれる裏の仕事をするためには、いたずらに拠点を動かさないほうがいいわけです。どうしてかというと、一般社会の仕事でも同じですが、何か商いをしようとすれば、それを助けてくれる取引相手、人脈といったものが必要なんです。それを一から構築するのは大変ですから、今の場所でシノギを続けるほうが得策ということになる。裏社会の人間は仲間である〔リップマン〕を警察に売ったりはしませんから、その面で彼が不安に思うことはないでしょう。前回も話しました通り、横浜の住宅街で我々の捜査員が〔リップマン〕に似た男と遭遇したという一件がありました。我々は、それを境に〔リップマン〕の行動パターンが変化したという見立てを持っています。ただ、これも、一時的にシノギを自重しているにすぎず、拠点までは変えていないだろうと考えています〉

「意外と鋭いじゃないですか」渉が軽い口調で淡野の反応をうかがうように言う。「兄貴、読まれちゃってますよ」

「大したことは言ってない」淡野は言う。「自分のトラップにかかって逃げたかもしれないし、逃げてないかもしれないと言っているだけだ」

「そっか」渉は笑う。「この巻島って男も、けっこう調子いいっすね」

「この男は、いかにも捜査のプロらしいことを、視聴者の興味を惹くように話すのはうまい。ただもちろん、捜査の一環としてやってるだけだから、話の一つ一つには裏があるし、肝心なことは何も言わない」

「油断できないっすね」渉は苦笑気味に言った。「俺は〔バッドマン〕事件のときのやつは観てなかったんですけど、犯人はこいつの呼びかけに反応して墓穴を掘っちゃったんでしょ？　兄貴もほいほい呼びかけに応じて大丈夫なんすか？」

「〔バッドマン〕はただのシリアルキラーで、大した考えもなく、巻島の挑発に乗った。つまり、頭のいかれた間抜けな男だった。参考にはならない」

実際には、巻島の呼びかけに応じて番組に参加することは、必ずしも重要なことではない。わざわざアクションを起こすことのリスクを考えれば、今回の計画の中では飛ばしてもいいフェーズである。

〔ワイズマン〕がこれを計画の一部に入れてきたのは、これを機に〔ネッテレ〕の注目度を上げたいという、ビジネス的な狙いがあるからだ。それを渉に説明することはできないが、淡野としては、〔ワイズマン〕がそう考えている以上、期待に応えたいというだけである。

もちろん、今回の計画の上で、まったく意味のないことでもない。この番組に参加することで、〔リップマン〕はひっそりと闇に身を潜めているだけでなく、積極的に世間に発信する意思がある人間だと知らしめることができる。その意義は、神奈川県警との取引において、決して小さなものではない。

そろそろか……。

車は人家の明かりも乏しい霊園の近くをゆっくりと走っている。

淡野はタブレットの画面に、アプリのメニューを出し、ログインボタンをタップした。

番組画面が縮小し、ログイン画面が現れる。

ユーザー名に「リップマン」。

パスワードに「ａｗａｎｏ」。

そう打ちこむと、竹添舞子が前回までの配信で紹介していた、〔リップマン〕専用のアバターが画面に呼び出された。

「このアバターで番組に参加する」のボタンをタップする。

番組画面のサイズが戻ると同時に、〔リップマン〕専用アバターが、番組に参加しているアバターたちの中央に出現した。そういうデザインなのか、ほかのアバターたちより一回り大きい。

〈それから、『#リップマンに告ぐ』として、SNSで寄せられている情報も、かなりの件数に上っているようですね〉

〈はい、我々はそうした呟きも一つ一つチェックしているんですが、気をつけていただきたいのは、『バイト先の店長に似てるかも』などと冗談半分に呟いたのに対し、我々捜査本部から問い合わせがあって驚いたということが少なからずあるようです。周りの誰かに似ているという呟きは、我々も注目すべき情報として受け取りますから……〉

二人の間で会話が交わされる中、画面上では、ほかのアバターたちから、〔リップマンだ！〕〔リップマン出た！〕というコメントが、あぶくのような吹き出しとともに一斉に湧き上がった。

〈ちょっと待ってください……〉

画面に気づいたらしい竹添舞子が、巻島の話をさえぎった。
巻島も無言になり、モニターが置かれているらしき場所をじっと見ている。
〈[リップマン]が現れました……!〉
竹添舞子が表情を強張らせたまま、荒い息を吐くようにして言った。

（下巻へつづく）

本書は、二〇一九年八月小社より単行本として刊行されたものです。

双葉文庫

し-29-07

犯人《はんにん》に告《つ》ぐ❸（上）
紅《くれない》の影《かげ》

2022年9月11日　第1刷発行

【著者】
雫井《しずくい》脩介《しゅうすけ》

【発行者】
箕浦克史
【発行所】
株式会社双葉社
〒162-8540 東京都新宿区東五軒町3番28号
［電話］03-5261-4818（営業部）　03-5261-4831（編集部）
www.futabasha.co.jp（双葉社の書籍・コミックが買えます）
【印刷所】
大日本印刷株式会社
【製本所】
大日本印刷株式会社
【カバー印刷】
株式会社久栄社
【DTP】
株式会社ビーワークス

【フォーマット・デザイン】
日下潤一

ISBN978-4-575-52600-4 C0193
Printed in Japan